半七捕物帐
第二卷

小女郎狐

［日］冈本绮堂 ◎ 著

刘增妍 ◎ 译

天津出版传媒集团

ℝ 天津人民出版社

图书在版编目（ＣＩＰ）数据

半七捕物帐 . 第二卷 , 小女郎狐 / （日）冈本绮堂著；
刘增妍译 . -- 天津：天津人民出版社 , 2019.8
ISBN 978-7-201-15067-3

Ⅰ . ①半… Ⅱ . ①冈… ②刘… Ⅲ . ①侦探小说 – 日
本 – 现代 Ⅳ . ① I313.45

中国版本图书馆 CIP 数据核字 (2019) 第 175472 号

半七捕物帐 第二卷 小女郎狐
BAN QI BU WU ZHANG DI ER JUAN XIAO NV LANG HU

出　　版	天津人民出版社
出 版 人	刘　庆
地　　址	天津市和平区西康路 35 号康岳大厦
邮政编码	300051
邮购电话	（022）23332469
网　　址	http://www.tjrmcbs.com
电子邮箱	reader@tjrmcbs.com

责任编辑　赵　艺
策划编辑　小　瘦
装帧设计　胡椒设计

印　　刷	三河市华润印刷有限公司
经　　销	新华书店
开　　本	880 毫米 × 1230 毫米　　1/32
印　　张	9
字　　数	250 千字
版次印次	2019 年 8 月第 1 版　2019 年 8 月第 1 次印刷
定　　价	45.00 元

目录

第一话　津国屋怪谈

　　没过多久，津国屋的女佣阿米也表示自己遇见了阿安的鬼魂。当天晚上，阿米刚从澡堂出来回家，由于在下雨，阿米便撑着一把油纸伞。突然，她的脚下似乎绊到了什么东西，摔了一跤，木屐带也断了。阿米刚想起身，可油纸伞边突然出现一个女孩的脸，幽幽地说："津国屋要完了。"

一

秋天的黄昏有一股难掩的肃杀之气，远方的击鼓诵经声仿佛是孤独之人的哀鸣之声。

我向半七老人问道："《七偏人》中提到的'百物语'是不是就是发生在这样的晚上？"

"或许吧。"半七老人望了望四周，"但《七偏人》终归只是虚构的小说，可是百物语确实是江户一带盛行的玩乐，戏剧、草双纸，都会搞出一些幽灵来。"

"您的工作应该经常能遇到过类似的事情吧？"

"我们遇到的一般都算不上是怪事，最后总是能找出原因。不知道我有没有跟你提过津国屋的故事？"

"没有，您说。"

"那可是一件真正的怪事啊！"老人若有所思，渐渐地回忆起来，"那时发生在赤坂的一个案件，我没有直接负责，是一个叫常吉的后辈接手的，我曾受到他父亲的提携，便帮他调查。虽然说是三四十年前的事了，但现在想起来，仍然有一种匪夷所思的感觉。"

二

弘化四年六月的一个傍晚，赤坂里传马町的三弦女师傅文字春参拜完妙发寺的御祖师后回四古大门，出于安全考虑，她专门绕了远路走大街。适逢夏日炎炎，她在信乐茶馆休息了好一阵才上路。等到她终于回到江户时，已经是晚上七点，天色早已暗了下来。

文字春独自一人大汗淋漓地走在四谷大街，脖子上因为沾染了尘沙而十分不适。她回头望了一眼跟在自己身后的十六七岁的小姑娘："姑娘，你往哪儿去？回家吗？"

姑娘没有回答。她时而走在文字春前面，时而走在文字春后面，一刻不离。

虽然天色昏暗，但文字春还是靠着街边商店的灯火瞧见了她大概的模样——身体瘦小，病恹恹的，穿着一件白底瞿麦花纹的浴衣，绾着一个岛田型的发髻。

本来文字春也乐意途中有人做伴，但这小姑娘跟得太紧，反倒让文字春感到烦人，而且这姑娘给人的感觉也着实让人有点诡异。文字春倒不怕这姑娘抢劫她，毕竟这姑娘看起来瘦瘦弱弱的，肯定打不过自己。只是，她就这样一言不发地跟了这么长时间，文字春开始害怕起来：莫非，她是哪里来的妖怪？

这个念头一旦起来，就没法让人安心了，文字春立马紧握手上戴着的念珠开始诵经。

待到进入江户，街上走动的人多了，文字春终于敢和姑娘搭话。听到文字春问自己，姑娘小心翼翼地轻声回道："是，去赤坂那边……"

"赤坂哪里啊？"

"赤坂的里传马町……"

听到姑娘竟要和自己去同一地方，文字春心下一惊："你去那边找哪户人家啊？"

"津国屋酒铺。"

"那你是从哪里来的？"

"八王子那边。"

"这样啊。"

文字春越来越对这个小姑娘感到好奇。八王子和赤坂毕竟相隔了一段距离，而且这姑娘居然独自一人打扮成这样出远门，既没有行李，也没有戴草笠，更没有穿草鞋，实在是太不寻常了。

"津国屋你有认识的人吗？"

"嗯。"

"是谁啊？"

"阿雪小姐。"

阿雪是文字春的爱徒，更是津国屋的爱女。十七岁的阿雪是附近远近闻名的美人，加之家境优渥，父母双亲又都爱好文艺，所以文字春十分疼惜阿雪这个弟子。听到这个奇怪的姑娘居然要去找阿雪，所以文字春不免担忧起来。

"你认识阿雪？"

"不认识。"

"从没谋面？"

"没见过阿雪，但见过她的姐姐。"

她的姐姐？阿清？那个七年前得急病死掉的人？文字春一阵战栗。

"你、你和阿清是朋友？你叫什么名字"

姑娘没有回答。

夜色越来越浓，附近的铺子里偶尔传出谈笑的声音。文字春一边走一边窥视姑娘，发现她的发髻又乱又散，脸色苍白异常，像极了幽灵，文字春越发惊恐不安。

两人一直同行走过护城河，转到没什么灯光的间马场时，姑娘突然消失了。

文字春喊了几声，可是也没有得到什么回答。文字春不敢再走，只能胆战心惊地跑到原先有光亮的大街。

"嘿，师傅，你怎么啦？"

回头一看，是木匠兼吉。

"啊，木匠师傅啊！"

"你怎么啦，这么慌张，碰到流氓了吗？"

"不……您要回町内吗？"

"是啊，刚和朋友下棋回来，师傅去哪里？"

"我也正要回家，请您陪我一起走吧。"

兼吉虽然已经五十多岁了，但毕竟是个男人，而且还是职人，这个时候有他相伴最好不过了。但文字春经过马场时依旧害怕不已，兼吉问她出了什么问题，文字春只好把刚刚发生的事情讲了一遍。

"虽然那个小姑娘什么也没做，但我心里就是感觉毛毛的，而且她突然之间就不见了，吓得我连忙往回跑，幸好碰见了您。"

"确实有点奇怪。"兼吉若有所思，"师傅，你说那是一个绾着岛田髻的十六七岁姑娘？"

"是啊，虽然天色比较暗，但能看出那姑娘长相不错。"

"她有说为什么去津国屋吗？"

"她说是去找阿雪，还说她没见过阿雪，但认识阿雪的姐姐阿清。"

"天啊，又是她！"兼吉哀叹一声。

"您认识她？"

兼吉没有回答文字春，只是低声感叹了一下，道："看来，阿雪活不久了。"

三

文字春听后，已是吓得腿脚瘫软，兼吉只能拖着她走。

兼吉将文字春安全送到家后，文字春已经平复了一些，为表谢意，文字春请兼吉进门喝杯茶再走。兼吉不好拒绝，只好进门入座。

文字春让小女佣去买点心，自己则拿了团扇给兼吉扇风。

"今天实在是太感谢您了，没有您，我恐怕就回不了家了。看来我的罪孽还是很深重。不过这个姑娘实在太可疑了，您知道她去津国屋是干吗的吗？"

兼吉原本还想糊弄过去，但谁让自己之前说漏了嘴，只好和盘托出。

"我这样背后说老主顾的家事……真的不太好。师傅，您可能是太年轻了，所以才不知道这件事。那姑娘有说自己的名字吗？"

"我问了，但她没说。"

"那姑娘其实叫阿安，早年死在了八王子。"

文字春顿时全身僵硬，忍不住向前探身。

"她……她确实是说自己从八王子来，但她……是已经……已经死去的人？"

"好像是投井自杀的，但是八王子离这儿毕竟很远，也有人说是上吊自杀的。不过确实是死于非命。"

"那她……为什么要自杀呢？"

"津国屋的人一直不愿提起这件事，我们也不想说出来惹人讨厌。不过师傅您既然已经和她一同走了一段路，也算是相关联的人了。"

"我可和她没关系，师傅你不要乱讲。"

"就是看在你们一起走了这么久的路的分上，我才敢把这件事告诉你。不过，你不要对外说出去，要是津国屋知道了，我就倒霉了。知道了吗？"

文字春连忙点头。

"那是很久以前的事情了。听我老爹说，津国屋三代以前才来江户，起初在下谷的酒铺当学徒，由于前三代主人勤奋肯吃苦，拿到了下谷津国屋的铺子字号，来町内开了店。之后他们一直财运亨通，本家那边的津国屋倒闭以后，这里反而更是兴盛。但三代以后，主人夫妻一直没有孩子，便从八王子的亲戚家收养了一个叫阿安的女孩。谁知道收养阿安之后，主人的妻子突然怀孕了，生下了阿清。虽然阿清和阿安如亲生姐妹一样长大，但主人夫妻毕竟偏爱亲生孩子，所以对阿安比较冷淡。为了顾及颜面，他们表面上对两个女儿一视同仁，但其实打算让阿清继承家业，让阿安招赘，自立门户。考虑到让阿安自立门户需要花很多钱，所以两人内心越来越不喜欢阿安。又过了没多久，夫妻俩的第二个女儿阿雪出生，阿安的存在越来越尴尬。"

"是啊，如果是男孩，倒是能让他和阿安成亲，都是女孩的话，那就难办了。"

"其实把事情讲清楚，然后把阿安送回老家也不是不可以。但津国屋似乎有什么苦衷，没有这样做。最后，津国屋对外宣称，说是阿安和负责修缮津国屋屋顶的工匠有染，把阿安赶回了八王子。"

"所以这是污蔑？"

"听说是的。那个男的叫阿竹，是一个长相很普通的年轻人，酗酒又赌博，是个不可靠的人。阿安温柔贤淑，怎么也不会看上这样的人。阿安似乎一早就知道养父母的心思，便说这么赶走她实在是太过分了，她以后已经没有什么脸面活着，以后一定报仇雪耻。"

听到阿安的悲惨遭遇，文字春十分难过："真是可怜，然后呢？"

"阿安回到八王子之后没多久就去世了，而那个阿竹，竟然在阿安死后的两个月也死了。一开始大家还在怀疑，为什么阿安被赶走之后，那个说和她有染的阿竹居然一声不吭。结果过了没多久，他去屋顶干活的时候居然倒栽头倒下来，直接死掉。大家都在传，阿竹肯定是收了津国屋的钱一起陷害阿安，而那个家伙突然死掉，也是因为阿安的报复。"

"哎，所以做人不能做坏事啊。"文字春感叹道。

"本来大家以为阿安死了，阿竹也死了，事情就结束了，但后来又发生了一件事。阿清突然在十七岁那年患上怪病，不治身亡了。你要知道，阿安死的时候也是十七岁。虽然说寿命这种事不能强求，但阿清和阿安一样都死在了十七岁，这就不免让人想入非非了。更何况，阿清去世前，也发生了和今天一样的怪事。"

"怎么可能！"

"没有骗你。"兼吉不怀好意地说道，"在阿清死的三天前夜里，附近有人在町内看见过一个穿着瞿麦花纹浴衣的小姑娘……"

"啊！"文字春吓得连魂仿佛都飞出去了。

"我还没说完呢，听说那个人说，他确定看到的姑娘就是阿安。他本来还想叫她，但她突然就消失了。我之前以为那是瞎编的，今天遇到师傅，我才相信那人说的不是假话。阿雪已经十七岁了，所以阿安来接她了。"

突然，从厨房传来"哗啦"一声，两人都吓了一跳。仔细一看，才发现原来是买点心的小女佣回来了。

那个晚上，文字春睡得很难受，总是感觉有穿瞿麦花纹浴衣的小姑娘在旁边看着自己，她在半睡半醒间痛苦难耐，加上天气闷热，她浑身出汗，湿透了枕巾。第二天醒来时，她只觉得四肢乏力、胸闷头痛，完全没有吃早饭的食欲。她跟小女佣说自己是中暑，敷衍了过去。但实际上她是害怕。为此，她还点了一炷香，为阿安祈福。

弟子们照常来找文字春学习三弦，阿雪也来了。文字春为阿雪的平安感到高兴，但一想到那个幽灵阿安可能就偷偷跟在阿雪身边，她就惊恐不安。

学习结束之后，阿雪向文字春说道："师傅，昨天我碰见了一件怪事。"

文字春顿时警觉起来。

"大概五刻半（晚上九点）的时候，我坐在铺子前面的凳子上吹风，看见一个穿白色浴衣的女孩站在我家铺子门口偷偷摸摸地往里面瞧。不仅我看见了，铺子里的长太郎也看见了。他问那个女孩有什么事情，结果她一声不响地就离开了。没过多久，一个没见过的轿夫来问我们要钱，说是我们津国屋有人乘轿没付钱。但我们家那天确实没人坐过轿子，所以问他是不是找错地方了。那个轿夫说，有个小姑娘坐了他的轿子从四谷见附到町内拐角，那人让他来找津国屋拿钱。"

"后来怎么样了？"

"我们本来就没人坐他的轿子，根本不需要付钱。"阿雪一脸不满地继续讲，"大掌柜也出来了，问那个轿夫那个小姑娘长什么模样。轿夫说，那是个穿着瞿麦花纹浴衣的十七八岁的女孩。我一听，觉得就是之前在我们铺子门口偷窥的那个人。大家都说，一定是她为了赖钱才乱说的。后来是我阿爸出来付了钱，他说，就算别人是乱讲的，但别人既然说了津国屋，我们只能自认倒霉，如约付钱，不能让轿夫做亏本生意。给完钱之后阿爸就回里屋了，什么也没说。后来我们铺子里的人都在讲，现在有些女孩子实在太过分了，现在敢白坐轿子赖账，以后指不定做什么类似仙人跳这种更严重的事情……"

"是啊，以后要多注意。"

文字春表面上附和着阿雪，心里却在想其他事情。与那个事情相比，仙人跳根本算不上有多严重。但阿雪什么都不知道，铺子里的人也完全不知情。只有老板出来付了钱，却什么都没说，看来是知道发生什么事情了。

原来阿安和自己在护城河那边分手以后坐了轿子到津国屋。不知道现在的阿安是不是就这么悄悄地隐藏在……阿雪的背后？

一想到这个，文字春就感到害怕。

一想到自己这么优秀又美貌的弟子会被幽灵夺去生命，文字春就很心痛。但是这种事情……她又不能直接告诉阿雪，让她提防。如果被阿雪的父母知道了，他们来责问为什么说这些没有根据的事情，文字春也没有办法解释。另外，如果她因为提醒阿雪而遭到阿安的报复，那更是遭罪的事了。

想来想去，文字春只好忍了下来，不向阿雪说明真相。

晚上没有睡好，早上又听到了让人难受的事情，文字春越发难受，便停止了下午的三弦授课。整个下午，文字春都点着佛龛前的供灯祈福，并诵经祈祷阿安死后瞑目，阿雪和自己能够平安消灾。

之后的几天里，阿雪照常来学习三弦，文字春看她没出什么事，瞬间就安心很多，但阿安的事情依旧萦绕在文字春的心头。

第五天的时候，阿雪突然又说了一件奇怪的事。

"我阿母昨天傍晚的时候受伤了。"

"怎么回事？"文字春一阵心惊。

"昨天六刻（六点）的时候，阿母去二楼拿东西，爬到最顶上的时候，她突然踩空从楼上摔下来了，幸好没有撞到头，只是左脚扭伤了。医生过来之后看了看，然后她就一直在床上躺着了。"

"严重吗？"

"虽然医生说没有太严重，但阿母觉得自己好像把骨头伤着了，特别痛，早上也起不了床。其实之前拿东西都是让女佣去拿的，昨天也不知道为什么，她非要自己去拿，结果没注意就摔下来了。"

"那真是遭罪啊！我改天一定要去看望一下夫人，你先代我问候一声吧。"

看来幽灵阿安已经开始行动了，文字春不免开始害怕起来。不知道是不是错觉，文字春总觉得阿雪精神不佳，脸无血色，一副生病的样子。无论如何，先去拜会一下津国屋老板娘为好。

吃过午饭之后，文字春提了一盒果子饼前往津国屋。阿雪的母亲阿藤依旧只能躺在床上，但疼痛似乎比早上减轻了不少。

"真是多谢师傅了，这么忙还来看我。这次意外实在是太突然了。"阿藤讲道，"我昨天只是去二楼收个衣服，本来这事是女佣做的，但她在井边提水的时候摔倒了，跛了脚，受了伤，不方便上楼，所以我才上去的。结果现在我的脚也摔伤了，真是让人难办啊。"

文字春没想到阿安对这么多人做了坏事，一阵胆寒，连忙离开了津国屋。

走到明亮的大街时，文字春看见津国屋的屋顶上有一只巨大的黑乌鸦，仿佛是在预告马上到来的灾难一般，文字春一惊，吓得立马又奔回了家。

后来，老板娘阿藤的病躺了十几天依然没有好转，文字春又打听到津国屋的伙计长太郎也出事了。他到附近武家宅子办事，被屋顶突然掉落的瓦片打中了右眉，现在眼睛肿得根本睁不开。那个长太郎应该就是之前在铺子前找阿安问话的伙计，没想到也遭了厄运。

莫非这次阿安要向津国屋的所有人复仇？这样的话，自己岂不是也会被牵连？文字春越想越害怕，每天都忧心忡忡的，只好每天烧香，祈祷御祖师能够保佑自己。

津国屋老板娘阿藤的病一直没有好转，阿藤害怕时间久了伤到骨头导致残疾，听说浅草马道的接骨医生很厉害，便每天乘轿子前去看病。

七月初在阴历上已经算是秋天了，但白天的太阳依旧很猛，加上前来看医生的人很多，去迟了便很有可能需要在玄关前等上许久，阿藤只能尽早出门。今天早上，阿藤大概六刻便出了门。刚要坐进轿子时，她便看见一位僧侣对着津国屋喃喃自语。

接二连三的意外使得阿藤很是在意僧侣的行为，她便站在铺子前注视着僧侣，送阿藤的伙计也只能默默地等着阿藤。

那个僧侣大概有四十多岁，是个托钵僧。以往也会有僧侣站在铺子前，但这位僧侣她以前从未见过，而且他的样子有些奇怪，阿藤看了他好久。

僧侣看了津国屋好久之后打算离开，嘴里还自言自语道："凶宅啊！愿佛祖保佑！"

"大师，请等一下！"阿藤连忙喊住僧侣，"敢问我这宅子有什么问题吗？"

"内有幽灵藏身作恶，主人恐怕会断子绝孙。"

阿藤听闻，魂都飞了一半，连忙一瘸一拐地走进铺子，把这件事告诉丈夫。老板次郎兵卫听后也皱了皱眉，但想了一会儿就笑了。

"这些和尚老是这样，或许是从其他地方听说我们最近出了很多意外，所以就跑来吓唬我们，赚些钱财。幽灵、鬼魂这种东西，听听也就算了，你还当真？等着吧，明天他还会来的。"

"这样啊。"

虽然丈夫说得很有道理，但阿藤始终放不下心中的疑惑，去浅草的路上，她一直想着那个僧侣的话，所幸途中没有再发生意外。

阿藤嘱咐铺子里的伙计时刻注意，但第二天起，那个僧侣就再也没有出现了。如果他重新出现，阿藤反倒能够心安，这说明他就是丈夫所说的那种"骗人钱财的秃驴"，但现在他不出现了，岂非表示他说的是真话？莫非津国屋真的有幽灵在作祟，自己家马上就要大祸临头了？

尽管已经下令不准将僧侣的事情传出去，但一个叫巳之助的伙计还是在澡堂洗澡的时候说漏了嘴，结果，一传十，十传百，周围的人几乎全知道了，文字春也听说了。

原本文字春就因为阿安的事情而精神不佳，听闻此事之后，便越加惊恐。

一天，文字春在街上遇见了木匠兼吉，说道："木匠师傅啊，这事该怎么办啊！因为阿安的原因，津国屋以后可能就没了！"

"我也不知道。"兼吉也是一筹莫展，"虽然对老主顾的安危见死不救实在不合适，但这种事不是人力所能控制的。"

兼吉建议文字春到津国屋坦言自己遇到过阿安一事，但文字春连忙拒绝了，毕竟她一直在担心把这件事说出来会遭到阿安的报复。一看到前来学三弦的阿雪，文字春就担忧阿安的幽魂会出现。

之后，文字春又听到了另一个从女澡堂传出的谣言。

津国屋一个叫阿松的女佣在某个晚上遇见了一个奇怪的姑娘，她走路悄无声息，经过阿松旁边时，还低声说道："快离开津国屋吧，它马上就要没了。"

阿松被吓到了，但还没来得及问什么，那个姑娘就消失了。阿松害怕，又不能与主人说，只能同朋友阿米说，阿米又找其他人说。结果，这事不久就在町内传开了。

人们总是喜欢谈论一些风言风语，而且越是跟鬼神相关的事情就传得越邪乎，再加上津国屋最近时运确实不济，还出了各种莫名其妙的意外，津国屋被幽魂诅咒的传言立刻成了町内人所皆知的事情。

阿雪照常前往文字春的家中学习三弦，正巧今天没有其他人，她便和文字春说："师傅，您是不是也听说过我家被冤魂诅咒的事……"

文字春不知如何回答，只好敷衍答道："怎么会有这样的谣言？是有人在乱说吧？好过分啊！"

"现在所有人都在这样传，阿爸和阿母都知道。阿母还说，她的脚可能永远都好不了了。"

"怎么会这样呢？"

"我也不清楚。"阿雪紧皱眉头，"阿爸和阿母很介意这件事。我也很在意。他们说，在盂兰盆节传这样的谣言太过分了。也不知道是谁开始讲的，竟然说每天晚上都有女鬼在津国屋铺子前出现，我就没见过，所以这肯定是乱讲。但是，我听了还是很担心。"

文字春知道阿雪一定什么都不清楚才会这样想，实在也太可怜了。文字春想把所有事都告诉阿雪，让她注意安全，但又担心阿安怪罪于她，只能含糊地结束这样的谈话。

盂兰盆节过后，阿雪来到文字春的家。

阿雪说："师傅，我阿爸说他想出家，我阿母和掌柜劝了好久才让他放弃这个想法。"

文字春不明所以："为什么要出家呢？"

原来，十二日的早上，津国屋家的菩提寺住持来到阿雪家诵经，诵完经后，住持问次郎兵卫道："最近家中可有人去世？"

住持在这个时间问这样的话，着实让两夫妻一阵心惊，但两人回说"没有"时，住持却一副纳闷的模样。在夫妻的追问下，住持才讲明来由。原来住持最近几天都在津国屋家族墓前隐隐约约看见了一个女人，女人好像穿着白底染瞿麦花纹的浴衣。

两人听完，依旧表示没有这样的人，并给了住持丰厚的谢礼送其回寺。没想到晚上老板就说身体难受，老板娘的脚也痛起来，直到半夜也不见好转，所有人被两夫妻的叫唤声搞得睡不着。第二天，老板娘的脚好些了，老板却仍说自己不舒服，需要卧床休息。吃过午饭后，他就前往菩提寺烧香。当天晚上，除了主人，津国寺所有人都在门口烧送魂火。

十五日晚，次郎兵卫告知妻子和掌柜，说自己有退休的想法。两人都大吃一惊，连忙询问老板为什么会有这样的念头。次郎兵卫没有讲具体原因，但两人都知道，这应该是之前去菩提寺时和住持商定的缘由。两人都非常反对老板退休的决定，阿藤表示，这种事至少要等到阿雪招赘后生下长孙才能做，现在退休，津国屋就相当于倒闭了。

然而两人没想到，次郎兵卫不仅想退休，还想出家！两人只好声泪俱下地苦苦相劝，次郎兵卫才暂时打消了退休出家的念头。

"你阿爸有这样的想法不奇怪，只是如果真的这样做了，津国屋就完了啊！"次日阿藤将事情告诉阿雪时这样讲。

文字春猜想，或许是菩提寺住持跟津国寺老板讲了因果报应的佛法，老板为了消除阿安的怨恨才想出家的。但老板娘和掌柜应该不愿看着津国屋因为这样的事倒闭，如果能为阿雪找到合适的入赘丈夫就最好了。

但文字春不适合说出这样的话，只能静静地听着阿雪讲。

没过多久，津国屋的女佣阿米也表示自己遇见了阿安的鬼魂。当天晚上，阿米刚从澡堂出来回家，由于在下雨，阿米便撑着一把油纸伞。突然，她的脚下似乎绊到了什么东西，摔了一跤，木屐带也断了。阿米刚想起身，可油纸伞边突然出现一个女孩的脸，幽幽地说："津国屋要完了。"

最近关于幽魂作祟的传言越来越多，阿米不由自主地大声尖叫起来，油纸伞和木屐也不管了，光着脚就跑回了铺子。一进门，阿米就昏倒了。众人照料了好久，阿米才醒过来，但仍是昏昏沉沉的，嘴里不断地念念有词："津国屋要完了！"

所有人都被阿米吓到了，只好将她送回老家。看到阿米离开，附近的流言蜚语传得更凶了。大掌柜金兵卫担心铺子的生意受到谣言的伤害，每天急得寝食难安。然而老板次郎兵卫只顾着诵经念佛，幸好老板娘阿藤的脚已经慢慢好转，已经不用去马道看医生了。

阿雪每回到文字春家里便将家中的事情告诉文字春，文字春每每听到都心情忧郁，担心津国屋的命运。

四

又过了几天，津国屋一直平安无事。直到十二日傍晚，老板平日里诵经念佛的佛龛处突然着起火来，将祖宗的牌位和名册全烧了。幸好众人发现得早，把火扑灭了。但这次失火以及失火的地点，所有人暗暗一琢磨，都觉得害怕。

"风吹倒了佛灯，所以才失火的。"金兵卫说。

津国屋想要尽力隐瞒这次失火，但不知怎么的，周围人还是全都知道了。阿松没有办法，说父亲生病了，一定要回家。没有新人进来，旧人又都走了，津国屋的厨房就没有女佣工作了。

"最近我和阿母都要忙厨房的事情。"阿雪向文字春说，"而且阿母病还没完全好，我就要多做一些事，以后恐怕不能来学三弦了。只不过现在家里还能忙得过来，到了冬天就很难说了。"

文字春看到从前集万千宠爱于一身的阿雪现在居然要做厨房女佣的工作，心里无比感伤，但又帮不上什么忙，只能安慰她。

阿雪又道："阿爸现在虽然不想退休出家了，但仍想搬到菩提寺去住。无论阿母和掌柜怎么劝都劝不住。"

"不是出家吗？"

"不是，他说是住在寺里向和尚学习经法。"

"如果这样能让心情平复一些也是好事。"文字春安慰阿雪，"不过，铺子的生意就只能靠老板娘和掌柜的了，但掌柜的这么能干，应该没问题的。"

"是啊，如果金兵卫走了，我们津国屋就真的完了，其他人一个都不靠谱。"

大掌柜金兵卫已在津国屋做了二十五年，从十一岁起做学徒一直到现在做掌柜，至今未婚，勤勤恳恳地守着津国屋的账房。除了大掌柜外，还有源藏、长太郎和重四郎三个年轻伙计以及勇吉、巳之助和利七三个学徒，上上下下一共有十来人。原本阿松和阿米两个人来照顾所有人的伙食便已经很辛苦，现在她们都走了，只有阿雪和阿藤两人，阿雪的辛苦可想而知。文字春看着阿雪原本雪白细腻的手因为家务变得粗糙，十分心疼。

"小学徒会帮忙吧？"

"只有勇吉会帮忙，其他人就知道出去玩。"

"勇吉真是好孩子啊。"

勇吉是金兵卫的远方亲戚，也是十一岁便来当学徒了，虽然现在只有十七岁，但已经是一个成熟能干的小伙子了。年轻伙计中最靠谱的是长太郎，上次即使被瓦片砸到了，绑了白布依旧继续干活。

两天后，次郎兵卫搬到了菩提寺居住，虽然津国屋的对外说法是老板去寺里暂住，但已经有谣言说是老板出家当和尚了，更有人直接说老板疯了，总之，各种流言满天飞。

九月的时候，天气已经转冷，文字春上午刚上完三弦课打算换衣服去祭拜神明时，听到厨房后有人求见。

小女佣去开门，发现是一个五十左右的女人在外面。

"请问您是教三弦的师傅吗？"

文字春连忙穿好衣服走出去。

对方又问了一句："请问是教三弦的师傅吗？听说您和津国屋的主人相熟，想拜托你一件事。"

"我是和他们相熟，你有什么事？"

"是这样的，我听说那边正在招女佣，我正好想去做帮佣，但我不想经由桂庵介绍。但是我这么冒冒失失地过去也很奇怪，所以想请师傅做个中间人。麻烦您了。"

"这样啊……"文字春考虑了一会儿，虽然这个女人有点老，但她愿意去津国屋，至少可以帮阿雪很多忙。不过自己完全不知道她的来历，万一出了什么问题……这有点不合适。

"我知道您不认识我，所以一定很犹豫。"对方似乎看出了文字春的担忧，"如果对方愿意雇用我，我一定详细地告知来历，不会给师傅添麻烦的。"

"那好吧，我去问问。"

文字春随即到了津国屋说明了事情，阿藤正苦于缺少人手，立马请求文字春把人带过来。阿雪也向文字春表示了感谢。

文字春觉得自己做了好事，所以开心地将那女人带到津国屋。

女人名叫阿角，待人接物有礼有节，津国屋当场便雇用了她。三天试用期结束后，阿角顺利成为津国屋的正式女佣，吃住都在津国屋内。阿雪向文字春表示感谢，说阿角精明能干，帮了自己和阿母很多忙。

阿角也来道谢，有时出门办事也会顺道来文字春家里。之后的一个月内，津国屋再没有发生什么事，然而有一天，阿角突然过来找文字春，还和文字春说了一件奇怪的事。

阿角说："非常感谢师傅的帮忙，但我可能没办法再在津国屋做事了……"

"为什么？"文字春大惑不解。

阿角说话吞吞吐吐的，文字春追问好久，阿角才说自己发现老板娘阿藤和大掌柜金兵卫有不正当关系。

金兵卫正值壮年，但阿藤是一个快五十的女人了，这两人怎么可能在一起？文字春一开始觉得阿角是在胡说八道，但阿角很确定地说，自己常常碰见两个人鬼鬼祟祟的，有一次，两人还偷偷地一起到二楼的房间里。

"这种事迟早会被发现的。"阿角说，"万一被发现了，我被牵扯进去就不好了。"

按照法律规定，帮助主母与仆人私通的人会被判死刑。阿角害怕别人说她与此事有关，不想惹麻烦，这也能理解。但大掌柜和阿藤如果真的有私情，那可真是不得了了。

文字春没有办法判断阿角说的话是真是假，只能劝告她不要轻易和别人说。

文字春因为阿角的话起了猜疑，虽然阿雪说老板是自己想去菩提寺的，但也有可能是老板娘和大掌柜串通起来把老板赶出去，这也说不定。但是，老板娘为什么要做出这样的事呢？

文字春猜想，莫非是阿安的鬼魂从中捣乱的缘故？但这件事，她也没有办法直接找向阿雪询问。

"不管我怎么说，老板娘都不让我辞职，这可怎么办啊？"

之后阿角经常来找文字春诉苦，说阿藤一直在挽留她，不让她走。老板娘说，她可以给她加薪，也能增添衣服，请她至少要做到明年春天。阿角心软，没办法狠心离开，所以很困扰。文字春也从阿雪口中得知，阿藤似乎很喜欢能干的阿角，不愿意她离开。

文字春很欣慰自己介绍的女佣能得到老板娘的夸赞，但如果老板娘和大掌柜真的有奸情，到时候牵扯到自己就麻烦了。所以，文字春又多了一件操心的事。

幸好之后什么事都没有发生，一直到十二月份。

五

十二月四日，木匠兼吉来找文字春。

"师傅，您起了吗？"

"木匠头啊，我早就起床了，都给两个弟子上完课了。"

"这样啊，那津国屋的事情您应该也知道了吧？"

"津国屋又发生什么了？"

"天大的怪事啊！"兼吉坐到火盆前，"老板娘和大掌柜两个人在仓房里一起上吊死了！"

"怎么可能？"

"实在是太吓人了，你说说，这算什么事啊！"

"为什么死？是……是情杀吗？"文字春仍旧难以置信。

"大概吧，男人和女人一起上吊，一般都是情杀。"

"可他们年龄差这么多，不至于啊！"

"就是说啊！虽然在背后说人坏话不好，但那个老板娘本来就不是什么好人。我看啊，之前赶走阿安的事，八成就是她挑拨老板做的，结果现在阿安来报仇了。现在的津国屋已经乱成一锅粥了，死人这种事是瞒不了的，官府还要验尸呢。他们已经去找老板了，现在家里只有一个女儿和一群伙计，什么事都办不了。"

"是啊！"文字春想到了阿角提到的事，"验尸结果怎么样？"

"仵作刚过去，我不方便待在那边，所以就先走了，之后再去看看。"

"那我也之后再过去吧，虽然是情杀，但也不能不去看望啊。"

"当然啦，更何况是师傅将阿安带到津国屋的。"

"你乱说什么啊！"文字春觉得自己快哭了，"我怎么会遇到这样的事！"

过了半个时辰，兼吉离开。文字春走到门口一看，不少人都站在自家门口对着津国屋指指点点，津国屋附近也围了不少人。

"喂！师傅，这边太乱了！"

文字春回头，发现是常吉。他是幸有卫门的儿子，父亲差不多已经退休，最近的公务现在都是他在处理。常吉大概二十五岁，容貌如人偶一般好看俊美，人们叫他"人偶常"。

虽然文字春害怕他的身份，但他实在俊秀，她不禁脸红道："大人，天气真冷啊。"

"冷也要办差啊，何况还是这么棘手的差事。"

"听说是命案！验尸结果怎么样？"

"大爷们刚走。师傅，我需要问你一些事，待会儿可能过来。"

"好的，我在家等您。"

文字春回家之后换了一件好看的衣服，一边加炭火等着常吉过来，一边又担忧自己被卷进津国屋的案子里。

"师傅在吗？"

常吉走进文字春家，文字春赶忙出来迎客。

"是您啊，请进请进。"

"打扰了。"

常吉走进房门，文字春交代小女佣去饭馆买些酒菜。

"师傅，我就直接说了，我想问您一些津国屋的事情。您和他们很熟吧？"

"没有很熟，偶然会去。"

"我想问一下，您对这次的事有什么看法？我不认为老板娘和大掌柜会因为偷情自杀，老板娘都可以做大掌柜的母亲了，而且大掌柜平日里是一个很老实的人，不像会做这样的事的人。但现在津国屋的人都问不出什么，不知道师傅是否知道一些情况？”

“大人，您应该也听说过津国屋的谣言吧？”

“我知道，听说津国屋要倒闭了。”

“是啊，大家都在说，是因为那个叫阿安的鬼魂在作祟。”

“鬼魂作祟？这我还是第一次听到。阿安是谁？”

常吉摆出一副认真听讲的模样，害得文字春心神荡漾，她立马将兼吉所说的事一五一十告诉了常吉，同时也讲了自己和阿安的鬼魂一起回町内的事。常吉连忙询问阿安的模样，文字春也全说了出来。

“今天的线索很有价值。师傅，真的很感谢您，我改日来向您道谢。”

刚好饭馆的酒菜到了，文字春立马拿出酒杯和酒瓶。

“实在是让您太破费了。”常吉不好意思地说道。

“不用客气，您办差也辛苦了，您多喝点啊。”

“实在太感谢了。”

两人便喝起酒来，其间文字春又把阿角的事告诉了常吉，常吉听完后若有所思，似乎很在意。

半个时辰之后，常吉起身告辞，道：“我还有公务，就不打扰了，下次一定尽兴。”随后，他留下一些钱便走了。

外面的天气依旧寒冷。常吉回到津国屋找兼吉问话，又找到女佣阿角那里询问老板娘和大掌柜的事。两人所说和文字春所讲一致，阿角表示自己确实看到过两人偷偷会面的事，但反复强调自己是新来的，完全与此事没有关系。

审讯完后，常吉回到八丁崛。同事们都认为这是情杀，没有什么继续查下去的必要。但毕竟主人与用人私通是重大问题，众人都表示，若有新线索的话，一定会继续调查。常吉没有直接说出阿安的事，只是表示自己认为这事仍有不合理的问题，想继续查一查看看。说完，常吉便去神田三河町找半七商量，好久才回家。

第二天下午，津国屋为阿藤举办了葬礼。但由于她同大掌柜的死不太体面，所以葬礼也只能悄悄地办。邻居们也大都没有参加葬礼，文字春也只是前往津国屋表示哀悼。

附近的人都说阿藤是活该，好好的老板娘不做，竟然与仆人私通，才落得个如此下场。老板次郎兵卫一直没有露面，听说办完丧事之后还要回寺里。然而又有人说，老板在办完丧事的第二天就病倒了，津国屋也休业了，家里来了几个亲戚操持家务。许多人都认为，津国屋现在没有主事的人，肯定要倒闭了。

阿藤头七过后的第三个晚上，文字春前往芝附近到一个同行家里吊丧，回来的时候路过山王山旁边的溜池。当时大概是晚上八点左右，原本文字春就因为接二连三的丧事而心情不佳，路过溜池时，她又想起了与阿安同行的遭遇，正是心中不安之际，突然发现一个黑影向自己奔来。

文字春早已吓得一动不动，倒是对方开了口："不好了不好了，快跟我来。"

似乎是阿雪的声音。

文字春问道："是阿雪吗？"

"啊，是师傅啊！快来救救我！"

"怎么了？"

"长太郎和勇吉……"

"他们怎么了？"

"他们…他们拿着菜刀……"

"打架吗？他们为什么打架？"

阿雪蹲在地上气喘吁吁，话也说不明白。文字春见阿雪神色紧张、不断发抖，只能安慰她道："阿雪不要怕，他们在哪里？"

"好像就在附近……"

文字春望了望四周，没有看见任何人影，她试着喊了喊长太郎和勇吉的名字，也没有回应。

天色越来越暗，文字春只能拉着阿雪跑向灯火通明处。

文字春带着阿雪跑回家中，找药使阿雪镇定下来，才问她今晚发生了什么事。

原来，阿雪晚上到铺子时，长太郎跑来说有事情要商量，阿雪便跟着她到了外面。结果没想到，长太郎突然拿出短刀威胁阿雪跟他走，阿雪害怕刀，又手无缚鸡之力，只能乖乖听话。长太郎把阿雪带到溜池旁边，见四周没有人，就打算侵犯阿雪。阿雪不愿答应，长太郎就吓阿雪，如果不答应，就把阿雪杀死抛尸在池中，到时候自己也跳进去，然后跟别人说是殉情。阿雪只能恳求长太郎放过自己，但长太郎不肯。就在紧急关头，勇吉拿着菜刀出现砍向长太郎。两个人扭打起来，阿雪连忙逃跑，希望找人求救，没想到她却跑错了方向，和文字春撞上了。

文字春听完立刻通知津国屋，津国屋的人听了也十分诧异，四个人带来灯笼赶往溜池，果真发现鲜血淋淋的长太郎和勇吉躺在草地上。两人的刀伤并不致命，应该是丢了刀后扭打了很久。长太郎由于把脸埋进了水池深处而断气，勇吉虽然也身受重伤，但施救过后捡回了一条命。

文字春通知津国屋后又跑去通知常吉，道："大人，人死了，我想让您早点知道，所以就过来了。"

"太感谢了。"常吉正好在家，"事情已经差不多快弄清楚了，我改日一定去您府上拜谢。"

文字春听到感谢后非常开心，甚至连阿安的鬼魂都要忘了，甚至觉得，自己应该多尽力帮助常吉破案。

常吉赶到津国屋，发现勇吉虽然虚弱，但只受了几处轻伤，便将他带到奉行所问话。

"小伙子，你办了件了不起的事，奉行所可能会给你奖赏。但是，你怎么会拿着菜刀去追长太郎，难道您看见他在逼阿雪姑娘？"

勇吉明确地回道："是的，我看见他拿着短刀对着小姐。我怕小姐受伤，但怕手上没有武器打不过他，就回厨房带了菜刀去追。"

"这样啊，不过，有件事很奇怪，你看到长太郎威胁小姐，为什么不通知铺子里的其他人，反而自己一个人去追？这不合常理啊！"

勇吉默不作声。

"这非常重要。"常吉继续追问，"这决定着你是成为凶手还是成为英雄。"

勇吉依旧不说话。

"那让我猜猜。是不是你和长太郎有私仇，你想救小姐，也想杀掉长太郎？"

"好的，我认罪。"勇吉坦言。

"那你说说你为什么想杀掉长太郎吧！"

"我觉得他是杀人犯！"

"杀人犯？……听说您是金兵卫的亲戚？"

"是的，是大掌柜介绍我来津国屋的。"

"这么说，你是怀疑长太郎杀死了金兵卫？"

"我觉得就是他！"勇吉开始流泪。

"你有什么证据吗？"

"我没有证据，但我就是觉得是长太郎杀了大掌柜。"勇吉回道，"我知道金兵卫是不可能和老板娘有私情的，发现尸体的时候我就知道，那不是上吊自杀，是被人杀掉之后被人放上去的，只是我没有证据，所以一直没讲。"

"那你为什么怀疑是长太郎做的？其他伙计不可疑吗？"常吉继续追问。

勇吉表示，发现尸体的前一天，长太郎曾经骚扰过阿雪小姐，说了很难听的话，金兵卫专门出来责骂过长太郎。长太郎离开的时候，还恶狠狠地瞪了金兵卫。但是这根本不能作为证据，勇吉只好忍下来，结果今晚又看见他威胁小姐，便打算直接杀了长太郎。

"很好，很坦白很老实。"常吉宽慰勇吉，"但以后不要做这种事了。金兵卫的仇人还有很多，我会替他报仇的。你回去好好养伤等消息吧。"

"谢谢大人。"勇吉擦了擦眼泪。

常吉安顿好勇吉后返回津国屋，经过文字春家门时，突然听见里面传来尖叫声。

常吉停住脚步，发现厨房后门被撞开，一个女人慌乱地从里面跑出，后面还跟着一个挥着刀的女人。常吉赶忙奔过去，挡在两个女人中间，抓住挥着刀的女人的手，大声呵斥道："阿角，你被捕了！"

发现是常吉后，阿角死命挣脱逃跑，跑到一个井口处后就跳了下去。

在旁边居民的帮助下，常吉把阿角打捞了上来，但已经没救了。据文字春说，刚刚有人敲她的厨房门，文字春感到奇怪，就去看是谁，结果发现是拿着剃刀的阿角，她说是因为文字春多嘴多舌，才导致事情败露，要杀死文字春，吓得文字春赶忙逃到巷子。

"我想也是这样，幸亏你没有出事。"常吉安慰文字春。

谁能想到，阿藤和金兵卫死后没几天，长太郎和阿角也死了。不过没多久大家也就知道了，这不过是在偿命罢了。

六

案件终于真相大白。

阿角和长太郎分别趁阿藤和金兵卫熟睡的时候绞死了两人，再把他们搬到仓房内装作上吊自杀。

在下谷开铺子的池田十右卫门、浅草开铺子的大树屋弥平次、地痞熊吉和源助、娼女阿兼，之后也被神田半七和桐畑常吉逮捕，菩提寺住持和托钵僧也被寺社奉行逮捕。

池田十右卫门、大树屋弥平次和菩提寺住持，为了抢夺富商津国屋的财产，设计了这场鬼魂复仇的事件。次郎兵卫早因赶走养女致其死于非命而后悔，在大女儿阿清死后更是自责不已，每每向菩提寺住持忏悔赎罪。三人得知这一情况后，便设计了这个阿安幽魂的计谋，希望津国屋一家崩溃。

虽然在现在看来，他们的计谋太过于荒谬，但对当时迷信鬼神的人来说，这是十分巧妙的方法了。他们首先散播谣言，让所有人对津国屋感到恐惧，再让住持恐吓次郎兵卫，将其软禁在菩提寺内。这样，津国屋就不得不为阿雪招赘，到时候他们便能派出池田屋十右卫门的次子去做津国屋的女婿，名正言顺地夺走津国屋的家财。

为了方便行事，三人找来了熊吉和源助做帮手，监视津国屋，又找来娼女阿兼扮作阿安的鬼魂来吓唬文字春，但文字春一直没有将鬼魂的事情声扬出去，所以几人不得不找来托钵僧，让他散播凶宅的消息，同时再让阿兼在去澡堂的路上吓唬女佣。

次郎兵卫成功上钩，主动要求前往菩提寺居住。但阿藤和金兵卫太过能干，居然在老板出家的情况下还能继续运营津国屋，这让他们功亏一篑。为此，他们找来阿兼的叔母阿角扮作女佣潜进津国屋，阿角进去后，哄骗长太郎说，成事之后可以和阿雪成亲做夫妻，最后成功将其拉入伙，两人杀死阿藤和金兵卫后将其吊在一起，伪装成了情杀的样子。

本以为事情终于能够顺利进行，却不料却被常吉和半七看出了端倪。半七听说这件事后就想到了曾经假扮小姑娘骗人的阿兼，怀疑她就是众人所说的鬼魂。于是半七派人跟踪阿兼，终于查到阿兼与熊吉、池田屋十右卫门、大桝屋弥平次等人来往过密，其他人的嫌疑大大加深。

半七直接逮捕了熊吉，但熊吉死不认罪。其他人知道熊吉被捕的消息后十分慌乱，源助连忙逃走，长太郎沉不住气，打算胁迫阿雪与自己一起离开，无奈却被勇吉阻止，自己也被溺死在溜池。阿角从文字春的小女佣那里套出文字春曾向常吉汇报后，便十分痛恨文字春，想杀了文字春之后逃跑，结果没想到落得个跳井而亡的下场。

之后，源助在千住被逮捕，池田屋和大桝屋被处以死刑，菩提寺住持和阿兼被流放孤岛，其他人则被判放逐重刑。

事情过去的第二年，有两对新人喜结良缘。一对是二十六岁的常吉和二十七岁的文字春，另一对则是十七岁的勇吉和十八岁的阿雪。两个男子都娶了比自己大一岁的妻子，或许这就是缘分吧。

"怎么样，觉得太复杂了是吧？"半七老人笑着说道，"主要是这个计划实在太过麻烦，现在看来，可能花费的时间太久，但是对那个时候的人来说，这可是不折不扣的好计谋。当时的津国屋——好像全称是叫'津之国屋'——听说家产总共有二三千两吧，相当于现在的十万元左右，当时也算是一笔大钱财，要想不留痕迹地夺过来，用一般的办法还真行不通。不像现在，哪怕成立一家皮包公司，然后发个乱七八糟的广告，就能随随便便骗个几十万。说起来，以前的人还算是善良老实了。"

不过这好像也不算怪谈，我被这个老人骗了嘛！

第二话　山祝之夜

　　原来，后院二楼住着两个行商的男人，两人都被杀了，钱财也被人抢走。两人死得很惨，一个是睡着的时候被人一刀就抹了喉咙；另一个应该是发现了屋里的情况，掀开被子想逃走，没走几步却被歹徒在脖子上砍了一刀，当场就一命呜呼，倒地不起了。

一

半七老人一边示意我看向《道中怀宝图鉴》，一边跟我说着话。

"箱根现在可跟以前不一样了！你看，书里把汤本和宫下那边的房子都画成茅草屋，但现在可是今非昔比，麻雀变凤凰了啊！对于以前的人来说，到箱根来泡一次温泉可是一件了不得的大事，毕竟路途遥远，过程颇为考验人的耐心。即使是条件好的有钱人，也有很多人受不了这些折腾。那会儿，要泡温泉得先从品川出发，走一天的路，晚上在程之谷或户冢的旅馆落脚；第二天再行一天路，然后在小田原的旅馆休息一晚。万一还要拖家带口，带着老人孩子一起去泡温泉的，光是到小田原这段路，就得走个三天，更别说接下来还得从小田原再走上路到箱根呢！对当时的人来说，去泡个温泉可是颇为折腾呢！"

"您过去那里吗？"

"文久二年五月，我带着一个年轻的助手多吉一起去往箱根，那是我第二次去箱根。我记得，应该是端午节后的第二天，我们就从江户出发了。第一天晚上，我们在户冢的一家旅馆休息。第二晚，我们住在小田原的一家旅馆。那个季节太阳出来的时间长，所以一路走起来还没那么累，就是太阳有些大，晒得人很难受。其实我们并不是像其他人一样过去是为了泡温泉度假的，当时是碰巧赶上八丁堀家大爷的太太产后一直卧床不起，我们过去探病。所以，我们俩没带多少钱，找个不忙的时间出发了。因为本身并不是为了办案，所以我们的心情其实还是比较轻松的。第二晚我们在小田原住的那家旅馆我还能记起来，名叫松屋。但没想到的是，就在那里，我们还赶上了一桩命案。"

二

　　小田原和三岛在当时都是人来人往的繁华之地，这都是托了箱根的福。从东边过来的游客一般在小田原落脚，住上一晚，第二天再走山路越过箱根山岭，然后在三岛再住上一晚；从西边来的游客则是在三岛落脚，同样经过箱根山岭后，在小田原休息一晚。可以说，基本上东来西往的人都要走这段路，只要走这段路，都不得不在小田原和三岛这两个驿站的旅馆过夜。半七和助手虽是为了探病，但也一样需在小田原住宿一晚才行。

　　两个人一路游山玩水，又东扯西扯，快到晚上七点的时候才到旅馆。他们先是洗澡解乏，接下来就是喝酒吃菜。半七酒量没有多吉大，两三杯下肚后，脸上就已经泛起了红晕。女服务生把餐桌上的酒菜都撤掉后，半七就直接倒在床上。

　　多吉倒跟没事人一样，拿着房间里的蒲扇扇来扇去地驱赶蚊子，他关切地问："大人，您还好吧？"

　　半七躺着回答道："没什么，就是今天走的路有点多，又喝了点酒就有点累了。哎，真是上了年纪了啊，不服老不行啊。"

　　"对了，大人，我跟您说件事，我刚才洗澡的时候好像碰到了一个熟人。"

　　"是吗，你碰到谁了？"

　　"我还没想起来，但是看着眼熟，而且不像什么好人。你想啊，他一看见我就躲躲闪闪的，应该是认识我，也知道我是为您办事的，估计是干了什么坏事了。我看今晚咱们得多留意一下，如果旅馆里出了点什么事的话就不好了。"

"那些赌徒和色魔即使到了旅馆里，估计也没什么可折腾的……难不成是那些装成游客打劫的盗匪？"

多吉看半七虽然带着笑意，但眼神里却流露出担忧之色，就没再说更多让半七担心的话。

到了十点多，女服务生帮两人铺好榻榻米，两人就挨着睡了。谁料，大半夜的时候，多吉突然被半七叫醒。

他带着困意问："大人，出什么事了？"

半七回道："你听见了吗？外面闹闹哄哄的，莫非是出了强盗，或者是哪间房着了火？"

这下多吉也一下子清醒了，赶紧越过蚊帐，向楼下跑去。

很快，多吉就回来说："大人，这里真的出事了！"

半七也赶紧起身正坐。原来，后院二楼住着两个行商的男人，两人都被杀了，钱财也被人抢走。两人死得很惨，一个是睡着的时候被人一刀就抹了喉咙；另一个应该是发现了屋里的情况，掀开被子想逃走，没走几步却被歹徒在脖子上砍了一刀，当场就一命呜呼，倒地不起了。

多吉接着说道："奉行所已经派人过来了，正在凶案现场调查呢。听人说，凶手应该就是旅馆里的人，估计等下就会到我们这边问话吧。"

"这个凶手真是残忍啊！我看我们两个人也别去外面瞎走了，还是在房间里等着问话吧。"

"嗯，就是啊。"

发生了这样的人，两人也没什么心思聊天，正当房间里一片寂静的时候，走廊里响起匆忙的脚步声，接着就是一声开门响。有人进到屋子里，隔着蚊帐喊道："多吉大人，是我啊！您快点救救我啊！"

"谁？"多吉透过蚊帐一看，竟是之前去澡堂时遇到的那个没想起名字的熟人。他大概二十几岁，个子不高，皮肤有点黑，神色很紧张。

"我是小森府邸的七藏，大人我们之前见过，您还帮过我的。我以前赌输了，还不起账，差点被人剥了皮扔到外面冻死，那次是您碰上了，还借给我钱，让我还上了赌债。我当时还信誓旦旦地说春节前就把钱还给您，哎，可是我这个人啊，一直没攒下钱！所以刚才在外面碰到您，我就不好意思赶紧躲开，也不好意思相认。我也知道我怎么都算是个江湖中人，这事儿做得实在是不够地道。我给您磕头道歉了！但是，一码归一码，大人，这次您可一定要救救我，不然我就没命了！"

多吉把他拦住了，没让他磕头，可还是有点生气，毕竟自己之前帮过的人却这么不讲信用。

"哎，多吉，你也先让他说说到底是怎么回事，看看我们能怎么帮他吧。"

七藏感恩戴德地又向半七行礼，这才赶紧说道："我家主人说要先杀死我，然后再切腹！"

这下，就连半七都不禁动了声色。

对于武士来说，杀死一个随从不算什么，但是切腹自杀的话，可就是一件非常严重的大事了。

多吉也一样，赶紧挺了挺身子，问道："这到底是怎么回事，你快进来说说吧。"

七藏这才道出事情原委。

原来，七藏的主人是个年轻的武士，今年才刚刚年满二十。上个月初，因公从江户来到骏府，公务办完后就沿路返回，两人昨晚住在三岛的公家旅馆里。七藏觉得没意思，就跟主人说了声，自己跑到外面闲逛，想要找个姑娘乐呵一下。在路上，七藏遇到了一个三十五六岁商人打扮的男人，那人身上还带着行李。他叫住了七藏，然后请七藏到附近的酒馆里好吃好喝了一顿，拜托七藏允许他明天跟着七藏主人一起通关。

在当时，通关是必须得随身携带政府签发的身份证明的，一些没有身份证明的人会在小田原或三岛的旅馆里游荡，遇到武士家里的随从，就跑过去贿赂一番，以便争取到能随同武士过关的资格。虽然武士的身份证明上一般都会写明带着几名随从，但关卡的工作人员对武士非常尊重，只要随便说句话，就可以把人当作临时工带出关卡。

这点事情，七藏早就心知肚明，而且一般主人对这种事都是无所谓的，更何况他的主人很年轻，还好说话，有些事情他自己就能做主。于是，他当下就收下好处费，跟男人约好第二天早上碰面的时间。

第二天，男人果然按时到了碰面的地方。男人在七藏的主人市之助面前做了自我介绍，说自己叫喜三郎。一路上，喜三郎也颇健谈，总说些有趣的奇闻异事，让七藏和主人都非常开心。

过了关卡，到了小田原的旅馆后，喜三郎自己先跑去旅馆打探，回来告知他们，说今天的公家旅馆里人很多，不如一起找个私营的旅馆住下。他刚好打探到了一家名叫松屋的旅馆，就带着七藏和主人过去入住。因为私营的旅馆会配有女服务员，氛围也更为轻松，七藏就撺掇着主人答应入住了。

喜三郎在松屋请两人大吃了一顿。当地有个风俗，旅人平安过关后都会吃顿好的庆祝一下，名曰"山祝"，就是祝贺之意。主人家一般也会发个小红包，意思一下。

市之助也随了这个风俗，不过他发的两个红包都被七藏一个人拿走了。

买单的时候，七藏让喜三郎付钱，市之助觉得自己是武士，应该自己付，但七藏硬是给拦下了。他的说法是，如果主人付钱，他就不好意思大吃大喝，但是喜三郎付钱就不一样了。市之助觉得，既然大家开心，那他也不能扫兴，所以就没再计较。

这顿饭他们叫了不少好菜，三个人吃得无比尽兴。尤其是七藏，更是喝得醉醺醺的，幸好喜三郎一直照顾着他。市之助自己住一间房，七藏和喜三郎两人合住一间。就在当天半夜，喜三郎杀死两名商人后就逃跑了。

市之助吓坏了，他没想到喜三郎原来是这等凶狠之人。七藏因为一时的贪念，主动招惹这等杀手过来，自然也是心惊胆战。而且，毕竟是自己劝说主人带着他过关的，出了这么大的事，肯定会查到主人的头上。市之助本来是因公出差，却私下住进私营旅馆，还招惹上杀人犯，肯定被奉行所惩治。所以，想来想去，市之助决定干脆先杀了七藏这个罪魁祸首，再切腹自尽。七藏这下子酒可全都醒了，赶紧劝住市之助。他想起之前在旅馆见过多吉，所以就赶紧跑过来求助了。

半七对市之助的勇气感到很是佩服，但是对于七藏这种货色，则没什么好脾气，说道："我看，你就认命吧！"

七藏吓得连连磕头，嘴上不停地说着求情的话。

半七说道："你只是因为贪念，倒不是大奸大恶之人，可是，要不是你自作主张，事情也不会到这等地步。我看你就赶紧逃跑吧！"

"这……那我的主人怎么办？"

半七掏出钱递给七藏，让他赶紧逃出去，主人的事交给半七负责。

七藏离去后，半七换掉睡衣，下楼去找市之助。路上，半七碰到了一个神色慌张的女服务员，就向她打听。但她说话吞吞吐吐的，似乎有难言之隐。半七意识到，奉行所的人应该也是对市之助有所怀疑，只是碍于他的身份，不好行事，所以命令所有人不许多言。半七强硬地命令女服务员告诉他市之助的房间号，就越过澡堂，走了过去。

半七敲了敲门，但是没有人应。半七拉开门，露出一点缝隙，往里窥视。

房间里，蚊帐的挂绳已经断掉，蚊帐软塌塌地堆在榻榻米上，好像包裹着一个血迹斑斑的人。

"天呐！难不成他这么快就切腹自尽了吧？"

半七赶紧拉开门走了进去，没想到，他看到的却是被蚊帐包裹着的七藏的尸体。他应该是回来取点什么东西，却被主人撞见，随手杀死。

可是，市之助去哪里了呢？半七在房间里找来找去都没找见。

这时，半七发现刚才问路的那个女服务员正在门外面偷看，就大步迈过去抓住她的胳膊，说道："你快点坦白，你来这里是干什么的？你是不是认识这里的人？原来刚才你就在外面乱晃，到底是有何居心？"

女服务员白皙的脸蛋吓得更是一片惨白，哆哆嗦嗦地摇着头。

"你是不是认识市之助？"

女服务员还是摇头，但半七却发现她的眼神在窥视壁橱的方向。

"你最好还是快点交代，否则我不会就此善罢甘休的。你要是一五一十地说出来，我还会帮你求情，你要是不说，那我估计你和整个旅馆的人都会脱不了身的，毕竟这可是一条人命！我是捕快，我可以帮你作证。你不要怕，有什么就说什么吧。"

女服务员被半七连哄带吓，终于说出了实情。

原来，七藏主仆二人和喜三郎之前喝酒的时候叫了山祝酒，这个女服务员正是过来服侍的人。市之助年轻有为，又长相英俊，她就不禁被迷住了。七藏和喜三郎发现这一点后，就连连打趣。没想到，她却当了真，趁七藏去上厕所的时候贿赂七藏，让他帮忙在市之助面前说自己的好话。七藏答应了她，还让她在夜深人静时进主人的房，直接生米煮成熟饭。她有点害怕，又不愿错失机会，就想先叫醒七藏壮胆。但是她进来后，却发现只有七藏一个人，喜三郎不知道去哪儿了。而七藏又睡得特别死，怎么叫都叫不醒。正当这时候，喜三郎回到房间，还把她赶了出去。她不死心，就在外面找个僻静的角落偷看。后来，她看到喜三郎和七藏说了些话，二人中有一个人就离开了。因为身在暗处，所以她也不知道离开的是谁。没过多久，二楼就发生了杀人夺财的命案。

到这个时候，她这才感到非常害怕。

半七根据这番话，推测应该是喜三郎杀了人回来后遇见女服务员，然后又离开。女服务员只是机缘巧合之下被卷进了这场命案，胆子又小，就吓得不行，最后被半七发现。

半七继续问道："那你知道市之助现在在哪儿吗？"

"他刚才就在房间里……"

"你老实说，是在那儿吗？" 半七示意壁橱的方向。

半七说这话时是降低了音量的，但很明显，壁橱里的人还是听到了，因为马上壁橱门就被拉开，一个年轻的武士走了出来，正是七藏的主人市之助。

他开口说道："我就是七藏的主人市之助，刚刚我杀死了七藏，正准备切腹自尽时，听到有人走近房门。我是个武士，如果因犯罪被捕入狱，这对我来说是个莫大的耻辱，所以我就躲进壁橱，想等来人走了后再自尽。没想到你们竟然猜到我躲在这里，那我就当着你们的面切腹吧。"

说罢，他真的就要拔刀自尽了。

半七赶紧飞快拦住他道："哎呀，你先别自尽呀！其实这件事怎么回事我还没弄明白，七藏怎么又回来了呢？"

"七藏离开后，我就决心要切腹自尽，于是我就去澡堂洗干净身体，谁知回来后竟然发现他居然在偷我放在被子里的钱，于是我就把他给杀了。"

半七仔细一看，七藏的尸体旁边果然有钱财。但是这一看，不得了，原来七藏还没死！所以半七又赶紧给他吃药喝水，救了他一命。

七藏死里逃生，还想狡辩自己没有收取喜三郎的钱财，但在半七的追问下，七藏只得承认自己收取了喜三郎的钱财，然后又故意放他离开的事实。

三

半七老人说："整个故事就是这样。七藏其实并不是穷凶极恶之人，只是女服务员进来时他就已经被惊醒，刚好又撞见刚杀完人回来的喜三郎。他社会经验丰富，竟然借此讹了喜三郎一笔钱，还答应帮忙保密。但是他没想到的是，主人竟然把这件事看得这么重，还想以死谢罪，所以这才去找多吉来救命。如果他拿着我和多吉给他的钱就此离开旅馆也就罢了，他还偏偏不甘心，还想回房间去偷主人的钱财，这才导致主人拔刀相向。那晚，天还没亮，七藏就因为伤势太重而去世了。"

听到这里，我并不关心爱财的七藏，只关心那个被随从连累的可怜主人。

半七老人说道："我帮他想了一个办法。我让他装作一无所知，让七藏来背这个锅。反正事情本身也是因七藏而起，他只是一个被蒙在鼓里的主人。刚好当时武士的地位尊贵，人们普遍对武士非常重视，所以他就这样有惊无险地逃过一劫。"

"那么，那个杀了人的喜三郎呢？"

"说到这里，那就巧了！之后我还真的在机缘巧合下把他抓捕归案。那时，我跟多吉去箱根办事，发现一个人比较可疑，打听之下，发现这人扭伤了脚。抓到他时，他正在旅馆里养伤。不过，这多少是靠着些运气了。市之助后来还曾专门登门向我致谢，知道我抓捕了喜三郎后，他也非常激动。不过，很可惜，据说市之助在维新时期牺牲了。不过，我想，大概对于他来说，多活几年，总比在小田原的旅馆里切腹自尽要好得多吧。"

第三话　御鹰的去问

　　就这样一瞬间，手中的御鹰便消失得无影无踪。两人愣愣地待在原地，好一会儿才反应过来。伊四郎和又作闻声赶到，看见此情此景，不禁也都大吃一惊。三人在房内呆坐了许久，不知如何是好，但鹰已飞去，无可奈何。金之助更是吓得不轻，如果御鹰找不回来，作为鹰匠的他将落入切腹自尽的境地，而八重也难免受到惩罚。

一

百无聊赖的雨天正是闲聊的最佳时间，我倚在窗边，心想，远处的藤花想必开得正盛。应和着我的小小老头儿仿佛也被这闲散的五月磨得意志懈怠，接着我的话慢慢聊了下去。我们俩相对而坐，扯了大半天，总算绕到了鹰匠的话题上。

那时是安政六年，某个十月的清晨，半七刚泡进澡堂的池子里，就被下属捞了出来。

"大人，您快快过来，有急事呢。"

"大清早的，是谁这么着急？"

"不就是那八丁崛的大人嘛！"

"原来如此，我收拾收拾就来。"

看到手下前来接送自己本不是一件稀奇的事，只是这次手下的呼叫似乎比以往更加急促。更重要的是，如果是一般案件，手下多半都会让他直接赶往现场侦查，但这次却直接让他到府上去。想必事件并不简单，而且需要秘密进行——凭着多年的经验，半七已经察觉到了这一点。但除此之外，半七无任何头绪，他一边更衣一边思索着到底是什么事。这次出门，半七忧心忡忡，平时引以为傲的直觉也派不上用场。

半七一到门前，便看见府上的八丁崛和山崎善兵卫早已焦灼难耐，三人便赶紧说起正事来。

"半七，有件公务事想要你动手办妥，情况紧急。"

"我知道了。不知道这件公务又是关于什么的？"

"比这些更麻烦，这次和动物相关。"

半七感到意外。要说动物作案，杀人、放火、抢劫等都可说动物所为，若特别强调是动物，则应当是鱼鸟兽禽一类。

半七恍然大悟。如此说来，也就难怪今早他抓耳挠腮了半天都没想出来。

半七马上想到了鹤。在这个江户时代，鹤是珍贵的动物，能动用这么紧急的人力查找的，无非就是会被判以死刑的杀鹤人了。在江户时代，杀鹤者属重大罪犯，不是被判死刑就是磔刑，所以半七第一时间便想到鹤。

然而，对方听到后只是笑了笑，然后摇了摇头。

半七接着问："难道是鹌鹑吗？"

善兵卫看起来颇为失望，"你猜不出来？"

如果也不是爱惹麻烦的鹌鹑，那还能是什么呢？

半七摇摇头："猜不出来了。"

"你也会有猜不出来的时候？好吧，实话告诉你，是鹰！还不是一般的鹰，这次可是御鹰。"

"莫非御鹰飞走了？"

"准确来说，是逃了。负责照管这只鹰的鹰匠都给吓坏了，大清早的就有人跑我这儿来求助，说是鹰匠的叔父，求我帮他个忙。这事非同小可，我们也不能坐视不理。再说了，当事人也很可怜。所以我就让你叫来，想着赶紧把事情解决了。"

御鹰是由鹰匠专门训练后交与将军饲养的，是实打实的猛禽。御鹰一旦逃走，鹰匠很可能就要面临切腹之祸，与之亲近的人也会受此牵连。所以，对于鹰匠来说，这可是性命攸关的大事。

半七追问道："御鹰是怎么逃走的？丢失的地点又在哪里呢？"

"在游郭逃走的。麻烦之处就在此。"

"难道是在驿站那边的旅店逃走的？"

"嗯，一家叫丸屋的妓院，在品川。"

善兵卫坐下来，详细地对半七讲解了事情的经过。

二

职业的驯鹰人被称为鹰匠，因为饲养的是将军家的鹰，所以有些人被统称为"御鹰匠"。正因如此，他们常常仗着自己拳腕上伏有高贵的御鹰，在百姓面前耀武扬威。实际上，见习匠的俸禄只有五十俵，正式鹰匠也不过一百俵，收入不多，身份也并不高。鹰匠往往头上戴着一顶笠子，身披碎花衣裳，穿戴手背套、绑脚和草鞋，单只手把着御鹰，在市区的街道来来往往。他们还很爱找碴儿。如果在路上不小心碰到鹰匠，哪怕只是轻轻地擦肩而过，都有可能会被冠以"惊吓御鹰"的罪名。毕竟是将军家的御鹰，谁也不敢有所争论，只能乖乖地认栽赔罪。所以，比起御鹰来，鹰匠的眼神反而更令人可怕。每每路过，正在散步的江户市民也被鹰匠蔑视着，只得远远地躲开。

鹰匠的职责就是要驯服自己所负责的鹰，所以不时就要到野外去开展训练，所以在昨日午后，鹰匠光井金之助和两位同寅——仓岛伊四郎和本多又作，三人前往目黑一带放鹰驯养。按照惯例，但凡到野外调驯放鹰，他们都会在附近的妓院里留宿一晚。

与吉原的妓院不同，新宿或品川的妓院在幕府规定下可以雇用女侍，一般对外宣称是旅店。因此，当鹰匠要求入住的时候，妓院也只能硬着头皮接待。一旦他们入住进来，旅店便招待不了其他客人，因为他们都很不好惹——整个旅店都被笼罩在安静的环境与不安的氛围下，必须屏气凝神，才能避免惊扰到尊贵的御鹰。虽然不能招揽其他客人对妓院来说的确是极大的损失，但是，只要服侍周到，再加上一点贿赂，就可以平安度过。

然而，就在难以应付的光井金之助等三名鹰匠入住后，不幸的事情发生了。

根据以往的做法，丸屋安排八重、阿玉和阿北去服侍这三个二十出头的年轻人。八重容貌最佳，负责服侍领头的金之助。

由于三位不是简单的客人，妓女们作陪的时候都小心翼翼，八重更是着力款待年轻鹰匠金之助。不同于其他嚣张跋扈的御鹰匠，金之助是个安静的美男子，相貌年轻稚嫩，身上透着令人出乎意料的纯真，八重对其多少有点好感。

到了第二天早上，临行之际，八重和金之助不知怎的又开始卿卿我我，两人忙着打闹嬉戏，怎料真的惊动了高贵的御鹰。只见它快速地拍打双翅，从束缚的细绳中挣脱出来，从八重房间打开着的纸窗直直地朝窗外的山林飞去了。

就这样一瞬间，手中的御鹰便消失得无影无踪。两人愣愣地待在原地，好一会儿才反应过来。伊四郎和又作闻声赶到，看见此情此景，不禁也都大吃一惊。三人在房内呆坐了许久，不知如何是好，但鹰已飞去，无可奈何。金之助更是吓得不轻，如果御鹰找不回来，作为鹰匠的他将落入切腹自尽的境地，而八重也难免受到惩罚。

骚动了一会儿后，众人冷静下来，年长的伊四郎提议对此事先作保密，大家竭尽全力地想办法找到逃走的鹰。二人随即也赞同伊四郎的提议。实际上，也没有比这更好的办法了。

在叮嘱了丸屋里的人严格保密后，三人很快回到千驮木御鹰所。作为当事者的金之助早已在劫难逃，同行的伊四郎和又作也恐怕同样难以幸免，三人的亲属得到消息后惊慌不已，大家急忙聚在一起思考对策。经过几番议论，大家一致认为，最快捷和可行的办法是寻求町奉行所帮忙，所以金之助的叔父弥左卫门便匆匆赶到山崎善兵卫府上去了。

善兵卫道出以上详情后，歇了口气，又说："听完之后，我也认为这次意外也是咎由自取。但是，因为这次事件，同僚们免不了要被撤职或禁锢，肇事者更是要切腹谢罪，为了一只鹰，还不知道有多少人要受到牵连呢！一想到这里，我又觉得过于不幸了。你看看，可否妥善解决此事呢？"

"近日御鹰匠的确过分飞扬跋扈，但就事论事，我也同意您的看法，这场无妄之灾对他们来说确实是太沉重了，问题还是得解决。"半七说。

"能想到什么办法吗？"

鹰这种会飞的鸟类在所有的动物里是最难寻找的，因为你无法预测它将飞向何处。何况现在要找的还是一只经过训练、身手敏捷的御鹰。这次，他心里也没有底数。

"对象是动物，很难说。"半七稍微歪了下头，显得有点伤脑筋，"总之我尽力想办法吧。"

"好，你尽力想想法子。光井的叔父可是在我面前哭得无法自拔啊。"

"我知道了。"

半七爽快答应后离开了善兵卫府，思来想去，更觉得此项任务实在困难。要找会在天上飞的失物，不就正如俗话说的"捕风捉影"吗？

他一边想一边踏上了回神田的路。然而，半七又突然改变主意，觉得回家也是一筹莫展，倒不如先去品川找找线索，便换了方向往南边走去。

此时，一片黑压压的乌云正悄悄伏在他的头上，慢慢扩散开来，像预示着即将带来的降雨。

半七来到了品川丸屋，和屋内的主人以及八重见了面。八重被吓得面无血色，主人也害怕会因此受到牵连。但失物是一只会飞的鸟，要调查现场，根本无从下手。

半七在八重的房间里确认了鹰飞走的方向后，匆匆离去。

还没等完全走出丸屋门口，半七忽然想起来，鹰飞走的方向，不正是金之助一行人惯常驯鹰、放鹰的地方——目黑吗？于是，半七又往目黑的方向走去，觉得鹰应该会在那一带降落，便想到那一带去调查看看。

这时，天色越发昏暗了。

"要下雨了吗？"

半七观察着天上的乌云，一边嘀咕一边匆忙赶路。

这次的案件和以往的大相径庭，根本没法按正常案件那样分析一轮，再按步骤进行调查。半七只好随心所欲地走着，打算见机行事。

想了想，半七打算先用最愚蠢的老办法，去拜访附近一带村落的村长们，打听一下是否有人看到了鹰或捉了鹰。要是平民偷偷抓了鹰，那可真是愚蠢至极了，要知道，饲鹰是贵族大名的特权，从镰仓时代开始，平民要是私自饲鹰，当以死刑处决。官府还会向告发邻人饲鹰的告密者给予五十两的赏钱。

想到这里，半七决定先拜访村落村长，找村长了解情况，因为御鹰脚上系有细绳难以飞远，很可能被附近一带村民抓到。如果在目黑一带有人发现了鹰，一般都会向村长汇报。

"请问村长住在哪里？"走到河边，半七向两个正在用河水洗刷萝卜的女人问道。

两人都是年轻女子，听见半七的话后便回头看着他。

"在这个堤坝的尽头向右拐，那里有一大片竹林，村长家就在竹林后头。"其中一个女人整理了一下自己的头发，对半七说道。

"多谢。我有事想请教二位，不知你们今天有没有听说过关于鹰的传闻吗？"

女子们沉默着，并没有回半七的话。

"没有这样的传闻吗？"

女子又开口说道："并没有。"

"谢谢。"半七道了谢，便沿着女子所说的路走去，找到了村长家的所在。

村长听说是有关鹰的事情，也十分紧张。但是这些天，村子都没有人察觉有鹰出没。大家都知道私自养鹰的危险性，没有报告，也就说明鹰不在此处。村长似乎察觉到了来人的不寻常，便开口试探："您说的鹰，莫非是御鹰所那边的鹰？"

半七如实说道："没错，是千驮木的御鹰。但我此次是秘密调查，如果您这边有新的传闻的话，还请村长只跟我一人说，对其他人千万要守密。"

"我明白。"

再三嘱咐村长后，半七便离开了。

此时天色更加恶劣了。半七觉得折回村长家借伞太麻烦，于是加快了脚步，正巧又碰见了刚才洗萝卜的女子。

"刚才真是多谢了啊。"

女子轻轻点头后离去。等半七来到村落尽头时，雨毫不留情地倾盆而下，半七脚步不停，只得拿出手巾稍微遮挡一下头部。凑巧路旁有家小荞麦面铺，半七顾不上什么了，赶紧进去避个雨。

"坐吧，您要些什么？"

老板娘看似四十来岁，一边拿抹布擦着手，一边走出来迎客。等她走近了，半七才看出来那是一条毛巾。从里房里走出来的男人是店里的老板，看起来比老板娘老几岁，他慢慢地走到了炉灶前，心不在焉地说："欢迎光临。"

"我先看看。"半七回道。

这里半边是住家，半边是铺子，墙壁一片漆黑，已经看不出来原来的颜色，估计是被店里的烟火燎黑的，看起来不太干净整洁。这种店家，估计也水平一般——这是半七环顾四周后得出的评价。想到这里，半七便点了个最常见的花卷荞麦面，然后倚在桌子上面慢慢地抽着烟。

雨丝毫没有要停的意思，反而越发猛烈起来，本应该没有人的街上忽然传来了由远及近的脚步声，一个男人像是被雨水冲了进来一般，身上的斗笠浸满了水。

三

"这雨可下得真是时候呀！骤雨也就算了，还下得这么凶！"

半七马上知道这是个捕鸟人。他手中那支竹竿，长长的，末端分了节，缠上了满满的捕鸟黏胶，再加上绑手和绑腿，一看就是需要灵活移动的人。

这人跟老板和老板娘打着招呼，似乎是熟人，看来也在这里光顾了好几年。

店里没多少位置，捕鸟人脱下了斗笠，顺势坐在了半七面前，一边整理一边打招呼。

"这天气，可真气人呀！"

半七点头道："是很让人困扰，这种天气，对捕鸟人来说也是噩梦吧？"

捕鸟人指指自己腰侧的笼子，道："这可不是嘛！湿掉的胶可让人伤脑筋了！"

"你是来自千驮木那里的？还是来自杂司谷的？"

"千驮木的。"在德川家，御鹰所分布在两个地方，一个在千驮木，另一个则在杂司谷。御鹰所有一种职业，名为捕鸟人，平时主要在市内外街道上活动，为御鹰捕捉小鸟作为吃食。半七为调查鹰的去向随机地来到这里，竟歪打正着地碰上了捕鸟人，而且捕鸟人还正是御鹰隶属的千驮木组。

这一切都太过巧合了，像是冥冥中为半七铺好的路。半七又想，这捕鸟人肯定不知道御鹰逃走之事，若贸贸然告诉他，处理不好，反倒容易引起恐慌，还是谨慎为上。

捕鸟人虽已年过五旬，但其身材粗壮结实、皮肤黝黑，看上去十分强健。毫不意外，他叫了一碗清汤荞麦面。

此时半七的面食已经端上桌案，看着眼前铺着诘纸般的紫菜荞麦面，眼一睁一闭，将就着咽下去了。

看到半七难以下咽的表情，捕鸟人笑道：

"江户人一定吃不惯这里的口味吧？我们吃这种东西也是没办

法的，还不都是因为捕鸟要跑到这边来。但是你还别说，饿了之后，这面尝起来会比平常要好吃。"

"这么说来，江户人也挺无趣的。你说得对，肚子饿了，东西就会变得美味。"

这样一来一去，两人便闲聊起来。大雨阻挡了前进的脚步，两人乐得抽抽烟、聊聊天，一来二去，话题就不可避免地回到了鹰的身上。

半七便问捕鸟人："你认识一位叫光井的人吗？我听说他也在你那边的御鹰所。"

"您是指的哪一位呢？在千驮木组里，姓光井的有两位，弥左卫门先生和金之助先生。"

半七发现了线索，便接着他的话说："噢，是那位比较年轻的金之助先生，为人十分本分。"

老头儿点头道："的确，他是个本分人，组内的人对他评价都不错，或许以后他会有所成就的。"

如此说来，那个金之助会惹出这种引来杀身之祸的大事，是这个捕鸟老头儿万万没想到的。随着聊天继续深入，半七发现老头儿语气之中透露着对金之助的欣赏，似乎很确定他会出人头地。普通的捕鸟人和鹰匠通常都交恶，就算不是死对头，也绝不可能主动去赞美对方，金之助能得到眼前这位捕鸟人毫不吝啬的赞美，想必两人关系不一般。

想到这里，半七心生一计，打算让捕鸟人也充当自己的伙伴。

半七问到："今天你是不是一早就离开千驮木了？"

"对，大概是六刻半吧。"捕鸟老头儿回答道。

半七压低声音道："那光井氏昨天的那件事……"

"您的意思是？光井氏发生什么了吗？"

"我只能偷偷告诉你，光井氏把御鹰给丢啦！"

老头儿一脸难以置信，"在哪里给丢的？"

"在品川，一家叫丸屋的妓院二楼。"

老头儿眉头深锁，皱成了几道深深的折痕，"丸屋……"

半七向老头儿描述了御鹰逃走事件的来龙去脉，听完后老头儿沉沉地叹了口气，低着头沉默了好一会儿，看上去不知所措。

老头儿竟能为其担忧如此，半七感到惊讶。他觉得，这位老头儿和年轻鹰匠之间应有某种特殊的亲密关系，看上去并不简单。

这时候，后门传来一阵响动，半七一看，是刚才在河边遇到的其中一个女子，她皮肤白嫩，身材微胖，长得非常讨人喜欢。她估计在外面耽搁了一会儿，衣服的袖子和下摆都被淋湿了，站在炉灶前烘干着。

半七笑道："又碰面了，真是有缘啊。你是这家的女儿吗？"

"对的。您方才能见到村长吧。"

"见到了，多谢。"

听到有人交谈，老头儿不自觉地回头望了女子，只见女子礼貌地向老头儿点头示意，对视只有一瞬，两人的眼神立马变了。

半七看在眼里，只见老头儿重新低着头，依旧愁眉苦脸，但女子的眼神却无比愤怒，直直地盯着老头儿。

女子看着老头儿，眼中似乎充满了话要说，对方则是避着她的眼神，继续低着头。

半七觉得其中可能有些缘由，但也无法推断，只好悄悄对苦恼的老头儿说："独自苦恼也不能解决这件事呀。实话说，我是神田三河町的捕吏半七，御鹰逃走后，八丁崛大人找到我，希望我能低调解决。我看你与光井氏十分亲近，想必你也是非常担忧的。大家都是为官府办事的人，我们一起找办法，尽快找出那只逃走的鹰，也好救光井氏一命……要顺利解决这件事，也只能如此了。"

老头儿点点头，像是受到了极大鼓励，"好，好……既然到此田地已无计可施，我就听您的，拜托您尽快找出御鹰，能办到的，我都尽力帮忙。"

"你肯帮忙那实在是太好了，毕竟对于鹰，你也有自己的一套办法。趁着雨渐渐小了，我们就动身吧，办法什么的路上再商量。"

半七帮老头儿付过了面钱，对方客气地连忙道谢，随着半七后一个脚步出了门。捕鸟人平日虽恃势凌人，在百姓面前装腔作势的样子，但倘若有事相求，态度也十分诚恳殷切，这点和鹰匠是一样的。

雨后的路十分泥泞，两人只好东一脚西一脚，绕着弯前进。

走着走着，半七回过头去问："方才在荞麦面铺那姑娘，和你是相识吗？"

"那姑娘叫阿杉，先前还在别的地方工作。我常去那家里吃面，和这姑娘和她父母也算是混了个脸熟。"

"那姑娘有二十岁左右了吧？"

"应该正好是这个岁数。要不是她父母想着让她快点招个夫婿，估计她现在还在做事呢。她回来已经是今年年初的事情了，到现在还没找着合适的对象，只能自己孤单一人。"

"她先前在哪一家做事？"

"一个叫吉见仙三郎的人家。这位也是个鹰匠，不过是在杂司谷那边的……"

"那位鹰匠多少岁了？"

"应该快二十有四了。"

"有家室了吗？"

"不同组的鹰匠情况我也不太熟悉，但是应该已经成家了。我想起来了，阿杉跟我提到过他的夫人，我也记得这位吉见氏是个黑皮肤的年轻人，人是挺好的，人缘也不错，就是心思不定，老往外跑……"

"这样说来……"半七点头聆听，"阿杉在他家做事多久了？"

"大概是十七岁便开始了。"

"目黑一带，也会来杂司谷组的人吗？"

"有时也来调驯放鹰。"老头儿回答。

半七忽然想到了什么，转身朝着来时的方向，又小声对老头儿说："劳烦你一下，我们回方才的面铺一趟吧。"

"啊？"老头儿看着半七，眼神很是奇怪，"您是落下了什么东西吗……"

半七笑了笑，道："我似乎忘了一件很重要的东西。你鸟笼里的麻雀有多少？"

"今天就这三只，麻雀这东西，晚一点出门就完全抓不到。"

"没事，三只也好。要是可以的话，你再多捕两三只来？"

"两三只的话没问题。这个时间，麻雀应该都在这附近盘旋。"

"好，那就麻烦你再多捕两三只过来。当然，抓得再多点就更好了。"

老头儿起身来重新把竹竿上被淋湿的黏鸟胶搅拌起来。尽管不太理解半七的用意，但出于信任，老头还是顺其意思去做了。

天空中，微弱的阳光破开冬日的乌云，照映在了路旁的茅草屋上。

老头儿仰望着天空说："正好现在出了太阳，估计捕上三两只不是难事，抓二三十只够吗？"

"虽说是越多越好，不过也不需要这么多，再抓个五六只就够了，加上原来的，最多就是十二三只。你在此处好好捕鸟，我先行折回面铺一趟。"

半七与捕鸟人分头行事，自己回头走到面铺，发现阿杉正神色慌张地朝帘下窥探着什么。

"姑娘，能否过来这边？我想向你问一下话。"半七招了招手。

阿杉吃了一惊，稍显犹豫地走向了半七。两人来到了一棵高大的朴树下，脚下有一群嬉戏的小鸡，仿佛在偷听着他们的对话。

半七开口问："姑娘，你叫阿杉吗？"

阿杉颔首应答，但没有说话。

"我是神田的捕吏半七。"半七想先用职务威慑住阿杉，而后再问她有关另一个鹰匠的事，"从这一句话开始，我所问的事都与公务相关，请你务必要诚实回答我，可以吗？"

阿杉显然被吓到了，只好老老实实回答半七的问话。半七了解到，她到杂司谷吉见宅子做事那年才十七岁，而后在今年二月份辞职回老家。吉见仙三郎是养子，同本家的女儿千江成为夫妇已经五年了，但体质不佳的夫人千江时常卧病在床，一直没怀上孩子。

半七笑着说："我看，你回娘家，就是为了招婿吧？"

"就是因为这个理由，我才不得不辞掉这份差事的。"

"现在还是没有心仪的对象吗？我看你还是孤身一人。"

阿杉不敢看半七，脸变得微红。

"我猜，这位吉见氏，应该时常来见你吧？"

阿杉眼神里多了分警惕，瞟了半七一眼后，又立即害羞地低下头来。

"吉见大爷来过了是吧？刚走不久？"半七把手搭在不敢说话

的阿杉肩上，"别瞒着我了，他早来过了吧？"

"没有。"

"真的没有？"

"大爷真的没来。"阿杉非常肯定地答道。

"你可千万别说谎了。吉见氏真的从未来过？"

"大爷真的没来，一次都没有。"

半七静静地观察着阿杉的神情，突然，旁边响起了一声鸡叫声，阿杉便立即抬起头来。此时，她的脸早已发白。

半七暗中思量，这姑娘看上去也是个老实人，估计问个半天也问不出个什么来。其实半七也可以直接逮捕她，让她接受正式的审问。不过，要是在江户町内，他大可这样，只不过这里是郡代管辖的地区，如果要审问她，则必须得抓她到郡代的宅子去。即使查出了御鹰的去向，这样一来，事件也会公之于众，光井金之助必定难逃一劫。此事若急于求成，反而会造成更坏的后果。

想到这里，半七决定暂时放弃审问。

"行，了解到这里就可以了。不过，你最好不要跟你的父母说起这事。"

阿杉转身就走，仿佛是鸟从笼中挣脱开来。看着阿杉逃回了面铺，半七来到了离这里不远的一家杂货铺，火盆旁坐着一位年轻的老板娘，正在缝缝补补。

"请问有麻布底的草鞋吗？"

老板娘把手上的针线活停下来，站起身来迎客，道："请坐吧。正经的麻布底草鞋都没剩了。"

"随便拿一双给我吧，结实点的就成，你看这雨，把我草鞋弄得全是泥巴。"

半七也不在乎鞋子是不是自己想要的，随便凑合着买了一双麻布底草鞋。拿着草鞋坐在铺子门边，半七一边换鞋一边聊起了话题："老板娘，你认识那家荞麦面铺的姑娘吗？听说她曾在杂司谷做事？"

　　"是的，您真清楚啊。"

　　"当然清楚了，我也是那头的人。她是在吉见先生的宅子做事吧？"

　　"是的。"

　　"不过，怎么就辞职了呢？"半七假装疑惑，歪着头说，"这么好的差事，不应该啊……"

　　"阿杉自己当然是不想辞，只是她父母要她回来，她也不能一直做下去。"

　　"我就说吧！我看吉见太太身体也不太好，缺个照顾的人手，吉见氏应该不会让她回去的。"

　　老板娘吃惊地看着半七，愣了一下，又突然笑了出来。

　　"看来你也是个明白人呀！"

　　"我刚不说了嘛！我就在这附近住，当然明白啊。"半七又笑道，"想必因为这点关系，所以那姑娘一直拖着不肯招婿吧？"

　　老板娘没有回答，面带着笑容，好像在思考着什么。

　　半七和老板娘聊得越来越多，她便忍不住把所有的话一股脑地倾泻给半七。她口中的阿杉在刚满十七岁的那年就来了吉见家里当用人，但吉见的妻子常年卧床，一来二去，这两人便搭上了。阿杉的父母什么都不知道，只是觉得女儿该嫁人了，不可以一直在外面当用人，便天天催促阿杉在家附近物色一个对象，最后甚至强行从吉见家把人拉回来了。阿杉心里已经有了别人，不愿意招亲，所以连自家店铺的事务也不肯搭把手，回来以后更是差点与双亲闹翻。

半七若有所思地说："但是，我刚看见她在溪边洗菜。"

老板娘笑了笑道："这么点事情，作为女儿，还是会搭把手的。她都回来了，这么点事情不是应该的吗？话说回来，那个男主人之前时不时就会到这边拜访阿杉。"

"是登门拜访吗？还是直接在她父母的店里？"

"怎么可能，这两个人都很正派，怎么会让自己女儿在店里和这种男人卿卿我我呢？所以啊，呵呵，他们都在那个阿辰的家里见面。"

半七一听就知道，这个老板娘善妒，这种恋爱的秘密，她居然轻而易举就讲出来了。她口中的"阿辰"是小饭店的老板辰藏，人品不好，是个好赌之人。虽然是说开了小饭馆，但是帮佣的人也就只有自己的母亲和一个帮佣的女孩。阿杉大概是有什么特殊的理由，居然把辰藏家当作了与前主人密会的地方。

说起来也怪，阿杉与前主人相恋这件事，街坊邻里全都知道，独独是阿杉的父母被蒙在鼓里。

老板娘又说："要是她父母知道这件事，麻烦就大了！"

半七不禁笑了，说："这样啊！这两人可真敢啊！明明目黑前面那些小茶馆更适合密会不是吗？"

吉见的俸禄最多也不过一百俵，手中肯定没什么余钱。可是他偏偏又好色，选这附近的小饭店，可能才更适合他们。

这样一来，吉见与阿杉的关系算是有了答案。半七又向老板娘问道："昨儿吉见也来了吗？"

老板娘摇摇头，表示自己不知道。

这时，半七见到捕鸟人举着装有黏胶的竹竿正从门前经过，便赶紧把他招呼了过来。

"今天我逮到了这些。"

老头儿今天比平常要更勤快些，身边的鸟笼里满当当装了十二三只倒霉的麻雀。

"这还真是丰收啊！"半七笑着说，"这些大概就是够了吧。不过它们身上都沾了黏胶，以后还能飞得起来吗？"

"看情况吧，有些从此就飞不了了，"老头儿回他，"但是这些胶都得洗掉，御鹰总不能吃翅膀上都是胶的麻雀吧！"

"能在这里把胶洗掉吗？不能让麻雀给跑了。"

"没问题，可以在这里洗。"

"嗯……算了，还是先别洗了吧。"

"那现在我们要去哪儿呢？"

"去前面，那家小饭店。"

半七接着附到老头儿的耳旁小声说了几句，老头儿点点头。

半七付清了草鞋的钱便先到了外面，走到了辰藏的店面。店面前有棵柳树，一匹驮马系在上面。

这家小饭店居然也专门辟出了地方，摆上了杂货，这边摆着一列草鞋以及染了柿子核液的深褐色团扇，另一边的泥地上是两三张折凳。沿着泥地一直走，尽头好像有间屋子，小小的，仅有四席半。行人在外面便能看到纸门半开着，上面都是被熏黑的痕迹。

店里忽然传来一声吼声。

"好啊你，你这个厚脸皮的家伙！之前商量好的三天，现在倒好，五天都过去了！"

半七探头看去，是个三十过半、皮肤发红的高大男人在吼叫，那身打扮一看就知道，此人应该是周边的马夫。一个年龄相仿的男人在和马夫争吵着，他皮肤黑亮，不胖不瘦，大概就是小饭店的辰藏老板了。

"你肯定是故意要给我添麻烦的吧?这个满嘴谎言的小人!我都被你骗过去好多次了!这次我不会上当了,马上就把钱款一点不差地给我拿来!"马夫显得非常愤怒,不满地大叫着。

辰藏拉了拉自己的衣领,"我这次说的是真话,现在口袋里真的是一分没有呀,不然我也不会让你再等等,你看,这不是惊扰到街坊邻里了嘛!"

马夫显然十分不满:"让我再等?我怎么可能傻乎乎地再等几天?街坊邻里谁不晓得,连目黑的不动明王大人都知道,你就是个满嘴谎话、脸皮比城墙拐角都厚的人!要是不满的话,拿钱出来就好了!"

辰藏仿佛没有听到马夫的话,自顾自地说:"我不是让你再等等吗?就那么几个钱,你还能让村长或者郡代大人审判我,让我把钱挤出来不成?明天吧,你等到明天,今天之内我就能拿到一笔钱了!"

"你这种话说得还少吗?我不会再乖乖听你的话了,又让我等到明天?我偏要今天就拿!你这店好歹还没倒闭,一二百贯钱而已,总能马上拿来吧!"

马夫一把抓住辰藏的衣领,辰藏把身上的褂子甩了下来,两人冲撞起来,帮佣的那个小女孩在一旁被吓到了,看着这场面,也不敢出面拉架。而且,应该在店子里帮忙的辰藏母亲也不见踪影。

半七静静地在外头观战,听他们吵架的内容,马夫是铁了心让辰藏把欠他的赌债还上,两人各执一词,很快就拳脚相向。马夫比较壮实,一把擒住辰藏的双手扭到背后,用力把他摁到凳子上,凳子一个不稳就摔倒了,两人猝不及防地滚倒在地,在泥地上扭打起来。

半七觉得这样下去也没个完，就走进店里劝架，道："你们这是怎么了？我们可是在外面等了好久，这店面是开着来打架的吗？好歹也先招呼一下我们这些客人吧？"

两人打得正激烈，好像根本听不到半七的吼声。半七只好叹着气上前，抓住马夫的手腕。半七平时是擒拿犯人的好手，马夫就算再暴怒，也挣扎不开他的钳制。

"先冷静下来吧，吵吵闹闹的，还有谁上门吃饭呢？你们在争的是赌债的问题吧，这可不是吵吵就能拿回来的钱呀！老板不是说今天有笔账一定会到吗？我给你们做个证人，你就等到明天，好不？"

马夫一时语塞，看着这个轻易把自己压制住的人，这身衣衫，还有这种语气，不禁让他害怕起来。

最后，他放弃了，一身不吭地走出了饭店。

"你这人，给我站住！等等！"

辰藏似乎没死心，站起来想继续争吵，半七把他摁了回去。

"看看你，怎么就没个大人样？先静静吧，又有客人进来了。"

就算欠了一屁股赌债，还敢和债主打架，辰藏也依然算是个小老板，对着客人愁眉苦脸自然是不行的。马夫已经解开了系马的绳索，看着就要走了，他也不能把客人扔到一边追出去，只好把衣服上的尘土掸掉，笑着迎上去。

"真是不好意思，让你们看笑话了……"

半七笑了笑，坐到一旁的凳子上，说："老板，你看着也是个经历过大风大浪的人，和马夫那种人大吵大闹的，划不来。"

"唉，真是太不好意思了……"辰藏理了一下歪掉的头发，"我一位老顾客的家人生急病了，我妈过去帮忙照看了，你看，这都快下午了，店里头还没收拾好。先请喝茶吧，之后就恕小店不能接待了……"

辰藏让帮佣的女孩拿来茶和烟草盆。

半七探头看了看店外，向捕鸟人招呼道："你也请过来一起喝茶好了。这家店似乎不能吃饭。"

捕鸟的老头儿把竹竿靠在屋檐下，走了进来。

一看到他，辰藏忽然两眼发光。

"这株银杏树可长得真大。"

半七喝着茶，观望着外边。拉架的时候没察觉到，现在一看，小饭店的对面似乎有座小小的神社，神社面前种着一株很有年头的大银杏树。冬天的骤雨淋在银杏剩下的叶子上，在阳光下显出美丽的金灿灿的色泽来。

"这些银杏叶掉个没完，真是拿它没办法。"辰藏抱怨道。

"银杏叶就是要冬天才美呀！"

半七穿着新草鞋，小心翼翼地避过泥泞，走到树旁，地上堆得满满的都是银杏的叶子，半七懒懒地看着，扫视了一遍银杏的树梢，走回去之前，又从脚边的叶子堆里拿起了什么。

"老板，近来有人在那棵树上爬过吗？"

"这我倒是没见过。"

"但是那些不粗的树枝都断掉了，断口也是直直的，明显是有什么人踩在上面了。总不可能是猴子吧？"

"倒是没有猴子，"辰藏苦笑道，"说不定是周围的小孩子想上树摘点银杏吧！这些孩子，个个都是淘气鬼。"

"也有可能。"半七也笑了，"还有，我在落叶里面发现这个了……"

他手里拿着一根羽毛。辰藏多看了两眼。

"这是鸟的小羽毛吧？"

"应该是鹰的。你再看看，是不是？"

半七把羽毛放到了老头儿的跟前。

捕鸟人仔细看着这根灰色的羽毛。

"没错，这羽毛确实是属于鹰的。"

"那就是说，有只鹰飞到了银杏树上……"半七指了指那棵树，"那只鹰绑在爪上的绳子挂在树枝上，飞不起来。有人爬到了树上，想去逮它，所以才踩断了树枝。这根羽毛，就是最好的证明。"

半七说完，看了辰藏一眼，对方一愣，呆在原地。

"这羽毛，的的确确是属于鹰的。"捕鸟人又说了一次。

"是这样吗？"

半七忽然站了起来，箍住了辰藏的手腕。

"就是说，你今天早上爬到树上抓鹰了吧？说实话吧，辰藏！"

"我才不知道什么鹰的事情！少开玩笑了！"

"你不可能不知道吧？还有，杂司谷的鹰匠昨天晚上是在你这里投宿的吧？"

"没有！没有啊！"

本来辰藏这人就不是什么正人君子，应该早就看出来半七是什么人了，一哆嗦起来不禁脸都白了，整个人发着抖，半七知道这人不是什么恶棍，便接着问他。

"你也太小看我了啊！喂喂喂！我是能让你这种人给骗过去的样子吗？吉见仙三郎，杂司谷的那个鹰匠和他的小情人，荞麦面店家的女儿阿杉，都是在这里密会的吧？我可都知道，快点从实交代！就是你抓了鹰吧？啊？"

辰藏发着抖说："大人，我真是不知道您在说什么，您要这么说我也没有办法呀！"

"不说？你知道的吧，偷抓鹰可是死罪！但是，只要你把鹰好好交出来，这事我就当没发生过。或者说，你要我把你抓到郡代大人那里，把一切都说清楚？"

"大人，我真的没有见过什么鹰啊！这附近可不止我一个人，周围这些人不也很可疑吗？这些断树枝、羽毛，可能也是别人干的啊！"

"我不听你狡辩。今天不是有一笔账要到吗，就是把鹰卖掉的那笔账吧？就算你不是抓鹰的那个人，也一定是帮凶！赶紧交代吧！是你还是吉见亲手抓的鹰？"

半七把辰藏摁在凳子上，对方不说话了。

忽然，店外发出了什么声音。半七警觉地看过去，是阿杉。她不知道什么时候到的，悄悄藏在柳树后面看着店里，一和半七眼神对上，她便转身逃跑。

"好呀，等的就是你！"

半七丢下老板往店外面跑，可是阿杉已经飞快地跑到了好几家店外了。半七赶忙抄起捕鸟人的竹竿，加快脚步，等到终于靠近阿杉的时候，竹竿一挥，黏鸟胶就碰到了阿杉的头。

捕鸟人用的胶和孩童们用来黏虫子的不一样，这种胶黏性很大，一碰到阿杉右边的鬓发和头顶的发髻，就马上扯住了，像那些麻雀一样，被半七的捕鸟竿给黏死了。她狠命地想要把自己从竹竿上挣扎开来，可半七早已跑到她身边。

"过来！"半七拉着阿杉回到了店里。

看到自己的竹竿被用来逮人，老头儿不禁目瞪口呆，看着半七和阿杉。

"你们两个人都在这里了，老实交代吧！阿杉，你在外面偷偷摸摸看什么呢？抓鹰的到底是谁？你昨晚和吉见一起在这里吧，这里发生过什么事情，你都看到了吧？"

半七威胁阿杉，要是不老老实实说就会处死她，她便吓得全招了。

辰藏一看，知道什么都瞒不住了，也只好如实招来。

四

果然，事情和半七推理的一样，阿杉和吉见昨天依然在这里密会。到了早上，吉见就要走了，却看见银杏树上有只鹰，看着是被树枝绊住了爪上的绳子，没有办法飞走。他一看，就马上爬上了银杏树，作为鹰匠，自然是轻轻松松地抓到了鹰。

要是他去郡代大人那里将这件事说清楚，或者直接把鹰偷偷带回杂司谷，便什么问题都没有了。偏偏辰藏给他提了个馊主意，说是村里有人想要养鹰，要是私底下把这鹰卖给这人，不愁赚不到钱。吉见本来就手头不宽裕，所以对这个主意也十分心动。

要买鹰的是当地的大地主当兵卫。这个人知道养鹰是大罪，但是他实在是太想要养鹰了，从古至今，那个富豪不想偷偷享受一下这种驭鹰的感觉呢？

辰藏十分了解他的心思，便撺掇吉见一起，两人想要把这鹰卖给当兵卫，赚个一百五十两。之后吉见就先回家了，辰藏则负责把鹰送到当兵卫的宅子里，第二天拿钱。

"总算是把来龙去脉都搞清楚了。阿杉，你在家等着就好了。"半七整理了一下两个人的口供，"辰藏，你现在就把我们带到当兵卫的家里。"

辰藏这就要走出门，半七又想到了一件事，转身和捕鸟的老头儿说："我们还得下点力气，走之前我们先把麻雀给洗干净，可以吗？"

"知道了。"

搞清楚了鹰的下落之后，捕鸟的老头儿精神了许多，吩咐辰藏打来了水，把麻雀一只只从笼子里面拿出来，把麻雀身上的胶清理得干干净净。

"这样一来，这些麻雀就都可以飞起来了吧？"半七问道。

"绝对没问题。"

"一切准备就绪，我们出发吧。"

三个人很快来到了当兵卫的宅子前。这家门前有座颇为宏伟的冠木门，篱笆外面是一条小河。

半七站住了，问辰藏："你把鹰拿过来的时候见过当兵卫吧？"

"是。"

"那鹰呢？"

"当兵卫大人说他没准备笼子，打算先把鹰放在仓房里头。"

"嗯……这么说的话，鹰肯定是藏在什么地方的。他们家有多少仓房？"

"大概有五个。"

半七进门后，马上把当兵卫叫了出来。

"你现在把家中仓房的门都打开吧！"

当兵卫面露难色，刚想开口拒绝，半七便再催他一遍，还让他把所有人都领到后院的仓房前面去。

"我要执行公务。"

一听到"公务"二字，当兵卫就不敢拒绝了，一个个把仓门打开。

"这么大的仓房，来不及细细查看了。你可以动手了。"

半七看看捕鸟人，老头儿便向前走了几步，在笼子里头抓出三两只麻雀从门口的缝隙中扔进去。

头三间仓房毫无动静。半七悄悄和老头儿说，让他把第四五间仓房的半边门关上。

老头儿又抓起几只麻雀扔进第四间仓房，果然，不一会儿就听见猛禽的拍翼声。

两人互望一眼，马上就冲进了里面。一片昏暗之中，果真出现了一双明亮的鹰眼，它被脚上的绳子妨碍着，没有办法自由行动，只能不断振翅，想要抓到到处乱飞的麻雀。

捕鸟人凑过去解开绳子，鹰马上就飞了起来，抓住了一只麻雀，其余的麻雀逃过一劫，飞到外面去了。

鹰乖顺地站到了捕鸟人的手上。这只鹰的身上长着白斑，老头儿称其为"雪山"，还说它是一只名鹰。

这件事一旦公开，所有人都难逃一劫。当兵卫不用说，肯定是死路一条；辰藏也难免死刑；抓鹰又变卖的吉见仙三郎罪行重大，也不能侥幸逃生；但阿杉是一名女子，只是知情人而已，估计只会被逐离这一片地区；在妓院留宿又让御鹰飞走的光井金之助，也会被施以切腹之刑。

因为这一只鹰，四个人就要死于非命，半七也觉得心头一震。现在鹰平安无事，大家的心总算放了下来。也亏得这件事一开始便是私下调查，才有挽回的余地。

半七对在场的当兵卫和辰藏说："你们可真是幸运，若是公开调查，你们就已经人头不保了。今天发生的所有事，你们全都要闭口不提，这样才能保住你们的命！"

两个人顿时跪了下来，向着半七叩头。捕鸟人也落泪了，向半七合掌道谢。

又过了两天，捕鸟人去了神田拜访半七，又谢了他一次。老头儿表示，光井金之助和他的叔父不日便会登门致谢。

半七说："这本来就是我的本职工作，查案是应该的，你们也不用太过感谢我。不过话说回来，为何你这么担心光井先生？"

"看在您的分上，我就直接说了吧，我其实有个快满十八的闺女……"

"这样呀！既然是您的闺女，想必也是个美人吧？不过，要是这么说的话，去品川过夜的光井先生不就太过分了些吗？如今他能逃过一劫，可全靠您的女儿！哈哈哈……"

说完，半七不禁大笑起来。

第四话 艺人与鬼婴

　　半七检查过后，发现男尸身上没有明显的伤痕，但婴儿却很奇怪，明明看起来只有两三个月大，但女婴的嘴巴两边却已经长出了两颗牙齿——人们把这种婴儿称作"鬼婴"。

一

一年元旦，我前往赤坂老人家中拜年，刚好碰上半七老人站在门口。

"呀，你来了啊！元旦快乐。"

我照常坐到榻榻米房，又一一对他们行礼寒暄。管家摆上了屠苏酒，众人举杯欢庆，想来，在这里喝屠苏庆祝元旦佳节已经算是第二次了。现代人喜欢用明信片拜年贺喜，但当时的人都是登门拜访，一天下来，街道上总是不缺来来往往的人，万岁（指民间的拿扇艺人）的鼓声和舞狮的伴奏能一直响个通宵。

"这边比麹町热闹多了啊！"

"可能吧。"半七老人喝了一杯酒，"其实以前麹町也很热闹，只是现在倒不怎么样了。以前的麹町和赤坂是上流人居住的'山之手'，比下町的节日氛围淡很多。不知道你有没有听说过那首川柳（日本的一种诗歌形式）：不会喝酒的人，赤坂、四谷和麹町到处跑。意思就是大家都在下町喝酒，不会喝的人就只能老老实实去麹町、四谷和赤坂那边拜年了。会玩的人在下町玩，不会玩的人就能去麹町和赤坂。但从前去山之手的都是万岁中的佼佼者，因为那边武家宅邸多，过节时会有很多'宅邸万岁'。改元明治以后，武家没落，万岁也就不多见了，以后想看万岁或许能在画上看了。"

"万岁艺人每个武家都去吗？"

"'宅邸万岁'通常都有几家固定的顾客，他们只去这几家拜年讨红包，寻常人家那里是不会去的。一般来说，上等万岁在几个主顾家走一圈就离开江户回家了。比较下等的万岁则会在普通家庭拜年卖艺，人们称他们是'乞丐万岁'。提到万岁，我倒想起一个案子来。"

"哦，是什么案子？"

"也不是什么大案子，是文久三年还是元治元年来着，十二月二十七日的早上，人们在神田桥御门外发现了一具男尸，那男人二十五六的年纪，怀里抱着一个两三个月大的婴儿，像是从乡下来的。然后，故事就开始了。"

二

人们走近了一看，发现男人已经没救了，但男人怀里那个女婴虽然身体很虚弱，但至少还活着。由于那地方离半七比较近，奉行所同心就让半七先去看现场。

半七检查过后，发现男尸身上没有明显的伤痕，但婴儿却很奇怪，明明看起来只有两三个月大，但女婴的嘴巴两边却已经长出了两颗牙齿——人们把这种婴儿称作"鬼婴"。

半七在附近查访后了解，有人曾在昨晚看见一个和男死者长得差不多的人在"夜鹰面摊"（特指深夜在街头卖荞麦面的小摊贩）喝酒。

半七觉得，应该是这个男人喝酒喝醉了倒在雪地里，结果给冻死了。男人手上有一个鼓研，但身上几个零钱外没有其他任何有价值的物件，想来是个万岁或者才藏（民间打鼓艺人）。

既然是自己喝醉冻死街头，这个案子也就没什么继续查下去的必要了，只要把尸体交给町干部就能结案了。但是半七还是觉得这个婴儿太过诡异，一个外地来的艺人，怎么会大晚上抱着一个女婴四处闲逛，而且这个女婴还是一个鬼婴？

町奉行所的同心不久后与忤作一起来到现场。忤作验尸后也没有发现伤痕，同心也赞同半七的看法，认为这个男人是因为喝酒喝醉才倒在街头冻死的。但这个鬼婴，同心也说不出个所以然来。

半七被叫到八丁崛同心菅谷弥兵卫的宅子里问话。

"半七，你觉得今天死在路边的那个人是什么来历？手上的怪胎又是怎么回事？"弥兵卫问道。

"他手里有个鼓研，我猜他是个才藏……"

"如果是才藏，那他手里怎么会抱着一个怪胎？"

"是很奇怪。不过，不正是因为奇怪，所以我们才有追查下去的必要吗？大爷，我想继续查下去。"

"都快过年了，你也辛苦了。虽然这个案子不像是有油水可捞的差事，不过既然你这么感兴趣，那就凑合接下吧。"

"小人遵命。"

半七接下案子后离开了八丁崛，但不知该从何查起。临近元旦的江户是万岁和才藏人数最多的时候，找人宛如大海捞针。半七一边理清思路，一边走在街上，走到本乡的时候，遇见了一个二十四五的男人。

"是大人啊，真巧啊。"

男人叫龟吉，是半七的手下，本来跟着家里做豆腐生意，但由于好吃懒做、游手好闲，最后到了半七手下做事，旁人称他为"豆腐龟"。

"是豆腐龟啊，你来得正是时候，你听说今天早上神田桥边上的那个案件了吗？"

"听说了，我刚到大人家，头娘就都告诉我了。那个男尸手里居然抱着个鬼婴，真离奇。"

"是很奇怪，所以我要查一查，需要你帮我个忙。"

"大人您尽管吩咐。"

两人商量了一阵后便决定两边查探，由龟吉负责查怪胎的来历，由另一手下善八去万岁同业间打听。

半七交代完事情后就回到了三河町。晚上八点左右，龟吉到三河町报告进展，结果是一无所获。龟吉同其他人一起逐个审问了待在江户的杂技艺人和江湖艺人，但最近没人表演有关鬼婴的节目，也没有鬼婴失踪。

"这么说，那个女婴跟江湖艺人没有半点关系？"半七说到。

"是啊，没有哪个卖艺的人丢了婴儿。丢失小猫的倒是有，但猫跟女婴也扯不上什么关系。"龟吉沮丧地说。

"有人丢了猫？"半七若有所思。

虽然说自己能够确定被男尸抱着的是个人类而不是猫，但这两件事之间会有什么关联呢？作为捕快，就要有从寻常事务中找出不寻常的本领来。

半七不断思索着。

"那个丢了的猫是什么猫？眼睛是什么颜色，尾巴会分叉吗？是普通猫还是妖猫？"

"我想着女婴跟猫没什么关联，所以关于猫的这些东西我就没问。"龟吉不好意思地挠了挠头。

"那你辛苦一下，再去问问吧，虽然我也还不确定女婴和猫之间会有什么关联，但我总觉得这里面会有些东西。"

"行，没问题。善八那边怎么样？"

"还没消息，毕竟他那边也挺难办的，你先回去吧。"

龟吉随即离开。

第二天一早，空气干燥风大，半七站在格子门外，一边跟人闲聊，一边看着家里装饰门松。这时，龟吉把一个三十五六岁的男人带到了半七面前。

"大人，这就是我昨天说的那个丢了猫的人，我担心我自己问得不详细，又传错话，就把人直接带来了。"

"这样啊，在这个时间请你过来真是不好意思，麻烦你了。请到屋里坐吧。"

"打扰了。"

男人叫富藏，住在下谷稻荷町，他脸色微红，左边的眉梢处有两颗显眼的天花豆瘢。

富藏小心翼翼地走进半七家，问道："大人，您有事要找我吗？"

"也不是什么很重要的事。龟吉可能把话说得有些重，其实只是小事，原本没想劳烦你专门跑这儿一趟。事情是这样的，听说你丢了一只猫？"

"是。"富藏有点意外，可能他没想到半七居然会问猫的事，"这个和什么案子有关系吗？"

"不是什么案件审问，只是我想向你打听一些事。"

"这样啊。"富藏一副不明就以的样子。

"难道你没丢猫吗？"

"是这样吗？我不清楚呢，是不是有人搞错了？"富藏矢口否认。

龟吉忍不住插嘴说道："你在说什么啊，你不是一直在说你的猫跑了吗？这个可是我亲耳从你的同行那里听到的。你要是撒谎，我跟大人怎么交代？你给我想清楚再说话！"

"可是我确实什么都不知道。"

富藏一直坚持自己没有丢猫，龟吉急了，做出一副要打人的模样，但富藏仍旧不松口，龟吉没办法，只好偷偷给半七使眼色，半七会意，慢慢点了点头。

"行了行了，我知道你没丢猫了，大清早请你跑这么一趟也辛苦了，你多担待，你可以回去了。"

"我真的可以走了？"

"是的，真对不起，改天我再答谢你。"

"您太客气了，那我先走了。"

龟吉看着富藏离开的背影，愤愤不平道："这人太不老实了，还想瞒着我！给我等着瞧，我现在就去找出证据来，看你到时候还嘴不嘴硬！"

"别这么生气。"半七劝道，"看他刚才那个样子，他肯定是丢了猫。但我不知道他为什么要瞒着这件事。不如先让他回去，我们去他家附近看看吧。正好今天放假，吃过饭之后你陪我过去吧。"

"大人亲自出马，肯定马到成功！这家伙太让人火大了，到时候找到了证据，非得好好治治他不可！"龟吉火冒三丈。

三

吃过午饭，正要出门，善八过来了。

"我这边一直没查到什么有用的线索。我去了麹町的三河屋，那是宅邸万岁投宿的固定旅馆，每年都会有五六个人住在那里，现在也有五个人住着。其中有个人叫市丸太夫，他说他的才藏还没回来，早上他派人出门去找了。"

往年的时候，日本桥四日市会举办专门的"才藏会"，供万岁挑选合适的才藏。天保以后，才藏会不再流行，万岁和才藏只能在分手前约定好明年相会的旅馆和时间。万岁通常从三河国来，但才藏主要从安房、上总和下总来。万岁和才藏会合后，就一起去找老主顾表演节目拜年。这种约定看似不可靠，但重情义、守承诺的才藏如果遇上生病或其他事情不能准时赴约，都会请人提前带信给旅馆，再由旅馆告知万岁，所以一般不会出现什么问题。而这个跟市丸太夫约好的才藏，既没有准时赴约，也没有请人通知旅馆，市丸太夫自然会紧张到不知所措。毕竟，不论万岁和主顾多么熟悉，没有才藏的万岁是绝对没办法进入武家宅邸的。

"那个才藏叫什么？从哪里来的？"半七问。

"叫松若，从下总国古河来。"

"松若……名字还挺好听。"龟吉笑了笑，"大人，这个松若会不会就是我们要找的人呢？"

"你见过那个市丸太夫了吗？"半七继续问善八。

"还没有。"善八回道，"听旅馆侍女说，太夫五十二岁，身材高大，看起来很正经，但喝了酒后很会玩，喜欢热闹，会抱着三弦弹唱起来。"

"那你先去找市丸太夫，先问清楚松若的事情，再问一下那个太夫，看看他知不知道鬼婴的事。"

善八离开后，半七和龟吉来到了下谷稻荷町找富藏。

富藏的家在巷子的尽头，旁边是一块空地，空地上有一座稻荷神社。大风刮起了白沙，两人花了很大精力才找到富藏的家。半七打算找邻居问问富藏的事，四处看了看，发现有个三十左右的妇人在用井水洗菜，旁边有个八九岁的小男孩。

"大婶好，"半七靠近问道，"您知道富藏先生在家吗？"

"他不在。"妇人淡淡回道，"今天可能去药研堀了吧。"

富藏单身一人，又不会杂技表演，只是杂技团雇过来卖门票的。

半七又问："听说，富藏先生家里养了一只猫？"

"猫？那只猫……"妇人说了一半，突然不说了。

半七看了看她，又看了看孩子，从钱夹里拿出一朱银递给孩子，道："这是大婶的孩子吧，真可爱，这是叔叔给你买风筝的。"

孩子看着半七不敢接手，妇人擦了擦手后拿过银子，"真是让您破费了，来，孩子，快谢谢叔叔。"

"不客气，大婶。我只是想知道那只猫的事。它是逃走了吗？"

"要真是逃走就好了……"妇人小声地说，"它其实是被杀死的。"

"杀死的？被谁杀的？为什么要杀它？"

"这事很离奇。富藏先生不在家时，有人以为他的猫是妖猫，就把猫杀死了。不过这猫确实也很奇怪，它居然会跳舞……"

"富藏先生是不是本来就想靠猫来赚钱？"

"是啊！富藏先生本来想把猫训练好后送去杂技团表演赚钱，但谁知道却被人当作妖猫杀死了，他还气了很久呢！"

妇人详细地讲起了事情的始末。

富藏家隔壁住着一个叫津贺的漂亮女人，她虽然是一个大人的姨太太，但她却仍旧同时和其他男人交往，私生活混乱不堪，附近的人都知道她的事情。有一个五十岁左右的商人偶尔会来看津贺，据津贺说，那是她的叔父，每年从上州到江户做生意，顺便来看自己。但邻居们都觉得，那个男人既不像上州人，也不像是津贺的叔父。大家都认为，这男人也是津贺的客人之一。

四五天前，那个叔父又来找津贺，但津贺出门去了，家里门锁住了，叔父进不去。妇人看男人坐在门口有点可怜，便叫他去富藏家等津贺回来。那时候富藏去澡堂洗澡了，家里没什么值钱的东西，也没锁门，加上富藏认识这个叔父，妇人才敢叫他进去等。

这个叔父看起来喝了酒，谢过妇人之后便走进了富藏家。一开始，他坐在换鞋处的地板上，后来，妇人听见屋里传来了三弦的声音。

这个叔父在津贺家也弹奏过三弦，妇人也就没觉得奇怪。

"谁能想到后来会出事啊！"妇人皱了皱眉，"我后来听到富藏家里传出奇怪的声音，便走过去看了看，一进门，我就看见刚洗完澡身上还冒着热气的富藏先生拽着那个叔父的衣服，正在大吼大叫。原来，那个叔父杀死了富藏先生的猫。"

"是因为猫突然跳舞了吗？"

"是啊，猫突然跳舞，把那叔父吓到了。"

据妇人所说，富藏训练自己的白猫跳舞时，会先准备一个烧炭火的火盆。炭火烧旺以后，他便将一块铜板放在火盆上面，像文字烧一样。铜板也烧热以后，他再把被麻绳绑好的猫从天花板上放下来，放在铜板上。因为烫脚，猫会快速而交替着举起前后脚，富藏就乘机弹三弦。一开始，三弦会配合猫的动作来演奏，等猫习惯以后，它自己就会配合三弦的音乐节奏来跳动。长期训练之后，一旦三弦响起，猫就会随着音乐自然而然地在普通地板上举脚跳舞——杂戏团里的猫舞，一般都是通过这种方式训练的。

富藏大概花了整整两个月的时间，才把这只白猫训练成功。原本他是想凭着这只猫变成杂戏团的演员的，但没想到这只猫被那个叔父误杀了。不过，那个叔父杀猫也不是完全没道理。他在脱鞋的地板上百无聊赖地等着，时间难熬，看见墙上挂了三弦，就私自取下来开始弹奏，蹲在火盆旁的白猫一听见三弦声音就开始跳起舞来。那时候已经临近傍晚，那叔父看见猫莫名其妙地跳起舞来，大惊失色，觉得自己是碰上鬼了，什么都没想就把三弦砸向了猫，猫当场就死了。富藏刚好回来看见了这一幕，就抓住了那叔父。

这件事原是那叔父的不对，哪有人没经主人同意就私闯进别人家里，还杀死了别人重要的赚钱工具的道理？富藏不断向那叔父咆哮，威胁他说，如果不好好解决这个问题，就不让他出这个门。那叔父知道缘由后连连道歉，但富藏就是不肯罢休。

妇人知道这件事自己也有责任，便一道求情。富藏表示，如果没办法救活猫，就必须赔自己十两银钱。那男人再三道歉，富藏才同意把赔偿的钱减到五两。但那叔父仍旧表示自己没有这么多钱，除非等到除夕。富藏不答应，抢了男人的钱夹，但里面只有三分钱。刚巧，这时候津贺回来了，她跟富藏说，自己对这件事负责，便带那叔父先走了。

富藏确实丢了猫，但之前不向半七他们坦白，大概是因为自己也做了抢钱夹的亏心事，不好意思说罢了。

"后来呢？那个叔父有送钱过来吗？"

"那天晚上，那个叔父在津贺家里待了约一小时后就回去了。第二天晚上，那个叔父又来找津贺，但那天他和津贺吵架了，津贺都不让那个人进门。"

"这女人这么无情啊！"

"那是，津贺可强悍了！"妇人笑了笑，"她还对那个男人破口大骂，说他没出息没用，可难听了！再怎么说，对方毕竟也是她明面上的叔父，她却对他那样又推又骂的。那男人也没说什么，垂头丧气地就回去了。碰见津贺这样的女人，谁都只能自认倒霉。"

"那津贺现在在家吗？"半七看了津贺家的院子，明显收拾得比别人家干净，屋檐下还贴着避雷符，大门紧锁，并不知道里面是否有人。

"她应该是昨天晚上就没在家里过夜。"

"这样啊，那你觉得她和富藏之间……有没有男女之情？"

"这个事情，可就不好说了，反正嘛，她那种女人，什么都有可能。"

"原来是这样啊。哎呀，没想到一聊起来就耽误你这么长时间，真是打扰了。那我和阿龟先回去了，多谢了。"

告辞后，半七带着阿龟离开。阿龟也是头一回听说津贺这样的女人，连连咋舌。

半七道："天下之大，无奇不有。不过我们这一趟也是挺有收获的，就只差那个鬼婴的来历还没弄清楚。只要弄清楚，这件事就能了解了。我估计，也用不了多长时间了。我这边也没什么其他事情交代给你，你可以先回去了。"

"大人，难道我们就这么放过富藏？"

"我也不想啊，但我们目前也没有任何证据，不是吗？"

"好吧。那我先回去了。"

按照半七刨根问底的性子，这件事情，不管大小，既然让他知道了，就没道理这样不清不楚。于是他一个人走上山，在傍晚时来到三河屋。

正在那儿等得不耐烦的善八嚷嚷道："大人啊，我打听过了，市丸还是不见人影。"

"有没有女人来找过市丸？"

"大人，真奇了！您怎么知道？还真有个二十来岁的年轻女子找过他。"

"我一猜就是。这件事我已经推测得八九不离十了。先这样吧，快过元旦了，你也赶紧回家和媳妇一起买年货吧。"

"那我不用继续在这里等他了吗？"

"是的，不用了。"

于是半七和善八一起回到神田。

那天晚上，江户刮起了大风，很多人都没睡好，担心这样的天气会出点什么意外。半七就更是寝食难安，一夜未眠。第二天凌晨四点，半七就干脆起床抽烟。这时，有人"砰砰砰"地敲门，声音大得吓人。

"是什么人在外面呀？"

"大人，是我，我是阿龟。"

"阿龟，怎么这么早过来？有什么事吗？"

半七边说边开门，没想到，刚打开大门，他迎来的第一句话却是：

"大人，富藏死了！"

之前，富藏的猫明明出了事，可他却嘴硬不肯说，把阿龟气得够呛。昨天傍晚，阿龟跟半七分手后去找乐子，没想到又惹了一肚子气。气上加气的阿龟就干脆去阿倍川町的朋友家留宿一晚。大晚上风飕飕地刮，他也睡不着，却听到外面有很多人说话，他怕大风天火容易蔓延，万一出了火灾就不好了，于是就赶紧出门看看情况。

结果，外面还真出了火灾，不过起火范围不大，火已经被众人扑灭了。但前来扑火的众人却发现，富藏死在了起火的房间里。大家又仔细搜了搜，结果又在水井里发现了津贺的尸体。

阿龟见死了人，就赶紧跑来找半七。

半七赶紧换了出门的衣服跑出去。大年二十九的晚上，寒风凛冽，两个人遮住眼睛，硬着头皮走到起火的富藏家。

富藏家的房子已经基本被烧塌了，空气中到处弥漫着刺鼻的味道。很多人围在旁边，议论纷纷。

昨天半七问过话的那个妇人也在围观者之中，她走了过来，向半七问了安。

"这两个人，可惜了，不过，就这么被烧死，也总算了结了一段恩怨。这么大的风，火被扑灭，也算是庆幸啊！"

"本来是值得庆幸的，但是死了人的话，事情就大了。他们两个人是被烧死的吗？"半七装作什么都不知道的样子问道。

"我也不知道具体怎么回事，只知道富藏死了，津贺也死了。"

半七向前走到被烧毁的房子处，表明了身份，走进现场。其实，房子还不算完全烧毁，众人救火还算及时，真正被火烧的只有一半，剩下的一半是众人救火时弄塌的。

半七在现场绕了一圈，问道："稻荷神竟然还幸存呢？"

"是啊，真是多亏稻荷神保佑，这场火也熄灭得这么快啊！"

"我可不觉得是这样。如果稻荷神真的显灵了，那这场火都不会发生。现在起了一场火灾，死了两个人，我看这稻荷神也没什么用，干脆烧了算了。"

半七说着就从地上捡起一根带有火星的木棒，装作要烧死稻荷神的样子。旁边的房东不知道该如何劝阻，急得要命，嘴里连连喊着："大人，息怒！您可别这样啊！"

半七装作不理会，继续要烧稻荷神。房东赶紧抱住半七。

半七大叫道："我就不信这稻荷神有什么可显灵的，里面的妖魔鬼怪，快快给我出来！不然我就把你烧死！"

旁边的人听半七这么说，都是一愣。

正在这时，一个五十来岁的男人走出来了。他全身都被火熏得黑漆漆的。

半七看着他说："快点老实交代！我没猜错的话，你就是市丸，对吧？我总觉得这稻荷神有点古怪，里面好像有什么细碎的声音，我还以为是有什么妖魔鬼怪躲在里面，没想到，竟然是你！"

半七说完就拉着市丸去办事处。

在办事处里，半七对市丸进行了审讯。市丸如实交代了罪行。

原来，那个叔父就是市丸。果然，跟邻里街坊猜测的那样，他和津贺在前年春天就好上了，所以他每次来江户都要住在津贺家里，身上带的那点钱也都拿来讨好津贺了，今年也是如此。没想到，今年他却因此误杀了猫。好在有津贺这个调解人在，富藏开了价，事情就算暂时告一段落。但市丸一时间凑不到这么多钱，他想要跟人借，可是适逢新年期间，大家手头都不方便，最快也得开春后才有人肯借给他。没办法，他只得求助自己的女人津贺，让她先典卖一些衣物，凑点钱先帮他垫上。他觉得自己平时在津贺身上花了那么多钱，两个人之间总有几分感情在，没想到，津贺却直接拒绝了他，还把他赶出了家门。第二天，津贺还专程到旅馆来催他快点把剩余的钱付给富藏，市丸只得再三敷衍。隔天，津贺就又来旅馆闹事。这一下，可把市丸弄得颜面尽失。

市丸心情很懊恼，听到旅馆的侍女说，去年一个叫阿北的同事未婚先孕，回娘家生下一个长着两根獠牙的女孩，全家人是又害怕又犯愁。市丸就凑热闹去看了女婴，发现果然是如别人所形容的那般。于是，他就动了拿女婴代替小猫的歪脑筋。女婴的母亲阿北恨不得把孩子送人，两人当下一拍即合。

市丸又跑去说服津贺，津贺也心动了，觉得拿女婴来赚钱应该很有前途，她决定自己去说服富藏，就叫市丸把女婴抱来。就在市丸怀抱女婴赶路的时候，他碰到了才藏。市丸心里忐忑，回到旅馆，就把整件事都跟松若说了，让松若帮忙把女婴送到津贺家。

市丸本来在旅馆里焦急地等待，却一直等不到松若回来。第二天下午，津贺又来催他抱女婴回来，言辞颇为激烈，让市丸不得不怀疑她和富藏之间的关系。焦头烂额之际，市丸心中冒出了杀死津贺和富藏的邪恶念头，就买了一把刀去往富藏家。到了一看，津贺果然在那儿与富藏喝酒，这下又把市丸气昏了头脑。

他在暗处埋伏等待时机，看到那对狗男女喝醉了竟然吵起来，甚至还要动手，起身的时候，他不小心碰倒了油灯，火就此着了起来。富藏已经醉成一摊烂泥，津贺又是个女人，没多少力气，而且本身她也喝得挺醉的，毫无知觉，两人都没意识到火灾的蔓延。

就这样，火越来越大。市丸还没等动手，火势就已经全面蔓延，津贺全身都被火包围，疼得不行，表情扭曲，在地上打滚，场面十分吓人，市丸不得不闭上了眼睛。几分钟后，他听到有东西掉落的声音，睁眼时正看到津贺朝着水井猛冲，大概她是想用水来灭火吧。不过市丸也没工夫多想，因为这时候已经有邻居发现这里着火赶了过来，市丸实在没机会跑出去，就只能一直躲着。

半七心想，如果市丸在刚开始着火的时候进去帮忙二人扑火，或许火就不会如此蔓延，二人也不会因此丧命吧！但是，对他来说，不需自己动手就能一次解决两个仇人，他又怎么会主动帮忙呢？当然，他当时具体是怎么想的，恐怕也就只有他自己知道了。

半七告诉市丸，松若为了帮他结果却在路上冻死一事时，市丸僵在原地。

然而，市丸在这件事里虽然有过失，却受制于当时的律法而没有被判刑，只是被责骂一顿而已。听说他一被放出来就赶紧回老家，之后再没有在江户出现过。

第五话　长矛杀手

　　回去之后，他们倒是没发现什么异常，轿子还在原地，可是，他们试探着喊了几声姑娘，一直没人回应。他们认定姑娘肯定已经死了，就钻进轿子里面看了看，没想到根本没看到尸体。不但没有尸体，还有一只已经死了的大黑猫——正是被长矛刺死的。

一

　　山之手一带在某段时间发生过很多离奇的事——年轻女孩深夜出门总是遇到意外，不是被人削掉鼻子就是被人划伤脸。大概从明治二十五年春天开始，一直持续了三个月左右。这些事情闹得人心惶惶，满城风雨。很多报纸上都有过相关的报道，如果经常看报纸，对此应该并不陌生。

　　半七老人就是这样。他向来很喜欢看报纸，所以也自然而然就知道了这件事。

　　"这些案子，到现在还是没有进展吗？"

　　有一次，我刚好去拜访他，聊着聊着，他就问起了这个。

　　"是啊，没找到有用的线索。不过，很多人都觉得凶手不是疯子就是变态，反正不是正常人。"

　　"也许吧。正常人谁会这么做呢？之前，我也遇到过类似的事情，长矛刺就是其中之一。不知道你有没有听说过。"

　　"没有。不过，您既然说提到长矛刺，那就说明凶手杀人用的一定是长矛，对吧？"

　　"是的。真是非常残忍，几乎见人就杀。不过这件案子不是我经手的，所以我对于细节也不是很清楚。但是大概经过肯定是没有错的。"

　　说着说着，老人就又开始讲故事了。

二

　　一开始，事情发生在文化三年的初春。行凶者专门趁晚上躲在路边，等有人经过，就跳出来把人刺死。那些被害者也真是可怜，好好地走在路上，就这样被人杀了。因为这件事，还有好事者专门作了俳句，比如"春夜暗路枪梅危，不见一旁长矛刺"。不过，因为没找到线索，凶手一直逍遥法外。渐渐的，凶手也就不杀人了。

　　本来，大家以为这件事就这么了了。没想到，文政八年夏天的时候，凶手又冒了出来，还把一个很有名的三弦师傅给刺死了。因为这位师傅是后起之秀，技艺超群，所以最初有人觉得一定是有人嫉妒他才买凶杀他，后来才知道，根本不是那么回事。

　　山之手一带倒是很清静，也许是因为那里有很多武士宅邸，凶手不敢随意造次。但是住在下町的人们就没那么幸运了——凶手主要就是在那里活动。那段时间，除非遇到急事，一般人都不敢随便在晚上出门。就算非出门不可，人们也不敢独自上路，总要叫上好几个同伴。毕竟那凶手神出鬼没，一个人对付不了。而且，他比上次还要凶残得多，几乎每三天就要杀一个人。一时间，人人自危，家家惶恐。

　　当然，发生了这种事，奉行所肯定不会袖手旁观。可是，同心们齐心协力地查了好久，从夏天一直查到秋天，依然是一头雾水，没找到任何有价值的线索。凶手的目的似乎只在杀人，不在夺财。不管被害人身上有多少钱，他都分文不取。这样一来，除非当场抓住他，否则毫无线索可查。大家甚至不清楚两次的凶手是不是同一个人，这个人动手的时候是单独行动还是有好几个同伙，他这么做的目的是什么……所有这些问题，都查不出来。

很多人觉得，凶手之所以做下这么残忍的事，无外乎两个原因，一个就是想试矛，一个就是想试功夫。照这个思路想下去，各位教长矛的师傅或者学长矛的弟子肯定有最大的嫌疑。可是，大家把这些人挨个调查了一下，依然一无所获。

还有人觉得，凶手可能就是想杀够一千人，或者专杀属狗的人。对于前者，没人知道成不成立，但是后者是肯定不成立的，因为虽然死去的人里面有很多都是属狗的，但那个死去的三弦师傅不是属狗的，而是属鸡的。

遇到这样棘手的案子，同心里有一个叫大渊吉十郎的人简直愤怒到了极点，他当着大家的面说，要是年底再没法将凶手绳之以法，他就切腹谢罪。

连同心都下了这样的决心，普通的捕快当然也不能偷懒。其他不算严重的案子都被大家放下了，所有人都投入到了这件案子的侦查工作中去了。不过，查来查去，大家只能确定一点——既然凶手可以熟练地使用长矛，那他就不太可能是农民或者商人，更可能是武士或者浪人。

七兵卫也是这么想的。这件案子得以侦破，主要还是七兵卫的功劳。

当时，七兵卫虽然已经快六十岁了，但是身体还是很好，脑子也灵活，破起案来依然是一把好手。他老婆早已去世，他雇了个叫阿兼的老太太替自己管家。

"天气这么不好，应该要变天了？"十月六日那天早晨，七兵卫对正在擦栏杆的阿兼说。

"是啊，待会儿很可能会下暴雨呢！"阿兼抬头看了看天，回应道，"御十夜快到了，就是今晚。"

"既然如此，我倒想去浅草的佛堂拜一拜。虽然是做捕快的，但我也希望来世能过得好一点。"

"当然可以。去去总是好的。听说还会有很宏大的佛事，也会有讲经说法什么的。"

"那就更要去看看了。"

"岩藏来了，您现在有空见他吗？"两人正这么说着，有个手下来通知七兵卫。

"有空，把他带进来吧。"七兵卫坐到长火盆旁边。

"早啊，最近真是越来越冷了，天气变得真快。"岩藏一边说着，一边走进来。他头上脱发很厉害，有些地方已经露出了头皮，鼻子也被冻得很红。

"当然了。没看今晚就是御十夜了吗？"七兵卫随意地回应着，打趣道，"不过，我还真是没想到，你这么爱睡懒觉，今天竟然来得这么早。怎么了？有什么事吗？"

"的确有事。昨晚八点左右，藏前又死了一个人，也是被长矛刺死的。不过，这次比之前都要奇怪。也正因为这个，我才这么早就来向您汇报。"岩藏也坐到长火盆旁边，显得有点拘谨。

"哪里奇怪？说说看。"七兵卫说，"死的是男的还是女的？"

"女的。不过，也不一定是女的。唉，您还是听我从头讲吧。事情是这样的。昨天晚上，有两个叫堪次和富松的轿夫，他们都住在浅草，那天他们刚做完最后一单生意，打算回家，路过柳原堤防的时候，一个十七八岁的姑娘从柳树后面走出来，拦住他们，说要去雷门。因为顺路，他们很快就答应了。一路上倒没发生什么，直到走到御厩渡口，黑暗中突然窜出来一个人，直奔轿子里面。堪次和富松吓得不轻，扔下轿子就跑了。跑了几十米以后，他又觉得把一个姑娘扔在那里不太好，又大着胆子回去了。回去之后，他们倒是没发现什么异常，轿子还在原地，可是，他们试探着喊了几声姑娘，一直没人回应。他们认定姑娘肯定已经死了，就钻进轿子里面看了看，没想到根本没看到尸体。不但没有尸体，还有一只已经死了的大黑猫——正是被长矛刺死的。"

"什么？姑娘怎么会变成黑猫？真是奇怪！"

"谁说不是呢？谁也不知道到底发生了什么。只能说是黑猫幻化成人形，然后又倒霉地遇上了长矛凶手了吧！那两个轿夫都觉得是这样。不过，这个事确实也有合理之处。最近凶手频频作案，正常的姑娘家，谁会在那么晚的时候还去柳原堤防溜达呢？"

"这倒是。那姑娘长得怎么样？"

"很漂亮。"

"那两个轿夫看到她的脸了？"

"没有。她从始至终都蒙着头巾。看不清楚，只是感觉应该很漂亮。"

"看起来这个姑娘应该是娇生惯养的，经常坐轿子？"

"不清楚。也许吧。"

"真的只有十七八岁，很年轻？"

"对，这个能确定。"

"好的，我知道了。辛苦你了。"

岩藏点点头，转头去了其他房间，和七兵卫另外几个手下一起聊天。其实也没什么可聊的，不过是茶馆姑娘之类的东西。

七兵卫一个人坐在长火盆边，一边抽着旱烟，一边想着这件事。

"真是邪门。"忽然，他敲了敲烟管，冒出来这样一句。

天黑后，七兵卫戴上念珠，打着小田原灯笼，按照原计划去浅草佛堂，因为顺路，半路上就也去柳原堤防看了看。也许是因为凶手最近总是作案，堤岸上静悄悄的，一个人都没有，只能远远望见来自稻荷神社的微弱的灯光。

七兵卫见状，便也小心地藏起灯笼，继续往前走。

没过多久，一个年轻女孩果然从柳树后面走了出来。她的身形很轻盈，就像幽灵一样。七兵卫盯着她看了几眼，她也敏锐地注意到了七兵卫。

"这位姑娘……"两人擦肩而过的时候，七兵卫忽然张嘴说道。

女孩却没有停下脚步，还是一直向前走，就像没听见一样。

"最近这里很危险，您要去哪儿？我送您去怎么样？"七兵卫坚持着追上去，一边说还一边举起了灯笼，想照对方的脸。

女孩迅疾伸手，一把打掉了灯笼。七兵卫早料到这一点，伸手去抓对方手腕，对方灵巧地挣脱了，而且力量明显很大的样子，甚至比七兵卫还要大得多，一下子就把七兵卫手上的念珠全都震开了。

七兵卫万万没想到对方竟然如此深藏不露，顿时惊呆了。也正是在这个时候，对方趁机逃脱得无影无踪，再也找不到了。

既然如此，也没必要再去追了。

难道这就是传说中的妖猫？七兵卫疑惑地想着，弯腰在地上摸索着，想把灯笼重新捡起来。

忽然，暗中窜出一条黑影。只见他手中矛头一闪，直刺向七兵卫的左腹，七兵卫侧身一扭，矛头刺偏，扎到了地上。七兵卫直起身来，抓住矛柄，想伸手抢过来，无奈那人动作更快，径直拔出长矛，刺向七兵卫。七兵卫勉强躲过，长矛又如影随形而来，一直不离七兵卫腰间。幸好七兵卫身手矫健，没受什么伤。

"安心被捕吧！"几次下来，七兵卫忍无可忍，大声叫道。

对方见到了捕快，终于收回长矛，回身跑了。因为天色太黑，七兵卫完全没看清对方的脸，幸好灯笼总算找着了。七兵卫捡起灯笼，摸出火石，重新点着灯笼里的蜡烛，顺便整理了一下断掉的念珠，仔细查看了一下四周，却没有找到任何线索。

　　无奈的七兵卫只好继续前往浅草，一路上想着那女孩和长矛凶手的关系。

　　也许因为总出事，今年来浅草参拜的人并不多。七兵卫在佛堂待了一会儿就回去了，一路上没发生什么特别的事情。

　　没几天，妖猫的传言越传越神，连八丁堀都知道了。町奉行所得到命令，要阻止谣言的继续传播。七兵卫知道以后，专程去浅草找到轿夫堪次。在他看来，流言之所以会传开，肯定和那两个轿夫脱不了关系。

　　轿夫堪次就住在马道的大杂院里。那大杂院在一个巷子里，进了巷子，往前数三家，就是堪次家——这是七兵卫向附近一个杂货铺里的老太太问到的。

　　"他每天都出门干活吗？"七兵卫继续问老太太。

　　"之前是这样，但最近不是。大概有十几天了，他一直没干活，只是躲在家里。他老婆对此很不满，两个人总是吵架。"

　　"既然如此，现在他应该在家吧？"

　　"差不多吧。刚才还听到他对他老婆喊着什么。"

　　"真是谢谢您了。"

　　七兵卫离开杂货铺，向巷子走去。刚一进去，就听见一个女人又吵又叫的声音。听内容，肯定是堪次的老婆了。

　　"真是没出息的东西！别的能耐没有，说起大话来倒是一套一套的！你要是真不害怕，倒是出去赚钱啊！不就是长矛刺吗？又不是天天出现，你不过遇到一次就怕成这样，那些夜里出去摆摊的人要是都像你一样，干脆都不要赚钱好了！照我说，你当初就该把那人抓住，送到町奉行所，总待在家里冲我叫算什么本事！"

事情已经明了了。出事以后，堪次不敢出门，每天就是待在家里，院子里摆着的轿子也可以说明这一点。

"堪次是住在这里吗？"七兵卫敲了敲门。

"是！"堪次的老婆怒气冲冲地打开门，一脸没好气地问七兵卫，"你是谁？"

"我叫七兵卫，是茸屋町的捕快。"

"原……原来是您，真不好意思，快进来。"堪次的老婆知道了七兵卫的身份，慌忙说道，"屋里不太干净，还希望您不要嫌弃。"

房间里，堪次就坐在长火盆附近。他看起来三十多岁，像个老实人，身材矮小，有点胖。

"是我不好意思才对，这么早就来打扰你们。"七兵卫客气地说着，坐在门口的脱鞋处，摆了摆手，"不用进去了。我就是来问点事情，问完就走。堪次先生，不久之前，就是你遇到长矛刺那天，是不是抬着一位奇怪的客人？"

"对。"

"既然如此，妖猫的事情，也是你和富松说出去的吧？"七兵卫板起了脸，"町奉行所决定严惩造谣生事的人，还请您跟我回办事处接受审问吧！"

"传言确实和我有关，可是这件事真的太诡异了。如果不是妖猫，又是怎么回事呢？又不是只有我一个人这么认为的。这样就把我抓回去，真是有点冤啊！"堪次见七兵卫一脸正经，有点着急了。

"确实很诡异。我也很同情你。要不然这样好了，我可以不把你带到办事处，但是，今晚六点，你一定要叫上富松，一起抬着轿子去找我，我有些事要拜托你们。可以吗？"

"当然可以，没问题。"堪次连连答应。

既然如此，七兵卫也就回家了。

刚到家，岩藏就来找他。七兵卫把自己去见堪次的事对岩藏说了。

"今天晚上，我想让他们抬着空轿子再去那里走一走，也许会遇上所谓的妖猫呢！"

"办法倒是好办法，但是照我看，您要真想干点什么，喊这两个胆小鬼还不如喊上几个胆子大的轿夫。"

"道理是那个道理，可是只有他们能认出那个姑娘，所以我才专门去找堪次。"七兵卫解释了一下，然后问，"你看见民次郎了吗？我之前让他办了一点事。"

"看见了，他刚来找过您，见您不在，就去剪头发了，说是一会儿再回来。"

两人这么说着的工夫，民次郎就回来了。他很年轻，也就二十五岁左右。

"让您失望了。这几天晚上，我和寅七都遵照您说的，一直在竹林里巡视。但是江户的竹林实在太多了，我们还没有都走遍，所以暂时也还没发现什么特别的东西。"

"没关系，你们继续巡视就行。这任务确实不是一时半会儿能完成的。慢慢来吧。"

当天晚上六点，堪次和富松一起抬着轿子来找七兵卫。七兵卫带着他们去了老地方。他们在前面走，七兵卫跟在后面暗中观察。不过，三个人这样从六点多走到了十点，一直没有遇到所谓的妖猫。

"看来今晚是没希望了，明晚麻烦你们再来。这点小钱是对你们的酬谢，回去买酒喝吧。"七兵卫说着，和两个人道别了。

第二天，两个人又按时来了。一切还是和昨晚一样，连猫的影子都没看到。

"算了。还是明天吧。"七兵卫说着，又给了他们一点钱，让他们回家。自己也打算回去。然而，还没走多远，堪次就气喘吁吁地跑了回来，嘴里大呼小叫着。

"又死人了！又死人了！"

"快带我去！"

死去的女人躺在一百多米外的地方，只有二十出头，身上穿的衣服完好无损。她的致命伤在心脏，尸体还没有完全变凉。

七兵卫觉得有点奇怪，自己刚刚就在附近，这女人死前要是呼叫或者求救，自己一定会听到。

他疑惑地看向女人的嘴，忽然发现了一截断指。

这就说得通了。一定是女人想要喊叫，却凶手及时捂住了嘴。女人呼吸不畅，乱抓乱咬，凶手躲闪不及，才被咬掉了一根小指。

"真是太可怜了。麻烦你们帮我把尸体运回办事处吧。"七兵卫站起来吩咐两个轿夫，又小心地把小指包好，藏到怀里。

验尸结果很快就出来了。死者的伤口确实是长矛刺导致的。死者的身份也确定了，是个叫阿秋的女侍，在两国的茶馆做事。

阿秋死于长矛凶手之手，大家都这么认为。验尸过后，亲戚们很快领走了阿秋的尸体。

但是，七兵卫却觉察出了不对。根据他对长矛凶手的了解，对方用的是长矛，更习惯从远处刺杀人，不会近身到捂住受害者嘴的程度。所以，他怀疑是有人趁乱杀人，想让长矛凶手承担责任。

考虑到断指上沾着蓝色染料，七兵卫认定，凶手十有八九是染坊里的人。经过排查，一个叫长三郎的手艺人被捕了。他才十九岁，刚刚出师，在两国那里的一个染坊做事。对于自己的罪行，因为有那截断指做证据，他供认不讳。

原来，从夏天开始，长三郎就喜欢上了阿秋，但阿秋觉得长三郎太小，又没钱没地位，根本不想理他。后来，长三郎听说阿秋和别人好上了，又失望又嫉妒。想干脆杀了阿秋，又不想被抓到，想起最近长矛刺的事，就买了个矛头，趁阿秋与男友幽会回来的途中，把阿秋拖到暗处杀了。

"真是个意外的惊喜呢。"七兵卫想着。

其实，更大的惊喜，来自于长三郎嘴里吐露的另外一个消息。

"我为了追阿秋，真是想尽了所有办法。我确实没什么钱，所以为了能多赚点钱，经常会去赌两把。一开始，我经常和作兵卫赌。赌得也不大，最多只有四五百文，从来没大过一贯。当然，我觉得他土里土气、呆头呆脑，刚从甲州来，想赢他应该很容易，没想到他精明得很。我其实很少赢。虽然每次输的都不多，但他不止和我赌，也和别人赌。这样赢的钱要是都加起来，就很多了。"

"还有这样的事？他靠赌博维生吗？如果是这样的话，他应该经常出入赌场吧？"

"他确实经常在山之手那边的小赌场玩，不过他不是专门的赌徒。他是个猎人。"

"他是个猎人，你是个手艺人，你们是怎么认识的？"

"他打到动物后——有时候是猴子，有时候是狼——就去染坊旁边的兽肉铺卖。有一次，师傅让我去买山猪肉，他恰好也在，我们就随便聊了几句。他说自己没什么爱好，就是喜欢赌博，如果我也喜欢，希望有时间一起玩玩。"

"既然是猎人，肯定经常去竹林一类的地方吧？"

"没错，就在我第一次见他以后，大概两三天吧，天要黑的时候，我在河岸边看见他正往竹林里走。我跟他打招呼，问他在干什么，他说在追一只狐狸。"

"最后追到了吗？"

"没有吧。他根本没进去。也许是只顾着和我说话，狐狸跑远了吧。"

"你知道他住在哪里吗？"

"知道。就在那家便宜的自炊旅馆里。其实我一直觉得挺奇怪的。他那么会赌，手里肯定有不少钱，为什么还要住这种地方呢？"

"是挺奇怪的……"七兵卫笑了笑，"很感谢你能告诉我这些。这些事对我来说很重要，我会向上面请求对你从轻发落的。"

"那真是太谢谢您了。"

吩咐手下把长三郎送到看守所，七兵卫马上叫人去逮捕作兵卫。

"您确定凶手就是他吗？一个猎人为什么要用长矛刺杀路人？"岩藏觉得不能理解。

"我也不知道为什么。不过，凶手十有八九就是他。我抓到过长矛凶手的矛柄，那材质不是木头，而是竹子，所以他用的肯定不是有矛柄和矛头的真长矛，而是通体都是竹子的竹矛。作为武士，就算要杀人，肯定也不屑于用竹矛。因此，凶手肯定是平民。他想杀人的时候，就去竹林里砍竹子，然后把竹子削成竹矛。杀人后，再把竹矛神不知鬼不觉地丢在竹林里。也正因此，我才会让民次郎和寅七每晚去竹林里巡视。本来，一切都没什么进展，但是长三郎的话说明了一切。长三郎看到他的时候，他说要去抓狐狸，却根本没有进到竹林里，这就证明他很可能就是在说谎。实际上，他是想进去砍竹子削成竹矛然后杀人。还有他杀人的手法——他专门挑人的腰部以下砍。当时我就觉得有点奇怪，但根本没想到是为什么，长三郎一说，我才明白，他本来是个猎人，经常猎杀狼之类的动物，所以杀人的时候，也就更习惯往下面招呼。"

"确实很有道理，那我们就去抓人了！"

岩藏、民次郎和寅七听完七兵卫的分析，干劲十足地出发了。

这天正是十月二十日。七兵卫吃过晚饭后，一直焦急地等着三个手下的消息。但是，从傍晚一直等到天完全黑下来，都没见三个人的影子。也许作兵卫刚好出门了，他们正埋伏在附近等他回去？不太可能，都已经这么晚了。七兵卫不安地想着，打算出门亲自去看看。

就在这时，堪次来了。

"真不好意思，富松犯了老毛病，是疝气，走不了路了。所以今晚只有我一个人来。"堪次对七兵卫解释道。

"真没想到会出这样的事。不过也好。本来，今晚已经用不着你们了。既然你已经来了，和我去那里走走，应该也没关系吧？"

"没问题。"

堪次平时虽然有点怕老婆，却是个老实人，七兵卫跟他很聊得来。两个人一边聊天，一边往两国那边走。

"真冷啊。"上桥的时候，堪次忽然说了一句。

"是啊，马上就是年末了。再冷一点，下游的人们就要开始捕银鱼了……"七兵卫说着。

"那天晚上变成黑猫的就是她。"还没等他说完，堪次就扯了扯他的袖口。

"是吗？"七兵卫抬头看去，见到一个低着头走在桥上的女孩。

"我肯定不会记错。"

"既然如此，你等在这里，我过去看看。"七兵卫吩咐完堪次，默不作声地跟在女孩后面，一直走到桥头，才终于看清了那张藏在头巾里的脸。

"年轻人，真不好意思，那天晚上……"七兵卫客气地说着。

对方什么都没说，只是停了一下，然后继续往前走。

"内田家的年轻人，你也只是想抓到凶手，对吧？只可惜，你真不该和大家开妖猫的玩笑呢！"七兵卫又追上去说。

"哈哈……"女孩笑着摘下头巾，有点疑惑地问，"你是谁？怎么会认出我？"

其实，这根本不是什么女孩，而是一个尚未举行成人礼的少年。他身形高大，容貌清俊，看上去最多十五岁。

"我叫七兵卫，是个捕快。至于怎么认出你的……你父亲那么有名，为了长矛刺的事，我最近还去找过他几次。你长得和他这么像，只要看了你这张脸，又怎么会认不出你呢？其实，早在我们第一次相遇的时候，我就已经很疑惑了。你有那么好的功夫，这一点，就不是一般人能有的。"

七兵卫说得一点都没错。这少年叫俊之助，正是著名剑客内田传十郎的儿子。他家在下谷开了一家规模不小的武馆，收了很多弟子。长矛刺的事情出了之后，大家都想抓住凶手。在征得父亲同意后，俊之助也成了他们当中的一员。他思虑再三，发现其他人只是漫无目的在走在路上，一次都没有见到凶手，才想到假扮女人引出凶手的办法。一天晚上，他扮成女人，路过广德寺前，果然遇到了凶手。两人打斗的过程中，他甚至还抢到了对方的长矛，只可惜天太黑，对方跑得太快，他没有追上。

坐在轿子里那次，是他想故意吓一吓对方。那天出门前，他特意先勒死了一只黑猫，藏在身上，又在凶手刺向自己的时候，飞快地溜出轿子，只留下一只黑猫。

"实在不好意思，给你们添麻烦了。"俊之助得知七兵卫的身份，笑着赔罪。

"你最近还是一直在搜寻凶手吗？"七兵卫问。

"是的。我把黑猫留在轿子里的事向父亲说了，本来还以为他会夸我聪明，没想到却被他骂了一顿。他觉得我不应该弄这个恶作剧，还说，要不是这样，也许凶手早就被他抓到了。为了将功赎罪，他命令我每天晚上都出来寻找凶手。只可惜最近几天月光很好，我一次都没遇到过。"

"真辛苦啊。不过，你不用再这么做了。我已经知道凶手是谁了。"

"真的吗？"

没等七兵卫回答，只见寒光一闪，一个魁梧的男人拿着一把匕首，狠狠刺向七兵卫。还好七兵卫足够警觉，及时躲过。一旁的俊之助也过来帮忙，没一会儿，两个人就把凶手逮住了。

三

"能做出这种事，作兵卫也真是太鲁莽了。"半七老人评价道，"如果他不那么着急地对七兵卫动手，也许还能多藏几天，但他听到了七兵卫和俊之助的对话，心里一下就乱了，又觉得两个人正在聊天，可能会疏忽，才决定刺杀七兵卫灭口。他真是想得太简单了！七兵卫和俊之助，一个是捕快，一个是剑客，怎么能轻易这样被人杀死呢？"

"的确。不过，那些事真是作兵卫干的？"我问，"他一个猎人，为什么要做这种事呢？难道真是疯了？"

"确实是他干的，但他不是疯子。这么擅长赌博的人，怎么可能是疯子呢？虽然仅从外表来看，他长得很是狰狞可怕——一个将近四十岁的中年男人，脸上有很多伤痕，胡子浓密，一只耳朵还被熊咬掉了。不过，在接受审问的时候，他表现得和任何一个正常人一样清醒。他说，他家住在甲州的深山里，世代靠打猎维生。他们的父母死得早，家里只剩他和他哥哥。文化三年那一次，作案的是他哥哥。他哥哥为了卖兽肉而来到江户，看到这里每个人都穿得漂亮、过得舒服，城里繁华无比。最初，他还有些羡慕，可没多久就生出嫉妒和恨意来，甚至想杀掉所有的江户人。于是，他偷偷砍了竹子，削成长矛，像刺杀动物一样杀了那些可怜的路人。不过，因为他只在江户待到春天就回家了，所以一直没被抓着。本来，这种事他肯定不会随便和人说，但是有一天，他喝醉了酒，也就无意间和作兵卫说了这件事。二十年后的冬天，他不小心坠落山崖摔死了。作兵卫想起哥哥的经历，就想来江户看一看。本来他也只想来卖兽肉，没想到来了之后，竟然生出了和哥哥一样的想法，做出了和哥哥一样的事。中途，他也想过收手回家，然而在家里待了没多久，他就又耐不住寂寞，回到了江户。最终他还是被七兵卫抓住，先是游街示众，最后被处死了。不得不承认，七兵卫真是很聪明。就是那只黑猫真是让人头疼，让事情变得更加复杂。不过，在那个时候，剑客们确实喜欢这样恶作剧……"

"既然他们都是猎人，在江户逗留那么长时间，靠什么赚钱养活自己呢？"

"你是忘了长三郎的话吗？赌博呀！这两兄弟都很会赌博。靠赌来的钱，他们足以维生了。他们不是喜欢浪费的人，只要吃饱肚子就行，不在乎吃什么。在江户生活，想养活自己其实也不怎么困难。不过，大家一直不明白他们到底怎么变成这样的，最后只能把这归结为杀戮了太多动物之后得到的报应。也有人觉得，这是因为他们都是猎人，长期和猛兽打交道，自然也沾染了一些野兽的习性。还有人猜测，他们家人本身就都有疯子的倾向。总之，说什么的都有。不过，大部分人都觉得这是因果报应。到底是怎么回事，谁又知道呢？如果是现在，也许会被归结为某种心理疾病吧！"

第六话　河童

一大清早，厨房后门就有莫名其妙的声音传出，还没等屋里的人弄明白怎么回事，一道黑色的矮影就飞快地冲进屋里，没过多久又很快地冲出去。屋里的侍女这才发现主人被杀死……

一

"半七大人，您还记得我们之前在向岛时说好的那件事吗？"我问道。

半七老人歪下头，笑呵呵地打趣道："我们当时有说好什么事情吗？"

"哎呀，难度您忘记了吗？当时您提到了河童与蛇的故事，今天拜托一定要讲给我听呀！"

"哈哈，我还以为是怎么回事呢，你这记性可真好，还记得这码事！这都是一年前的事了吧？我记得，当时好像正赶上樱花季……要是你事事都记得这么清楚，我以后可不敢轻易跟你说话了。不过既然你提起来，我就来讲讲这件事吧，你也可以一把瘾。言归正传。庆应元年的五月，那可是个特殊的月份，往常在五月二十八号都要在河上举行的避暑烟火大会，但那一年并没有如期举行。可见当时的社会形势不好，江户时期也快走向末期了。"

说到这里，半七老人陷入了片刻怀念。

接着，他又讲道："河童的故事就刚好发生在那一年五月二十八号的中午。因为那年没举办烟火大会，我就在家里放假休息。这一天，有个年轻的女孩子在大中午就跑到我家里。我太太把她带到我面前，我才发现原来是艺伎阿照的干妹妹——阿浪。她那年才刚满十八岁，正是青春好年华，面容也颇为娇美……"

二

半七跟她开玩笑道:"浦岛太郎还没睡醒,龙宫仙女乙姬就过来了啊!现在的形势真是一年不如一年,今年连烟火大会都不举办了。不过,虽然这样,外面应该还是比平时热闹吧?茶馆里和游船上的人是不是很多?"

半七说完仔细看了看,这才发现阿浪虽然头发还算整齐,但脸上的妆容已经花了,眼睛也哭肿了。

按理来说,今天是河上纳凉避暑的第一天,正是她们赚钱的好时机,眼前的阿浪怎么没做打扮,还哭着跑来呢?

于是,半七继续问道:"阿浪,我可听说了,你现在名气不小,不会是因此同姐姐阿照吵架了吧?我可管不了这些家务事啊!"

尽管半七很幽默,但阿浪却没笑出来: "事情不是那样的。大人您可能还不知道,我父亲被人杀死,姐姐阿照现在还被公家扣押起来,我真的是不知道该怎么办了。"

半七也端正了身子,听阿浪介绍起事情的经过。

原来,那天早上六点,阿浪家的侍女听到有人敲门,就从厨房出来准备去开门,孰料却被阿浪的父亲新兵卫拦住,让她该干什么就干什么去,就当没听到敲门声。

敲门声持续了一段时间后果然停了下来。但是,紧接着,厨房里就传出莫名其妙的声响——有人或者某种未知的生物闯了进来!那东西一进来就直奔新兵卫的房间,钻进蚊帐,片刻后又马上夺门而出。侍女此时还没弄明白眼前的情况,就往新兵卫房间走近一看,却发现他已经被杀死,睡衣上都沾满血迹。

侍女吓坏了,赶紧冲上二楼告诉阿照和阿浪姐妹俩。三人看到新兵卫的尸体，齐声痛哭，哭声惊醒了邻居。有人报了官，公家也派了人过来验尸和维持秩序。

众人都很好奇到底是谁杀死了新兵卫。现场唯一的目击证人就是新兵卫家的侍女，但她年纪小，才十七岁，大清早的，她本来就不是特别清醒，又受到了惊吓，根本没有办法说清楚事实。不过，公家的人也从她的只言片语中提炼出了一些信息——杀人的应该是一个矮小的凶物，没有穿衣服，长得跟小孩子差不多高，浑身黑乎乎的，一会儿能两条腿走路，一会儿又用四条腿爬。

除此之外，侍女就提供不了任何其他信息了。因此，她至今还被扣押起来，等候新的问话。

阿照和阿浪姐妹两人也分别被问了话。但公家的人认为阿照的说辞有点含糊，就一直扣押没放人。眼看已经到中午了，左邻右舍的人七纷纷讨论这件事，但是谁也说不出个名堂来，不过有人说应该去找半七咨询，于是阿浪就衣衫不整地跑来找半七了。

"哎呀！这件事都发生一上午了，我竟然还一点不知晓，真是失职啊！照你所说，是有个不明怪物闯了进来，个子跟孩童差不多，黑乎乎的一个怪物？"

阿浪显然也是猜不出个中究竟，只说："反正唯一的目击证人是这样说的。"

半七太太插嘴道："会不会是猴子做的呢？"

半七让她不要说话，免得打扰自己的思路。猴子伤人的事情之前也不是没有过，但是可没听说过猴子会用刀伤人。

半七又问起阿照为何会被扣押，阿浪说，阿照做笔录的时候面色苍白，几乎一直沉默，这才导致公家的人不放她走。至于为何会沉默，阿浪犹豫了片刻。在半七的逼问下，她还是将事实说了出来。

原来，阿照和父亲新兵卫最近总是有争执。

半七问道："他们俩是不是为了阿照新交的男朋友吵起来的呀？"

"不是的。"

"但是我听说，阿照不是跟旧衣铺的小儿子交往吗？"

"是在交往，但是她不是因为这个跟父亲吵架的，而是父亲突然说要离开这里，搬到很远的地方。阿照姐姐不想搬走……"

"她和情郎正在热恋中，肯定不愿意就此分开了，但是我纳闷的是，你父亲为什么突然想举家搬走呢？"

"哎，这一点我也感到很纳闷。父亲就是说在这里住久了感到乏味，所以才想搬走。他们俩为这事吵得不可开交。我也不是没有劝阻过，但是父亲还是坚持要搬，所以这件事很难说谁对谁错。"

"那可就太奇怪了。公家的人应该就是因为这个所以才怀疑她的。但是你放心，我知道肯定不是你姐姐阿照杀的人，虽然现在她确实有嫌疑。对了，旧衣铺的小儿子有被叫去做笔录吗？"

"公家的人也在找他，不过据说他昨晚就没有回家去，现在谁也不知道他跑到哪里去了。"

"他叫什么名字？"

"定次郎。"

半七把获得的信息在头脑中一一理清。父亲要卖掉土地房子搬迁远方，大女儿不愿意离开情郎，所以坚持不搬。两人频繁吵架，然后父亲被杀。所以，凶手很可能是大女儿阿照和定次郎。但阿照又偏偏不肯讲话，所以她的嫌疑最大。

可所有的信息就只有这些了，半七一时也没有理出凶手是谁。他只是特别纳闷，为什么这么多年都住得好好的，新兵卫却突然想要搬走呢？

半七问阿浪："你天天与你父亲和姐姐一起住，有没有发现你父亲有什么仇家？"

阿浪对此毫不知情。她说父亲为人很友善，经常去放生鱼，去寺庙参拜，不抽烟、不喝酒，是左邻右舍都称赞的老好人。除非是对方认错了人，否则基本上不可能有仇人。但偏偏凶手又不是那种路过劫财的盗匪，一看就知道，凶手是专门冲着新兵卫来的，于是阿浪也很纳闷。

不过，半七仍然很执着，"如果真的是这样，你父亲与人为善，又没有仇家，为什么会突然间想要搬迁呢？你再仔细想想，是不是有什么地方遗漏了？"

"我实在是想不出什么了。哦，对了，有件事不知道有没有帮助，不过我也没亲眼看见，是听侍女说的。上个月，有一个僧人化缘来到了我家门口，刚好碰到我父亲，结果两人似乎认识，还交谈了一会儿，父亲还给了对方一些钱财。之后，这个僧人就常常在晚上来找父亲，还进到父亲房间一次。但可惜我晚上都要在酒馆里做生意，实在不了解详情。不过仔细回想起来，确实是遇到了僧人之后，父亲才提出要搬家的。"

一个老好人，能与僧人有什么牵扯呢？

"原来如此。"半七越发没有头绪，"你父亲身上有没有文身什么的？"

"两个手腕处都有文身。"

"文的是什么图案？"

"父亲自称年轻时不懂事文的，平时也都隐藏好，也不让我们看。不过，有一次我无意间瞧见过，应该是枫叶和樱花。"

"后背有没有文身？"

"其他地方都没有。"

"对了，你父亲今年多大了？"

"五十有九。"

"我记得阿照不是你父亲亲生的,你父亲是哪里人,你清楚吗？"

"应该是信州的吧，他偶尔会提起那边的一些事情。"

半七把能想到的问题通通都问了一遍，就让阿浪先行回去，自己换身衣服后再出门。

结果，还没出门，半七的助手幸次郎就前来拜访了。

"大人啊，你听说新兵卫的事了吗？"

"刚刚他家的女儿阿浪来过，你随我一起过去看一看吧。"

"好的。"

三

半七和幸次郎到了阿照家,看到门口围着很多人。阿浪见到半七，立刻出来迎接，并告诉半七，旧衣铺家的儿子回来了，听说阿照还被扣留的消息，就面色苍白地走了。

"大人，我看这个人有问题，我们要不要先把他抓起来？"幸次郎说道。

"我们还是再看看再说，先不要轻举妄动。"

半七带着幸次郎和阿浪一起往里走。由于侍女也陪着阿照，所以家里空无一人，只剩下新兵卫的尸体还在卧室里。不过，在这个月份，尸体还是快点安葬比较好。

半七仔细检查了尸体，确实是被刀具割喉的。半七又在厨房后门绕了一圈，看了下怪物进出的路，却意外地发现柱子上有一个黑色的手印。半七用纸刮了一点下来。

"你看着是什么？"

"锅底的煤灰吧。"

"幸次郎，你知道这附近有几个河童吗？"

"好像只有一个。"

半七似笑非笑，吩咐幸次郎去把河童抓过来，还特意嘱咐，可以等到傍晚再抓河童，让河童先表演完。

幸次郎离开后，半七找到一本记录往生者名单的小册子，打开翻看后，发现其中一个戒名为"释寂幽信士"的人。阿浪也不知道这个人是谁，只知道每月初四，她的父亲都会亲自为这个人诵经祈福。

半七的直觉告诉他，这个人应该与新兵卫有关系。

"你父亲最近去过外地吗？"

"没有，他这个人比较喜欢安静，这段时间更是如此，天天躲在家里不出门。"

半七这时觉得自己的推测方向应该是正确的，他又低头仔细检查身体，发现果然像阿浪说的那样有两处文身。他还发现，在枫叶文身下面好像还文着其他内容，似乎枫叶只是为了掩盖原来的文身而特意文上去的。

半七想，新兵卫的死应该与他之前的经历有关，他应该是犯过什么过错，后来痛改前非，而那个往生者就是他的罪孽之源。但是，那个人到底是谁呢？

正当半七还在思索之际，远处传来四时的钟声。半七准备先去两国那边看看幸次郎那边的进展如何。

半七刚走出门，就看见原本乌云压日的天空有道亮光闪过，然后倾盆大雨就下了起来。没办法，半七只得又躲进屋子里避雨。

"这雨终于下起来了。"

"是啊，但是这雨看样子是雷阵雨，应该没过多久就会停的。"阿浪把半七推开的半扇门拉上了。

于是，半七就只得在房间里听着雷雨声。雨越下越大，众人连忙把门窗都拉紧。屋子里变得有些闷热，半七强忍着难受，看着雨下个不停。过了一会儿，雨终于变小了，于是半七连阿浪要递给他的伞都没接，系上头人影。半七想，估计是被刚才那阵突然而来的大雨给吓坏了。他向卖吃食的妇人打听到了河巾，把衣服下摆卷起，径直走向幸次郎那边。

两国桥边的杂耍摊子已经收摊，附近见不到几个童的摊子，看到摊子上画着一个刚从河里脱水而出的河童，正拦住一个相扑选手。当时，两国桥附近一向有很多有个性的小摊位，专门画有一些妖怪或者肢体异于常人的人。如果有人感兴趣，只需要交上一点门票钱，就可以进去摊子里观看更多相关画像。这个河童的摊子显然也是这种靠卖画挣钱的，还是有很多人对河童的传说感兴趣的。虽然这个摊子上的画作很粗糙——画上是一个十来岁的男孩，发型跟人们印象中的河童头差不多，手脚和脸上都用锅灰抹得一团黑。对很多人来说，门票又不贵，就是看个热闹而已，这样也够用了。当初，半七就是看到阿照家留下了煤灰手印，才推测应该是河童的扮演者在作恶。

半七看到摊位的入口已经关上，估计今天的表演应该已经结束，就绕到后台跟打更的大叔聊天。

"六助大叔，你好，我才知道，原来你在这里帮忙。"

“原来是半七大人，好久没见了。”六助向半七行了个礼。

“你之前那份工作为什么不做了？”

“那边总是做一些不太好的事情，我不喜欢那个风气。”

“是这样啊，对了，你看到幸次郎了吗？”

“刚刚看到他，还带走了河童。河童不愿意跟幸次郎大人走，不过大人跟他说一会儿就会放他回来，也不知道是真是假。”

“这个河童叫什么名字，今年多大了，家是哪里的？”

“他叫长吉，今年十五岁了。具体是哪里的人，大家都不是特别清楚，只知道他以前是在信州善光寺那边生活，这摊位的主人一次去那边表演时，把他带了回来。说起来，他好像是那种无父无母的孤儿。”

“真的是孤儿吗？”

“听说是这样。他出生没多久，父亲就死了。”

“你知道他父亲是怎么死的吗？”

“这个事不好说啊，听说是犯了罪的……”

“好，我大概清楚了，最近有没有什么人来找过河童？”

“好像没有谁吧。哦，对了，我想起来了，好像有个化缘的僧人来过。那个僧人大概四十岁，高瘦身材，眼睛很有神，他说自己是长吉的叔叔，长吉好像也跟他认识。昨天，这个僧人突然说要请长吉吃饭，两个人就不知道去哪儿了。”

“你对这个人还有什么了解吗，知道他住哪儿吗？”

“我听说他好像住在下谷的一家宾馆，但具体是哪家我就实在不知道。大人，我知道您是捕快，我知道的事情，我肯定会一五一十地说出来的。”

半七推测，幸次郎可能把会河童带到附近的府衙。孰料，等他走过去，办事处的人却跟他说幸次郎不在，而且还表示，由于他们的一时疏忽，让河童跑了。原来，幸次郎把河童带到办事处，就让人把河童关在一个专门扣押犯人的房间里。为了保险，他还用绳子把他拴在柱子上。谁知道，刚才下雨，办事员着急赶回家，加之也有人过来避雨，人进人出的，就没有人专门留意他。所以，河童就趁着这会儿工夫逃跑了。办事员想追上他，却跑不过河童这种半大小子。正当这时，幸次郎又回来了。他把河童留在这里，自己去找半七，没想到两个人却正好错过，只得转身回办事处。回来后，他知道河童逃跑的事，简直被气坏了。他大声骂了几句，就赶紧出去追河童。

因为这种事确实是办事员的失职，半七也不好说什么。他想，与其自己在这里干等着，不如出去帮幸次郎一起追那河童。跑了一段，半七跟路人打听后得知河童往小梅方向逃去，所以他又赶紧往那个方向追去。

跑着跑着，半七突然撞到迎面走来的幸次郎。

半七看到幸次郎耷拉着脑袋，问道："是不是没追上河童？我看你挺没精神的。"

幸次郎说："是啊，听人说是往这个方向，可我追了半天连人影儿都没看见。"

半七安慰他说："对方是个半大小子，不会一直藏着不出来的，咱们先吃点东西，一起想想办法吧！"

两人找到一个小饭馆，进去后点了几个菜，吃了起来。

"啊呀！天都晚了怎么还不点香熏蚊子啊，这么多蚊子，还怎么吃饭？"

女服务员连忙道歉，拿来熏香点燃，还一边连连道歉："对不起啊，刚才在外面听老板在讲鬼故事，我听入了迷，就忘了熏蚊子。"

半七问道："是发生在饭馆里的鬼故事吗？"

"才不是呢！我们这里干净得很，是我们饭馆老板刚才在堤坝看到的怪物，老板说，应该是河童。"

半七和幸次郎一听就精神了，赶紧让女服务员把老板请来，听老板细说详情。

原来，老板今天到外面办事，回来时经过堤坝，有两个人刚好走在他前面，一个是武士，一个是十几岁的少年。那个少年还戴着一顶草帽，穿着黑色的衣服，没有穿鞋。那个武士可能是喝醉了，叫住少年开始耍酒疯，责骂他衣冠不整。少年没有理会，武士就上前想要自己动手，没想到却看到少年屁股上有两个闪烁的银色眼睛。武士喝醉了，也不觉得害怕，大声说道："原来你是河童啊！"然后用胳膊夹起河童，一甩就把河童甩到河边。结果，却把后面看到这一过程的饭馆老板吓坏了。

喝醉了的武士会把少年当成真的河童，可半七不会这么认为。当时，河童表演的一个重要环节就是在屁股上贴上眼睛，转圈后将屁股露向观众。因此，半七一听就知道，那少年应该是长吉。

于是和幸次郎两个人赶紧结账，去河边寻找河童。

两人到了河边，果然找到长吉，他还在昏迷中。可能是被武士摔得太厉害，还碰巧刚好卡在柱子间，所以没有被水冲走。

两人把河童背到饭馆，让老板帮他清洗一下。饭馆里的女服务生都围着看热闹。当老板发现河童屁股上的银色眼睛是贴纸时，不禁哈哈大笑，再也不害怕了。

半七在床边守着河童，等他醒了就喂他喝水吃药。

半七自我介绍道："我知道你叫长吉，我叫半七，是名捕快。

这位是我的助手幸次郎，我们现在在一间饭馆里。我现在问你的，你要认真回答。今天早上，是你去阿照家，杀死了她的父亲，对吗？我在厨房的柱子上找到了煤灰小手印，这就是铁证。而且，要不是心里有鬼，你为什么从办事处逃跑？"

长吉毕竟只是个半大少年，在半七的追问下，终于认罪了。

"现在你来说说，为什么你叔父让你杀死阿照的父亲新兵卫？他们之间有什么仇恨吗？"

长吉瞪大眼睛，带着恨意地说道："新兵卫杀死了我父亲！我是为我父亲报仇雪恨！"

"这件事到底是怎么一回事，你别着急，慢慢说来，我为你做主。"

"我们一家之前住在信州善光寺，父亲名叫长左卫门。阿照的父亲当时叫新吉，跟我父亲都是同村的。他们两个人都是游手好闲的混子，曾经一起入室强奸隔壁村镇的地主，杀死了主家夫妇和女儿。新吉害怕东窗事发，就跑去揭发，说事情是我父亲一个人做的。奉行所的大人念在他揭发有功，就默许他逃跑，可我父亲却被判了死刑。我母亲非常生气，临死前都还告诉家里人，一定要记得为我父亲报仇。我叔父之前在外面游荡，听到消息回来后很想为父亲报仇，但他本身也不是良民，只得静待时机。叔父继续流浪没多久后，母亲就去世了，我也被卖到这里当河童。我叔父后来又回到家乡，听到消息后颇为感慨。他弃恶从善，以僧人的身份四处流浪，直到前阵子才来到下谷。没想到，天网恢恢，让他遇见了已经改名的新兵卫，又打听到了我的住处。"

"接下来的故事还是我来说吧，"半七说道，"新兵卫跟长吉的叔父说，自己已经改邪归正，并且每月初四都在为我父亲祈福，还去放生做法事，并且帮长吉父亲取了戒名，长期供奉。长吉的叔父也已经皈依佛门，所以无法对新兵卫做什么。于是新兵卫给了他一些钱财，以示歉意。正是这些钱财，两人才惹来了杀身之祸。长吉的叔父本来已经安贫乐道，突然暴富，便拿去挥霍，还燃起了复仇的心。所以，没过多久，他又跑去跟新兵卫要钱，且要求让阿照伺候自己。被拒绝后，他怀恨在心，找到长吉，让他去杀死杀父仇人。哎，其实两个人都已经变好，只是新兵卫已经完全向善，长吉的叔父却还没有完全转变，所以最终才做了错事。"

"那长平最后被抓住了吗？"

"当然。跟长吉聊完之后，我们就在阿照家里守株待兔，在新兵卫头七刚过的一天夜里，我们终于抓住了持刀进门正准备威胁阿照的长平。他犯下的罪行不少，最终被判了死刑，长吉因为还未成人，又考虑到是被利用，　就被发配到孤岛。这个案子，幸亏我没当时没有陷在新兵卫两个女儿的感情纠纷里，而是从他自己的人际关系去查，才能这么快查出真相。新兵卫身上有文身，之前也做过不少坏事，但是已经一心改过，却还落得如此下场，也算是善恶终有报。最有趣的应该是那个把河童摔倒在岸边的武士，估计他一辈子都不会知道自己摔的不是河童，而是长吉吧！说不定他还以此为荣，到处跟人炫耀呢，毕竟当时的向岛附近确实经常有妖怪的传说。"

"那么，也有蛇的传说吗？"我追问道。

半七笑道："我就知道你想听这个，不过，等我有时间了，再慢慢跟你讲吧。"

第七话　向岛蛇宅

　　阿通认定自己看到的一定是幽灵，吓得魂不附体。从那以后，她就很抵触去仓房送饭。可是，这毕竟是她的工作，就算她十分不情愿，也得照旧去做。只是，冷静下来的阿通怎么也想不明白，为何幽灵还要像人一样要按时吃饭？她虽然心中害怕，还是忍不住想要弄个明白。于是，她打算趁天气好的时候再偷看一次。她也的确这么做了。这一次，阿通更是吓得魂不附体。在昏暗的光线下，她分明看到了一条浅绿色的大蛇！

一

已经是六月份了，还没有一点夏天要来到的样子。不知道怎么了，今年的气温一直都不高，原本四月份就应该转暖，今年却特别反常。如今都四月份了，出门却还要穿着厚棉衣御寒。早该在五月底就结束的蒙蒙细雨仍旧下个不停，外面每天都像是笼罩在烟雾中一样，房里也又湿又冷。

气候如此反常，人们很容易感染风寒。比如半七老人就有点感冒，头疼的他感到浑身发冷，也没有什么精神，只好坐在火盆前取暖，希望能够缓解不适。

"捕吏大人，您早啊。这雨总是下个不停，天气真是太差了。"这时，草药铺的老板平兵卫来了。

"没错，这样的天气，最容易让人生病。你们药铺一定很忙吧？"半七问道。

"比往年这个时候的确要忙很多。说来也挺矛盾的，生意不好的时候，我们难免发愁怎么能赚点钱，但像现在这样生意好的时候，其实也高兴不起来。开药铺的，真是心情复杂，希望大家都赶快好起来才好。"平兵卫一边说着一边抽出烟筒，靠近半七，略微压低了声音说，"其实我这次来，是有件事要麻烦您。我真是没有办法了，才来找您。您一向很有头脑，帮忙看看这件事到底应该怎么办才好吧！其实这件事和我也没什么关系，是我家女佣阿德出了点事……"

二

"你先说说看，究竟是什么事情？"

"您也许知道，阿德不是本地人，是生麦人。她来我家做事那年只有十七岁。不过她是个老实人，并且这五年来她一直都做得很好，我们对她很满意。"

"阿德的事情我的确知道一些……"半七点点头继续说，"我和老伴还经常谈起，要到哪里才能雇到那么好的用人，内心也十分羡慕你们。她发生什么事了？"

"阿德没事，有问题的是她妹妹。她这个妹妹叫作阿通，十七岁了，也想出来做点事情，赚点钱，多少补贴一下家用，于是来到江户找姐姐帮忙。一开始，阿德决定带她去外神田的介绍所看看，毕竟那里消息多，也许就能找到合适的工作。结果介绍所告诉她们，眼下就有一个活儿，酬劳很高，一年三两，主人也好，每年都会给女佣添置新衣，就是要求多了些。首先，他们只要本分老实、不爱说话的外地年轻女子；其次，要连续干上三年，中途不能随意辞职……"

"这……"半七不禁感到疑惑，眉头轻蹙。

一年三两的酬劳确实高得离谱，花上这么多的钱，已经足够雇用一位十分出色的武士了，而对方竟然只需要一位乡下的帮佣女子，这其中一定有什么隐情。

平兵卫接着说："阿德已经在江户待很久了，她知道一般的帮佣是怎样的行情，如此高价，真是让人不安。并且，她听说这个工作的地点在向岛的最里面，十分偏远，她并不愿意让妹妹前去。可阿通却并不这么想，她觉得自己完全符合要求，更重要的是，对于一个不谙世事的乡下姑娘来说，一年三两的酬劳十分诱人。因此，阿通不愿多想，就迫不及待地想要接下这份活儿。阿德看妹妹如此坚定，最后也没有再说什么，就随她去了。阿德回来以后跟我们说了这件事，我们也觉得不太正常，但又一想，兴许是地方过于偏僻，年轻姑娘都不愿意去干，所以主家才会出这样的高价吧。但是，阿德还是很担心妹妹，尤其是过了试用期之后，妹妹仍旧没有任何消息，她就更放心不下了。思前想后，她只好又去了一趟介绍所。结果介绍所的人告诉阿德，阿通很讨主人的喜欢，主人已经决定留下她，如果阿德没什么意见，已经可以替妹妹做主签合同了。阿德最初还是有些怀疑的，但是，当她看到妹妹亲笔写的书信后，就彻底放心了。阿通在信上说，她非常愿意留下帮佣，让姐姐不要担心，自己现在住在一栋大户人家盖在向岛的别墅里，平时那里只有门房和他老婆，主人不在，一个月才来一次，所以帮佣很轻松。虽然地方偏远，但对于乡下姑娘来说都没什么，她很开心能够找到这么好的活儿。于是，阿德按照介绍所的要求，立刻就替妹妹签订了至少工作三年的契约。"

"阿德当时没看到妹妹？"半七问。

"没有。但是她很确定，那信的确是她妹妹写的。也正是因为这个，阿德才安心回来。可是，从那以后，她妹妹有半年时间一直都没有写过书信回来。直到前天，一个陌生男子找到了阿德，说自己从向岛来，受阿通的托付，带给她一封信。阿德很高兴，立刻拆开信，却看到妹妹在信上说，自己已经无法再在那里继续干下去，希望赶紧能离开那里，否则就会没命的。具体的情况，她三言两语说不清楚，只是恳求姐姐看到信之后一定要来。阿德看完信，当时都惊呆了，她确定这是妹妹亲手所写，也看得出情况危急，她不是在撒谎。于是，心乱如麻的阿德只有一个念头，就是赶快去向岛一趟。我们知道了这件事以后也觉得不对劲，但是考虑到天已经黑了，情况不明，阿德一个女孩子贸然上路也不安全，就阻止了她。昨天早上，我让龟吉陪她一起去了向岛。"

"你的安排很周到，"半七赞许道，"这样令人捉摸不透的情况，让阿德独自前往，确实不太好。"

"是呀是呀！昨天下午两点多，他们两个人慌慌张张地回来了。听他们说，他们在向岛找了很久都没有看到那栋别墅，最后费尽千辛万苦终于找到了，结果门房根本就不承认，说这里并没有他们想找的人。双方争执了很久，最后，好说歹说，阿德总算见到了妹妹。阿通一看到姐姐来了，立刻'哇'的一下失声痛哭起来，说这个别墅太恐怖了，自己无论如何也不能待下去了，让姐姐赶快想想办法帮自己辞职，她要回家。可是，合同都已经签完了，想要辞职不是一件容易的事情，所以阿德只能安慰她，并且一点点地问出了实情——原来，那栋别墅果真有问题！就算是任何人，也无法在那个地方多待一天！"

"难道别墅里面不干净？"半七微笑着说，"还是，里面住着个吓人的妖怪？"

"您说对了，差不多就是那样！"平兵卫皱起了眉头，声音压得更低了，"别墅所在的地方已经不能用偏远来形容了，它在寺岛村的荒凉地带，已经远离了人烟，白天时常有乱七八糟的动物出没。不过这件事和这些动物的关系倒不是很大。起初半个月，阿通虽然住在主人家，但是什么事也不用做，后来，过了一段时间，门房夫妇才给她安排了一个活儿，让她去仓房送一日三餐。"

"去仓房送吃的？给谁吃？"半七好奇地问。

"听说那个仓房里面住着一条大蛇！那家人每天都要给它供奉三餐。不仅如此，那大蛇还对送餐人有要求，必须是没有经历过男女之事的处女给它送餐才行。因此，门房夫妇才安排阿通去做这件事。虽然这个任务看起来很惊悚，但是阿通毕竟是在乡下长大的，自小就见惯了青蛙、蛇什么的，所以起初并没有觉得特别害怕。况且，门房也说了，大蛇既然享受供奉，那就算是蛇神，不会加害于人。阿通也觉得这并没有什么。仓房里面特别黑，即使是白天也漆黑一片，阿通去送餐的时候什么也看不见，只是按照门房的吩咐打开仓房的门，然后将食案放在门口，之后头也不回地立刻出去，一日三餐都这样。就这样过了一阵子，什么事也没发生。可是，四月二十日的时候，她因为要处理一些事情，送饭稍微晚了一些。她匆匆忙忙地赶到那里，打开门锁，还没等把东西放下，也许是开锁的声音传到了里面，她听到仓房二楼传来一阵咯吱咯吱的声音，好像有什么东西从上面下来了。"

"原来是这样的。"半七吸了一口烟，认真地听着。

"阿通的第一反应就是大蛇出来了，于是她放下食物之后就想马上离开。可是，她转念一想，今天的天气不错，仓房中隐隐有光透进去，似乎可以看见点什么。她心里好奇，想着不如趁机偷看一下，毕竟她也没见过这样的蛇神。于是，她悄悄躲在门后……结果，她并没有看到大蛇，反而看到了一位年轻女子将食案轻轻端起，再回到楼上。但是，这女子没有马上回去，因为她发现了躲躲闪闪的阿通。她小声地叫了阿通的名字，阿通完全没有反应过来，有些呆住了。之后女子又向她招手，阿通觉得那双手枯瘦如柴，好似幽灵一般……她慌忙跑了出去，将门牢牢地锁住，头也不回地逃离了仓房。大蛇怎么会变成人的样子？又怎会开口说话？阿通认定自己看到的一定是幽灵，吓得魂不附体。从那以后，她就很抵触去仓房送饭。可是，这毕竟是她的工作，就算她十分不情愿，也得照旧去做。只是，冷静下来的阿通怎么也想不明白，为何幽灵还要像人一样要按时吃饭？她虽然心中害怕，还是忍不住想要弄个明白。于是，她打算趁天气好的时候再偷看一次。她也的确这么做了。这一次，阿通更是吓得魂不附体。在昏暗的光线下，她分明看到了一条浅绿色的大蛇！她心中一惊，又听到了二楼传来的咯吱咯吱声，接着，她再一次看到了那位像幽灵一样的年轻女子……阿通又受到了惊吓，赶快逃离了，并且跑得比上次还快。"

"她的经历听起来和怪谈差不多。"半七沉吟着评价道。

"是啊！经过了这几次事情，阿通简直要吓死了。但是她仔细想想，也并非完全不能忍受。那位看似幽灵的年轻女子或是绿色大蛇，虽然听起来挺恐怖的，但是都很和善，从来不曾伤害她，所以她也没打算就此不干。可是，就在这时，门房夫妇发现阿通不守规矩，私自向仓房里面偷看的事。他们不仅狠狠地斥责了她，还威胁她说，如果有下次，就将她捆起来扔到仓房里面。那个有大蛇和幽灵的仓房简直太吓人了，阿通非常害怕被扔进去，这才无法忍受，一时一刻也不想在别墅里面待下去。她甚至想过偷跑，但是门房夫妇将阿通看管得很严，她根本没有机会逃跑。直到某天，她遇到了一位伙计，才找到机会给姐姐写了封信，托这个伙计帮她把信送出去。"

"原来是这样。"

"事情的经过大概就是这样。阿德知道了前因后果，很心疼妹妹，心中十分担忧，但又不知道该怎么办。按照程序，她应该先找介绍所的人谈谈阿通想辞职的事情。可是，她已经和对方签订了要工作三年以上的长期合同，是不能违约的，所以这个事情很难办。看到阿德心急如焚的样子，我们实在于心不忍，又觉得她们两姐妹都很可怜，所以想帮帮她。然而我们想来想去也想不出更好的法子，无奈之下，只好前来求助捕吏大人。您看，这件事情该怎么办才好？"

半七听完，闭上眼睛思索了一番，然后轻轻点头："好吧，还是我来想办法吧。本来我可以去介绍所交涉一番，不过，如果双方已经签了合同，单纯毁约的话，只是解决了阿通面临的困境而已。依我看，这件事情背后另有隐情，需要深入地去了解清楚，再想个更好的解决办法。总之你放心好了，这件事情交给我来办。对了，介绍所在哪里？"

"外神田。"

"我大概只需要两三天，就能把这件事情圆满地解决，你转告阿德，让她放心好了。"

"如果真的是这样，真就太感谢了！一切就拜托您了！"平兵卫再三对半七表达了感激之情，之后才离开。

三

　　吃完午饭，半七去了介绍所。那里的人知道他的身份，如实交代了帮阿通介绍帮佣的事情：元月底，阿通前往向岛别墅接受试用，别墅的所有者是三岛商店的主人，一名很有名的稻米批发商。

　　半七对三岛商店有很深刻的印象。有一段时间因为缺粮，江户总是发生暴动，下谷神田也发生过穷人抢粮的事件，为了平息暴乱，一些财主决定主动捐献救济米。三岛商店凭借一己之力捐献了两千四百斤的白米，可谓"救民于水火"，十分慷慨。众人知道了，不禁议论纷纷，交口称赞。没有想到的是，三岛商店的别墅竟然深藏着不可告人的秘密！

　　发生了这样的事情，半七自然不能袖手旁观，他打算先回家，叫手下松吉过来，好好研究一下。

　　"松吉，眼下有个事情要麻烦你。你去灵岸岛去打探一下三岛家的情况。他家有年轻的女子吗？"

　　"据我所知，三岛家有一位很漂亮的女儿，名叫阿际，大概不到二十岁。"

　　"阿际现在是个什么情况？"

　　"听说三年前和店铺伙计私奔了，到现在都没有消息。"

　　"店铺伙计叫什么名字？"

　　"不清楚。"

　　"那她私奔的事情你要查明白，此外，一切和三岛家有关的内情，比如阿际有没有兄弟姐妹什么的，都要弄清楚。懂了吗？"

　　"知道了，我现在就去办。"

松吉走了之后，半七因为感冒头更加难受起来，他洗完澡后服下了感冒药，天还没黑就早早地休息了。

晚上八点，松吉回来了。

"捕快大人，我打听清楚了。阿际的私奔对象叫良次郎，二十二岁，长相一般，但很受寡妇的喜爱，并不是本地人，老家在浅草今户。"

"有没有人知道良次郎在哪里？"

"他没有回老家，至今没人清楚他的去向。"

"阿际呢，她有没有兄弟姐妹？"

"没有，三岛家就她一个孩子。"

"原来是这样的。"半七先前的推测被推翻了，他一边听松吉汇报一边思考着。后来，他听着听着脸上就露出了笑容，似乎找到了重要的线索，满意地点头。

"可以了，我已经知道发生了什么。"

"这样就可以了？"

"没错，接下来的事情就不用麻烦你了，我自己能够应付。"

第二天醒来，半七觉得感冒已经好了些，或许是昨晚发汗的作用，半七觉得浑身都舒坦了许多。

天气仍旧不怎么好，但并没有下雨。半七吃过早饭就赶快去了药铺，他从阿德那里了解到送信人的情况，之后去了今户后巷的大杂院，在巷子的尽头，他找到了良次郎家。

这间屋子不大，但收拾得很整洁，里面有一位年近五十的女人，还有一位十几岁的小姑娘，两个人正在做针线活。

"请问，良次郎先生去哪儿了？"

年长的女人看样子是良次郎母亲，她停下手中的活儿，回过头来，反问道："您从哪里来？"

　　"灵岸岛。"半七不假思索地说。

　　"灵岸岛来的……"女人将半七仔细地打量了一番，然后起身来到门口，"那您一定是三岛商店家的人了？"

　　"没错。"

　　"你还来问我？"半七还没说完，女人一下子就抓住了他的袖口，"我还想问你呢！我儿子人呢？良次郎到底在哪里？"

　　半七完全没有想到良次郎的母亲会是这样的反应，故作吃惊地说："您冷静一下……要是您都不知道儿子在哪里，还有谁会知道呢？"

　　"你胡说！肯定是三岛商店把我儿子藏起来了！我才不相信他和小姐私奔的事呢，绝对是胡说！我儿子不是那样的人，他才不会贸然和小姐私奔！你看到了吗，这位年轻的姑娘叫阿山，再过一两年，她就是良次郎的妻子了。他明知家中有人在等，所以绝对不会做出那样的事！再说了，我儿子十分孝顺，他绝对不会丢下我不管不顾，更不会无缘无故地失踪。一定是你们把他藏起来了！快说，良次郎到底在哪里？"

　　良次郎的母亲像疯了似的质问半七，半七也有些招架不了。

　　"大婶，你冷静一下！兴许你说得没错，可我对这些一无所知，只是按照店里的吩咐做事。这么说，良次郎先生真的不在家？"

　　"当然是真的……"女人哭了起来，"简直是太过分了，你们把我儿子藏了起来，却还装糊涂来我这里找人！你们休想抵赖，我这里有证据，我现在就去拿，你给我等着！"

女人拿出一封信递给半七，半七赶快接过来，打开一看，上面写着：

母亲，我有不得已的苦衷要躲起来三年。三年以后，我一定会平安回来，请母亲不要担心。外面的人可能会说我和小姐私奔了，请您不要相信，也一定要替我向阿山解释。我之所以这么做，完全是为了主人和母亲，请相信我。

"除了这封信，良次郎还偷偷让人带来三十两金子。"女人哭着说，"信中写得清清楚楚，他一定是和主人有什么约定，所以才要躲起来三年，然后就能拿到好处。我儿子那么孝顺，他一定觉得这样做了就能赚很多钱，让我过上好日子。可是，我才不稀罕那些钱！我就希望我的儿子平安无事！"

她又抓住半七的袖口，一边扯一边痛哭。

这么一闹，连屋子里的阿山姑娘也跟着哭了起来。半七没有想到会是这样，看到这样悲伤的场面，他再也装不下去了。

"大婶，事到如今，我还是说实话吧。其实我并不是三岛商店的人，我叫半七，是一名捕快。今天，我之所以来这里，就是想调查一些事情。听完您的话，我大概已经明白了。请不要担心，最多三天，我一定能把良次郎带回来。"

女人听到半七这么说，赶紧擦干了眼泪，再三恳求他找出儿子的下落。

半七从今户后巷走出来之后，想了想，如今他不仅要查明良次郎的下落，还要弄清楚三岛家的女儿阿际在哪里。根据阿通的描述，她在向岛别墅的仓房里看到的那个像幽灵一样的姑娘，多半就是阿际了。不过，这一切都是半七的推测，他总不能硬闯进别墅里，贸然打开仓房查看——必须有十足的把握，他才能行动。于是，他想了又想，朝着向岛的方向走去。

没走多久，天又开始下雨了，半七买了把油纸伞，继续赶路。快到中午的时候，他来到了一家小馆吃午饭。离他不远处有两个客人，因为隔着屏风，半七看不清楚他们的脸。根据他们的声音，他只能分别出其中一位年纪稍长，另一位很年轻。

这两个人刚开始只是静坐着喝酒，后来，年纪较大的那位带着几分醉意，先开了口，道："你得想想办法呀！万一让那个小鬼溜走了，对咱们都没好处！我知道，你一定没有看上那个乡下来的，但是没办法呀，对付这种人，光用钱可不行，必须让你这种美男子出面陪她玩玩，暂时拖延住她才行。此外，还希望你不要当真才好。只是玩玩而已，又不是让你娶了她当老婆。"

"虽然话是这样说，但是，这样的事情我还是不愿意干。"年轻的男子很为难。

"你这时候摆出这副样子来，又有什么用？"年纪大的男子冷笑道，"在世人眼中，你早就是那个跟小姐私奔的色狼了！既然名声已经坏成这样了，做什么都于事无补，又何必顾虑太多呢？"

"我早就后悔了。当初我完全是因为感念老板娘对我的关照才会这么做的，是因为她一再恳求我，我才答应了下来。如今我已经后悔了。出了这种事情，不仅世人骂我，我母亲也要为我担心。这件事的确是我做错了，不管你说什么，我都不会再做。再说了，那位叫阿通的女佣很想离开这里，你们就不能放过她吗？"

"如果像你说的那样那么简单，谁还费尽心思去留住她？"年纪大的男子突然将声音压得很低，"她既然已经知道了不该知道的事情，如果我们就这么放她走，谁能保证她不会说出什么？与其如此，倒不如让你这样的美男子接近她，花言巧语一番，最后干脆将她留下。你想清楚了，反正你也干过一次了，再多一次又能怎样？如果你答应了，我一定替你在老板娘面前美言几句，老板娘一定会给你更多的钱。这么好的事情，你就不要再犹豫了，还是痛快答应吧！"

"不行，不管你怎么说，我都不会再干第二次了，你还是去找别人吧。"

"少说废话！你别以为我只是别墅里的小小门房，不能把你怎么着了！看到这文身了没有？我六藏可没跟你说笑！今天你老实答应就好，不然的话……"也许是因为喝多了，男人的声音一下子提高了很多。

半七听到他放出狠话，认为时机已经成熟，就向屏风那边搭话道："你们在干什么，竟然这么热闹？"

"对不住，吵到你了，"六藏讪讪道，"这个年轻人满脑子都是不切实际的想法，我正在教导他。"

"原来如此。"半七笑着说，"可是在我看来，倒是年纪越大头脑越不清醒了。眼下这种情况，好像是这位年轻人的做法比较对。你说是不是，良次郎先生？"

听到半七这么说，两个人都愣住了。

"我说，这位有文身的大叔，都这种时候了，你恐怕自身难保，就别缠着小伙子，教唆人家做坏事了。"半七接着说。

"你说什么？"六藏转过身来看着半七，"你到底是谁？"

半七把屏风推到一边，也转过身来，"你不用知道我是谁。正好，我要去你负责看守的别墅，前边带路吧。"

六藏感到形势不对，慌忙向怀中摸索匕首，可是半七早已按住了他的手腕，飞快地缠上了捕绳。

良次郎被突如其来的变故惊呆了，慢慢地站了起来。

"你若是乖乖地跟我走，我自会替你说情。"半七对良次郎说。

四

就这样，半七在前面催着被捕绳束缚住的六藏，良次郎半死不活地跟在后面。三个人冒雨来到了向岛别墅，见到了阿通。半七让早已惊慌失措的阿通打开仓房的大门。

随着大门的打开，昏暗的二楼出现一位状似幽灵但是年轻貌美的姑娘，正是三岛家下落不明的独生女阿际。

第二天，三岛商店主人的遗孀阿系和大掌柜由兵卫被奉行所传唤，当场押入大牢。

原来，四年前，三岛商店的主人就过世了。没过多久，阿系就和大掌柜由兵卫勾搭成奸。由兵卫一直觊觎三岛家的财产，因此打算撮合自己的侄子和三岛家的独生女联姻，无奈他侄子才十五岁，而阿际已经十九岁。阿际貌美如花，已经到了谈婚论嫁的年龄，很多人都慕名来提亲，由兵卫又不好明面上阻拦，于是心中十分不快。

此外，阿际也察觉到母亲和大掌柜通奸的事情，所以由兵卫看她更加不顺眼，最后竟然唆使阿系将亲生女儿阿际赶出家门。可是，如果平白无故地将富家之女赶出，恐怕会招致更多的人怀疑。于是由兵卫制订了一个计划，让六藏将阿际设计引诱到向岛别墅，关进仓房中，对外则谎称她与店铺伙计私奔。

阿系被男女之情冲昏了头脑，对女儿也疏于关照，就同意了这个大胆的计划。

那个被大掌柜选中的私奔对象就是良次郎。他不仅年轻俊朗，还深受阿系和由兵卫的器重。阿系逼迫他答应这件事情，承诺事成之后会提拔他，若他到时候不愿意继续在三岛商店工作，他们也不会强求，还会给他一笔十分丰厚的报酬，让他后半生衣食无忧。

既然是老板娘提出的要求，良次郎是无法回绝的。他又一想，只要坚持三年，三年之后，他的前途将一片光明，还让老母亲过上好日子。所以，虽然不情愿，但良次郎最后还是答应了下来。于是，就在阿际被软禁的当天，良次郎也离开了三岛商店。为了不让事情败露，他也不能回老家，只好躲到朋友家，过着躲躲藏藏的日子。

门房夫妇虽然看守着仓房中的阿际，但他们心中十分不安，无法眼睁睁地看着阿际饿死，所以每天都送三餐过去。除此之外，阿系和由兵卫在向岛别墅幽会时，也需要女佣侍奉。于是，机缘巧合之下，阿通就来到了向岛别墅做帮佣。这个乡下女孩虽然看起来愣头愣脑，但时间一长，六藏就发现她不仅很有心眼，还发现了仓房的秘密，不适合再留下来。可是，如果贸然辞退阿通，恐怕会招来更大的麻烦。

进退两难的六藏就想了办法，希望良次郎再次出面，诱惑阿通，彻底把阿通变为自己人。可是，已经良心发现的良次郎无法再做这样的勾当，反而暗地里帮助阿通送信给她的姐姐阿德。六藏对此完全不知情，他带良次郎出来喝酒，想迫使他同意色诱阿通，不料被半七发现，彻底粉碎了他们的计划。起初，六藏对自己的所作所为拒不承认，直到半七在仓房中发现阿际，良次郎也供认不讳之后，六藏才认罪。

六藏本就有前科，此番又做下如此恶事，最终被判死刑；阿系在审讯的过程中死在了大牢里；由兵卫不但和老板娘阿系通奸，还囚禁本应继承家财的主人之女，企图私吞财产，更是难逃死刑；良次郎作为从犯，本应受到惩罚。但是奉行所看在他有心悔过的份上，加之他的所作所为也是奉了老板娘的命令，这才格外开恩，只是严厉斥责了一番，就把他放走了。

在一众亲族的劝导下，三岛商店自行将向岛别墅拆毁，仓房也同样被毁。

然而令人百思不得其解的是，在拆毁别墅的整个过程中，并没有出现阿通所说的浅绿色大蛇。事后，阿际也表示，自己住在仓库里的时候，从未见过什么大蛇。

难道大蛇真的具有灵性，提前察觉到了什么，在仓库被毁之前就离开了仓房？或者，所谓的大蛇，不过是阿通在万分惊恐之时出现的幻象？

　　真相到底是什么，恐怕谁都说不清了。

第八话　蝴蝶合战

　　六月份，这种罕见的异象再次发生，印证了善昌的预言。上午十点到下午两点，蝴蝶成群聚集，数量到达顶峰；然而，到了四点，撞钟堂一发出声响，所有蝴蝶都会消失得无影无踪。那些因合战而死去的蝴蝶也没有被河水冲走，出门乘凉的人经常会发现，竖川上白茫茫的一片全是蝴蝶的尸体。只是第二天早上再看，那些蝴蝶尸体同样消失得无影无踪。

一

一般来说，土生土长的江户人更喜欢在自己家附近生活，不愿意四处旅行，除非有什么非出门不可的理由，否则绝对不愿受舟车劳顿之苦。半七老人向来也是如此。

然而，就在前不久，我去找他的时候，他竟然不在家。我觉得很奇怪，一问他的老管家才知道，原来他是去宇都宫参加亲戚的婚礼了。于是，我只好乘兴而去，败兴而归。

这一去就是将近半个月的时间，我见不到半七老人，虽有别的事情可做，但是也觉得无聊。直到昨天，老管家才给我带来了好消息——半七老人回来了。不仅如此，他还专门从宇都宫带了羊羹和干瓢这两种特产送给我。东西虽是常见，也足以看出半七老人家的心意。于是，第二天下午，为了表达对老人的谢意，我再次前往赤坂。

当时正是六月，淅淅沥沥的，总是下雨。虽说也不是什么大雨，只是飘飘洒洒，一会儿下，一会儿停，真是让人烦恼。

出门的时候，我总是不知道到底拿伞还是不拿伞。我一向觉得拿伞麻烦，这次也就没拿，没想到，刚走到半路就下起了雨，雨水流到脖子里，凉飕飕的，让人极其不舒服。

我加快脚步，紧赶慢赶地到了半七老人家，轻车熟路地打开格子门。老人听见声音，一边起身，一边笑着说："我早就猜出来是你了，不可能是管家。她刚出去买菜没多久，怎么可能这么快就回来呢？"

像往常一样，我们进了里面的房间。

"你还真是守规矩！天气这么不好，还专门过来一趟。不过，最近的天气也就是这样，不是阴天就是下雨，太让人烦闷了。"老人准备好茶点，坐下来，高兴地对我说。

"谁说不是呢！不过，我还真没想到你会出门这么久。怎么样？有没有遇到什么有意思的事？"我一边喝茶，一边随口问着。

"什么都没有。"老人略显遗憾地摇摇头，"那里不是什么繁华的地方，很少发生什么事情，如果说有意思的事情，只有麻雀合战还值得说一说。那场面确实挺壮观的，去那里之前我就听说过，所以这次去了以后，也就特意看了看。虽然不像别人说的那样有成千上万只，几百只还是肯定有的。那么多麻雀密密麻麻地挤在一起，叽叽喳喳的，也不知道到底在干什么。"

"这我倒是听说过，据说东京也发生过这样的事情。"

"是啊，江户时代，麻雀和青蛙都很多，类似的事情也就经常发生。现在就不一样了。其实动物和人差不多，要是很多同类都住在一起，自然就容易打打杀杀的。不仅仅是麻雀和青蛙，萤火虫和蝴蝶也是这样。在落合，我还亲眼见过好几百只萤火虫围在一起呢！蝴蝶的事情也有，我给你讲过吗？"

"好像没有讲过。不过，听起来好像很有意思。您现在可以说说吗？蝴蝶怎么会跟案子扯上关系？"

"不仅有关系，关系还很大呢！"半七老人说着，又开始讲故事了。

聊着聊着，雨更大了，不过，幸好老管家及时买完菜回来了。

能听到这个故事，对我而言，真的是十分幸运。

二

事情发生在本所竖川大桥附近，当时是万延元年的夏天，天气很热，差不多也是这个时候，好几千只白色的蝴蝶突然出现在那里。孩子们看到了这种景象，不禁玩心大起，每天都拿着竹竿之类的东西追蝴蝶玩。

起初，人们也没觉得有什么，后来，蝴蝶一天比一天多，像是凭空下起了大雪一样，那么多蝴蝶聚集到一起，飞来飞去的，时高时低，十分壮观。到六月末的时候，已经聚集了至少上万只蝴蝶，引来了很多人的围观。

有的人觉得，这些蝴蝶一定是疯了。也有人认为，这些蝴蝶一定是在打斗，不然水面上怎么会漂浮那么多蝴蝶尸体呢？

随着看热闹的人越来越多，也不知道是谁提出了这样一种说法——这种蝴蝶合战的景象一定是某种预兆——善昌早就说过，这是弁天的神启。

善昌是弁天堂的比丘尼，原名小鹤，本来四处云游，六七年前才来到松阪町。一天深夜，她走在下谷御成的街道上，路过一家商铺，发现门缝里透出了从未见过的亮光。她忍不住向里面偷看，发现是一家古玩铺，里面有什么东西正在闪闪发光，她走近了一瞧，发现发光的竟然是一尊木雕的弁天神像。

看到这一幕，小鹤感到很震惊，回去以后，久久不能入眠。刚一睡着，她就梦到了弁天神，小鹤又惊又喜。

"如果能够从此虔心供奉，就能荫泽众生，获得福报。"弁天神这样对小鹤说。

第二天一大早，小鹤赶往古玩店将神像买了下来，租了一个房子，取名"弁天堂"，自己则改名叫善昌。从那以后，她不再四处云游，而是以佛堂看管人的身份定居下来，还声称自己供奉的是光明弁天。

平日里，善昌不仅给别人算命，还出去做一些佛事。不过，两三年前，善昌出门办事的时候，弁天堂发生了一件大事。

一天下午，有个住在附近的女人，名叫阿国，她前来拜佛的时候，看见一个年轻人倒在佛龛前，口吐鲜血，看上去十分痛苦。阿国吓得不轻，赶快大声呼叫。

叫声引来了人们。大家围过来，纷纷询问年轻人这是怎么了，但年轻人早就奄奄一息，说不出话来，只是用手指着掉落在地上的糕点，没一会儿就死了。

大家后来才知道，原来这人是个小偷，不仅偷了佛堂里的钱，还把值钱的佛具一起偷走了。临走之前，小偷仍然贪得无厌，不仅偷吃了佛前供奉的糕点，还喝掉了圣水，看样子是毒发身亡的。

出了人命案，大家赶快向善昌通报这件事，她大吃一惊，立刻回来处理。

"我不知道他是怎么死的，但我可以保证，佛前供奉的糕点没有任何问题。你们要是不信，我现在就吃给你们看。"善昌说着，拿起糕点就往嘴边送。

吃完糕点，善昌竟然毫发无损。

既然善昌吃完没事，那个人怎么会被毒死？大家想了又想，一致认为，这糕点一定只对恶人有用，那个人在佛堂行窃，还偷吃供品，罪大恶极，触怒了神明。弁天神显灵，让他当场毙命，也在情理之中。

如此一来，众人更是对弁天神深信不疑，越来越多的人成了弁天神的信徒，布施的钱也比以前多了数倍。用这些钱，善昌改造了弁天堂。从那以后，弁天堂的香火更加旺盛。很多人慕名而来，就算是偶然路过的人，也会忍不住进来参拜一下。

今年三月，善昌说："相信你们还没有忘记，五年前，大地震突发；四年前，暴风雨猖獗；两年前，暴发了霍乱……但是，厄运远远没有结束。弁天神告诉我，今年会发生更大的灾祸。惨祸降临之前，一定会出现某些预兆。这是神的启示，大家一定要小心！如果井伊大老知道这些，诚心供佛，他就不会惨死了……"

人们这几年确实过得很不好，天灾人祸连接发生，人心惶惶，如今连善昌都这样说，信徒们更是忧心忡忡。

六月份，这种罕见的异象——蝴蝶合战——再次发生，印证了善昌的预言。上午十点到下午两点，蝴蝶成群聚集，数量到达顶峰；然而，到了四点，撞钟堂一发出声响，所有蝴蝶都会消失得无影无踪。那些因合战而死去的蝴蝶也没有被河水冲走，出门乘凉的人经常会发现，竖川上白茫茫的一片全是蝴蝶的尸体。只是第二天早上再看，那些蝴蝶尸体同样消失得无影无踪。

眼看着天降异象，除了前往弁天堂求助善昌，人们似乎也没有别的办法。然而，当人们来到弁天堂的时候，发现平日里香火旺盛的佛堂此时一片漆黑，善昌也是一脸凝重。

"就在刚才，不知道哪里冒出来一群白蝴蝶，扇灭了所有的灯火。弁天神启马上就要应验，惨祸就要降临了……"

"那该怎么办啊，请您赶紧想想办法呀！"大家害怕极了。

"我也没什么办法。除非从阴历七月一日开始，一直到盂兰盆节那天，接连半个月，举行一个盛大的火供仪式，也许还会有用。不过，灾厄能否被清除，就看大家的诚意了。"善昌说。

听善昌这么一说，人们很快就送来了大量的香钱和用之不尽的供品。

火供仪式开始后，最初七天，一切都很太平。直到七夕祭典结束，善昌突然表示，自己再次梦见了弁天神。弁天神交代，一百天以内，不容许任何人看到尊像，灾祸才能解除。

因此，火供仪式进行到第八天，善昌就将佛龛前的帷幔放了下来。

有的信徒隐约觉得发生了什么，对她的话半信半疑，开始揣测神像是不是失踪了。三四天后，谣传愈演愈烈，几位地位较高的信徒也担心起来。他们和善昌商议，希望让他们能够看一眼尊像，好让大家放心。

善昌自然没有应允，而且态度十分强硬。

"就像浅草的观音像一样，虽然没人看过，但参拜之人也络绎不绝，很是灵验，这种事情很多。你们怎么就不明白呢？神启是那么说的，我又能有什么办法？你们想要看神像，就是违背弁天神的指示，不怕以后遭报应吗？现在我们的当务之急在于祈祷消灾，如今你们却提出这样的要求，简直就是本末倒置！尊像到底在不在帷幕后面，一百天过去，自然水落石出。如果还有人胡乱猜疑，以后就不用再来烧香了！"

见善昌态度如此坚决，再加上确实担心遭受天谴，所有人无话可说，只好照旧每天祈祷。只是，关于佛像是否失踪的议论，从来没有停止过。

十五天的火供仪式很快就结束了，信徒们总算松了一口气。

可是，仪式结束后的第一天，善昌没有像往常一样早早开门。不过，大家也没有惊慌失措，只是觉得她这半个月来忙着主持仪式，连日操劳，也许是睡过头了，所以没当回事。

可是，一直到了中午，弁天堂还是大门紧闭。这可是从来都没有的事，大家心生疑惑，敲了很久的门，也没有任何动静。一行人绕到后门，看到没有上锁，就打开门，叫了几声，还是没人回应。

于是，有两三个人干脆就走了进去，直奔里房，还到善昌的起居室找了一遍，仍然不见她的踪影。

弁天堂平时只有善昌一人，虽然她也时常出门办事，但很快就会回来，从没有像现在这样过。联想到她不让众人参拜佛像的怪异举动，大家开始揣测，善昌可能是把佛像弄丢了，自觉没有办法面对大家，于是带着钱偷偷跑了。

越来越多的信徒听到风声，纷纷赶来，大家聚集在佛堂里，从里到外又找了一遍，结果什么也没有发现，佛堂的每个角落都收拾得很干净，和往常没有什么不同。

"如此看来，善昌极有可能是逃跑了。"一位信徒说，"佛像肯定是丢了。"

也有胆大的信徒提议大家掀开帷幔看看。事到如今，众人也顾不上什么天谴，战战兢兢地靠近佛龛，小心翼翼地掀开了帷幔。

让大家震惊的是，佛像竟然完好无损地供奉在那里。

"原来我们错怪她了！但是，既然佛像没有遗失，善昌又在哪里？"

没有人知道到底发生了什么，弁天堂本来就是普通民居，依靠信徒布施才改造成现在这样，所以，出了这样的事情，大家只好先通知房东。

房东来了之后，也是一筹莫展。大家商讨之后，决定再搜查一遍佛堂。慎重起见，他们连地板下面也仔细地查看了。后来，一位信徒掀开厨房的盖板，发现手脚被捆住的善昌。她的头上套了一个空袋子，躺在地上一动不动。

信徒见了，不禁大吃一惊，赶紧叫来其他人，一起把善昌抬了出来。不料，他们刚把善昌的身躯抱起来，袋子就顺势滑落在地上。众人吓得目瞪口呆：原来，善昌早就被杀了，更可怕的是，眼前的尸体竟然没有头颅！

信徒们得知消息后纷纷赶来，还有一众凑热闹的人也来了，大家把原本狭窄的巷子堵得水泄不通。

其实每个人心里都清楚，善昌之死，一定和钱财脱不了关系。她这次举办了盛大的火供仪式，收了不计其数的香钱和供品，一定是有人见钱眼开，想将香钱据为己有，才杀了她。只是，不知道善昌是因为反抗而被人灭口，还是凶手先把她杀死后又洗劫了佛堂。

更让人疑惑的是，凶手既然已经杀了人，为什么还要把她的头颅割下来？

三

为了找到善昌的头颅，人们翻遍了佛堂的每个角落。但是，直到仵作来验尸的时候，他们仍旧一无所获。

命案已经发生，官府必须给个交代才是。这件案子本应该由捕快朝五郎负责，但他昨天去千叶奔丧了，于是这件事暂时交到了半七手上。

半七接到消息的时候，手下熊藏刚好也在。两个人一起出门查案。当时正好是下午两点多，一天中最热的时候，没走多久，半七和熊藏就汗流浃背了。

今天是盂兰盆节的第二天，按照风俗，人们必须休息。两人经过两国桥时，发现回向院附近挤满了人。

"看得出，回向院的香火很不错。"熊藏随口说道。

"你看看，这里香火这么旺盛，神明居然还不满意！眼看发生这样凶残的命案，神明们也不出来管管。"

"兴许是趁着盂兰盆节，阎罗王也休假去了吧！"

两个人边走边说，很快就到了弁天堂。看热闹的人仍旧没有散去，巷口被围得水泄不通，两个人好不容易挤进去，发现负责现场勘察的人早就到了。

"对不起，让你们久等了。"半七礼貌性地打完招呼，开始查验尸体。

根据多年的办案经验，他很快就发现死者几乎没有任何反抗就被制服在地。虽然她的手脚都被捆得很紧，但没有一丝一毫挣扎的瘀痕。除此之外，榻榻米上也没有血迹——或许是被人提前清理过了。

半七想了一会儿，像是发现了什么一样突然趴到榻榻米上，像狗一样仔细嗅了起来。

"善昌平日里喝酒吗？"半七向旁边的信徒发问。

"她自己说过，从不饮酒。"信徒认真地回答。

半七点点头。但是，根据榻榻米上残留的酒气可以判断，善昌并没有向信徒说实话。不过，以她的身份地位，自然不能将实情如实告诉信徒。或者，她也没有喝太多，最多就是私下里偷偷喝一点。

"有什么东西不见了吗？"半七再问。

"她最看重的匣子不见了，那里面装着钱。凶手一定是发现了它，就把它偷走了。"

半七在有地位的信徒中挑了两个人，打算问一下具体的事。这两个人分别是五兵卫和伊助，前者是柴铺老板，后者是梳妆铺老板。平时里他们会协助善昌处理事情，和她的关系最为密切。

"善昌今年多大了？"

"她从来没有向人提起过自己的年龄。依我看，她还比较年轻，也就三十出头的样子，最多不超过三十五岁。"柴铺老板回答说。

"她有什么亲眷吗？还就自己一个人？"

"她说自己是孤儿，无依无靠，无牵无绊，孑然一身。"梳妆铺老板说。

"她之前有没有彻夜不归的情况？"

"没有。只要有人来找她做祈祷，不管是什么时候，她都会出去。不过，就算再晚，她也会赶回来。"梳妆铺老板回忆道。

半七又打听了一些事情，问完以后，他将目光投向了弁天像。

那是一尊木质雕像，二尺左右高，看起来有些年头。半七走上前，摸了几下，仔细嗅了嗅，之后，他让熊藏也闻了闻。

"有没有梳发人经常出入佛堂？"半七突然问了一句和命案无关的问题。

"确实有一个女梳发人，她是善昌的老朋友，叫阿国，也是弁天堂的忠实信徒。她也是有事没事都会过来的。"梳妆铺老板说。

"阿国是什么情况？"

"一直独居，大概四十出头的样子。"

"那麻烦你请阿国来一下。"

"好，我马上去办。"梳妆铺老板答应了一下，就去了。

不过很快他就回来了，还告诉半七说，阿国现在不在家。昨天傍晚，有人在澡堂看到过她，之后有人看见她出门了，到现在也没有回家。不过，作为一个梳头人，又是独居，她整天都在外面招揽生意，偶尔借宿在亲戚家不回家也是常有的事情。如今正好赶上休假，她也许是出去玩了。

半七皱着眉头想了一会儿，又看向身穿法衣的无头尸体，握了握尸体早已冰凉的手。

"请多关注一下阿国，如果她回来了，第一时间来找我。"半七向两位老板托付完，打算离开佛堂。

"好的。不过现在天气热，尸体还是要尽快处理的吧？"柴铺老板提醒半七。

"没错，但案子还没有告破，以后可能还要验尸，下葬可以，但千万不能火葬。"半七再三叮嘱。

"那就只能土葬了。我们尽快去办。"两位老板商议道，目送半七离开。

虽然半七和熊藏在佛堂停留了很久，离开的时候，天气还是很热，走在竖川大街上，两个人很快又汗流浃背。

"蝴蝶合战就是在这附近发生的吧？"半七问。

"好像是，我没有亲眼看到过。不过，听他们多少说了一些，感觉很轰动。"

"我觉得也是。"半七停下来，突然转变了话题，"刚才我让你闻佛像，有没有发现什么？"

"佛像上有气味，很像发油。"

"没错。善昌是比丘尼，一向不用发油。佛像上会有发油，一定是因为其他人碰过佛像，并且这个人还经常触摸发油。"

"如此说来，这人应该就是阿国了。"

"你有没有想过，死的也许不是善昌？"

"什么？"熊藏一脸难以置信的表情，看着半七。

“依我看，死的其实是阿国。”

“怎么会这样？”熊藏感到很震惊，“您是怎么发现的？”

“因为，我在榻榻米上不仅嗅到了酒气，还闻到了发油的气味。而且，尸体的手上也有发油。柴铺老板说，善昌比较年轻，最多三十五岁，但尸体的手看起来怎么也有四十多岁，这和阿国的年龄吻合，而不是善昌。后来，梳妆铺老板说，阿国昨晚没有回家，所以我又握了握尸体的手，更加可以肯定，死者生前经常接触梳发用的细绳，而且那肯定不是一双比丘尼的手。死者的脚底还有很多茧，这说明死者走了很多路。更何况，尸体没有头颅，仅凭她身上穿着的法衣，根本不能断定死去的人就是善昌。”

“这样说来，凶手杀掉了阿国，然后故意把尸体伪造成善昌的样子？”

“差不多。不过，凶手为什么要这么做？善昌又去了哪里？我们马上去调查一下阿国，任何蛛丝马迹都不能放过。”

“好的。”

阿国的家就在窄巷尽头的大杂院里，离弁天堂很近。两人向左邻右舍打探阿国的事情，很多人都说她的私生活不检点，年轻的时候跟过好几个男人，后来虽然是单身，仍旧和很多男人有牵扯，其中就包括普在寺的住持。阿国经常说自己在外面干活，需要在亲戚家借宿，但邻居们都不信她这套说辞，怀疑她就是在和老住持厮混，偷偷在寺内过夜。去年，老住持过世以后，她还很快和年轻的新住持混到了一起。

“看来，我们有必要去一趟普在寺了。”

半七走在前面，一路走，一路问，很快，他们就找到了普在寺。

普在寺虽然规模不大，但打理得很干净，里面还栽种了很多植物，其中有一株高大的百日红，很吸引人。为了打听消息，半七去了附近的一家花铺，装作是购买芥草与线香的香客，和铺子里的小姑娘聊了起来。

"这里的住持是谁？"

"觉光。"

"有个叫阿国的梳发人是不是经常来这里，你有印象吗？"

"没错，我记得她。"小姑娘轻轻地点头。

"她是不是偶尔会住在寺内？"

小姑娘没说什么。

"还有一个比丘尼也经常来这里吧？"

"对。"小姑娘又点了点头。

"那你知道她叫什么吗？"

小姑娘本来想要说的，但是，就在这个时候，外出打水的老太太回来了，狠狠地瞪了小姑娘一眼，她就什么都不敢说了。

之后，老太太向半七寒暄起来。半七一边回应着，一边也觉得问不出来什么，就离开了。

"芥草和线香怎么处理？"熊藏感到有些为难地说。

"买都买了，烧给那些没有家属来扫墓的死者吧！"半七说着，走向墓地。

他绕过一个又一个石塔，仔细看了每一座坟墓，好像在找什么东西一样。虽然这时候天气仍旧很热，但墓地格外冷清，还依稀能够听到秋虫的叫声。

走到墓地尽头，半七发现一处新坟，连坟侧安置的木片都是空白的，从翻动的土壤可以看出来，这坟是昨天或者今天刚挖的。

"这是新坟，把芥草和线香供在这儿挺合适的。"熊藏说着就要这么做。

"赶快住手!"半七赶紧夺过东西,"你要是不想拿了就找个地方扔掉,或者干脆给我!"

于是,熊藏便将东西递给了半七。

四

"接下来发生的事情有些复杂,也没什么意思,不如我先告诉你结果吧。说到这里,你早就知道是怎么回事了吧?其实,那具无头尸体正是阿国。善昌的确没有死。"

"阿国一定是被善昌杀死的吧?"我问。

"没错。不过,阿国也不是什么无辜的人,最后得到那样的下场,也算是咎由自取。你还记得死在弁天堂里的那个小偷吧?虽然他被伪装成因天谴而死,实际不过是善昌和阿国编造出的一出毒计。实际上,那个人是善昌的小叔——与次郎。"

"这也太狠毒了。"

原来,善昌是富山县人,还很年轻的时候,丈夫就死了。她只身一人来到江户,当了比丘尼,四处云游,后来偶然得到了一尊弁天神像,编造了一段得到神启的经历,没想到真的有很多人相信,并且信徒越来越多。

没过多久,与次郎也来了江户,赖上了善昌,总向善昌要钱,如果善昌不给他,他就败坏善昌的名声,破坏善昌在信徒那里的威信。善昌很头疼。不过,她之所以没办法摆脱与次郎的纠缠,是因为她有把柄落在他手中——当初,就是她亲手杀害了自己的丈夫。虽然,善昌到最后也没有招认谋杀亲夫这件事，而且江户离富山县太远，事情过去了那么多年，也很难再查清楚真相了。

与次郎不断敲诈勒索善昌，让善昌很反感。于是，善昌找阿国来商量。阿国再三劝告善昌，只有与次郎彻底从世界上消失，她才能过上安稳的日子。

善昌最后也同意了杀害与次郎的计划。但她不想惹上麻烦，就主动找与次郎商谈，假意承诺今后好好照顾他，但自己能力有限，想要过上好日子，就得让弁天神更加有声望，如此一来，信徒才会增多，布施和香钱也才会越来越多。至于怎么能让弁天神有声望，需要他配合自己演一出戏。

于是，善昌让与次郎扮成小偷来佛堂偷东西，等到他偷走东西准备离开的时候，就装作全身都动不了。之后，善昌再出面向众人解释说这是弁天神显灵，只要自己祷告一番，小偷就能立刻行动自如。如果有人要把小偷扭送到办事处，善昌就会说服大家以慈悲为怀，还是放了小偷好。这样一来，世人以后就会更加信奉弁天神，也会更加尊崇善昌。弁天神的声望越来越高，到时候香火一旺盛，发财就指日可待了。

与次郎觉得这个计划十分可行，愿意积极配合。当天，一切都按照善昌所说的顺利进行。但是，当与次郎偷完东西正要离开的时候，善昌却突然出现，还跟他说，只是全身不能动还远远不够，想让大家相信弁天神真的很灵验，还得吃一些东西，假装特别痛苦的样子。说完以后，她顺手从供佛的糕点中取了一块塞到与次郎嘴里。与次郎根本没有思考，赶紧把糕点吃了。结果没一会儿，他真的倒在了地上，七窍流血，痛苦至极。

这时候，一直躲在里面房间的阿国看到了，假装发现了小偷，大声喊叫起来。与次郎万万没有想到自己被算计，心中十分懊悔，但他现在已经不能开口说话，只好死死地盯着糕点。

在江户，与次郎一直住在下谷那边便宜的旅馆中，没什么正经工作，也没有亲戚朋友，所以，他死了就死了，没人会注意，更不会追查。

这件事情过去以后，善昌不仅除去了眼中钉，还大大地提升了威望，信徒数量果然越来越多。善昌赚得盆满钵满，又对弁天堂进行了扩建和翻新。

美中不足的是，刚除掉与次郎，本以为这下可以天下太平了，没想到阿国便取代了与次郎的角色，经常勒索善昌。不过，在善昌看来，阿国和自己一起谋杀了与次郎，也不会把这事真的说出去。所以，两人的交情丝毫没有受到影响。

"不过，接下来发生的事情，谁也没有想到。"半七老人说到这里，停下来，喝了口茶。

我想，大概是和普在寺的住持有关，善昌和阿国才会反目成仇。

果然，她们两个人之间有了情色纠葛。

"阿国的名声一直不怎么好。善昌只是看起来没有问题，其实也很不检点。她说自己从不饮酒，实际没少和阿国一起喝酒。夜深人静的时候，两个人经常喝到天亮才罢休。不仅喝酒，她们还玩牌。两个人玩牌也没什么意思，于是阿国就建议去普在寺，和住持觉光一起玩。觉光不仅喝酒嗜赌，还是个不折不扣的好色之徒。在此之前，他就已经和阿国搞在了一起。时间一长，觉光发现善昌出手更加大方，还比阿国年轻貌美，就和她纠缠不清。不仅如此，觉光还经常去妓院饮酒作乐。善昌和阿国都不知道这件事，但是渐渐察觉到了什么。阿国本就嫉妒善昌年轻有钱，又发现她和觉光的事情，便纠缠不休，扬言要把善昌的恶行公布于众。可善昌和觉光两个人依然眉来眼去，这让阿国更加恼怒。她一再警告善昌，要是不离开觉光，她就去奉行所告发她杀害与次郎的事情。面对失去理智的阿国，善昌很害怕，但她更明白，与次郎之死，阿国也脱不了关系，所以阿国不可能真去告发她。因此，不管阿国叫嚣得多么厉害，善昌都只是嘴上说一套，背地里做一套。怒火中烧的阿国决定好好教训一下善昌，于是，在火供仪式进行的第七天晚上，阿国将弁天神像藏了起来。这次，善昌真的慌了手脚，所以第二天，她才对信徒编造了一套那样的说辞。"

"怪不得！这么说来，大家伙当时的怀疑应该没错。"

"直到善昌答应和觉光分手，阿国才归还了佛像。不过，善昌之所以那么说，不过是为了让阿国将佛像还回来，缓兵之计而已。善昌是不可能对觉光死心的，又觉得自己不能再任由阿国胡闹下去，万一她不计后果，将她们联手杀害与次郎、骗取香火钱的事情说出去，一切就都完了。想来想去，只有杀人灭口，才能永绝后患。于是，有一天，两人又在一起喝酒，善昌趁阿国喝醉，就把她勒死了。为了不给自己惹上麻烦，善昌还把现场伪造了一番，然后将自己的法衣穿在阿国身上，故意束缚住她的手脚，将尸体藏在厨房的盖板下。其实，那时候的阿国还有一口气，没想到善昌竟然就这样生生地割下了她的头颅。"

"简直令人发指！"

"做好这一切，善昌带了所有的香钱和值钱的东西，打算逃走。不过，阿国的头颅始终是个破绽，为了不被人发现，她只好也带上头颅，连夜逃离了弁天堂。但是，对当时的她来说，唯一的去处就是普在寺。可是，当她找到觉光，说明一切时，觉光却觉得无法接受，甚至想把善昌扭送到奉行所。但是，他转念一想，自己要是这么做的话，万一善昌反咬一口，那么他的种种丑行也将被公之于众。所以，他思来想去，只好不情不愿地收留了善昌，把阿国的头颅埋在了附近的墓地里。"

至于后来，半七也是看到新坟之后，觉得不对劲，所以才让熊藏停止一切举动。

只是，在那个年代，不管是出于什么缘故，私自挖坟都是大罪，没有寺社奉行所的同意，也不能随意抓寺院的住持。于是，半七只好先去奉行所说明一切，再由奉行所向寺社奉行所申报，再去普在寺抓人。

"善昌被抓之后，难道没有狡辩什么？她可不像是束手就擒的人。"

"她当然百般抵赖，一概不认。但是，弁天神像上的发油气味和尸体手上的一模一样，加之新坟中又挖出了阿国的头颅，铁证如山，她抵赖也没有用。当时，我先带人封锁了普在寺，派熊藏守在后门，之后我向觉光说明我的来由，希望他能主动配合。觉光一开始完全不认账，说自己根本不认识善昌，更没有窝藏罪犯。后来，我直接请求挖掘新坟。觉光听我这么说，顿时哑口无言，一脸惊慌。善昌也感到大事不好，想从后门逃走，最后被熊藏抓了个正着。最后，善昌被砍头示众，觉光也被绑在日本桥上示众，最后被驱逐出江户……"

"这也算是恶有恶报吧！"

"至于闹得满城风雨的蝴蝶合战，则完全是个巧合。趁着井伊大老的事件，民众心中恐慌，善昌借机制造恐慌，只是想骗点钱而已。"

"弁天神像最后怎么处理了？"我追问道。

"善昌的事情大白于天下之后，弁天堂很快就被拆除，毕竟受过多年香火供奉，现在又出了这样的事，没人愿意继续供奉它。最后，大家决定将它放在河中。据说，佛像被水冲走的时候，上面缠了一条白蛇。这件事又引发了轰动，有人觉得白蛇就是善昌的化身。其实这些都是胡扯而已，偏偏就有人相信。也正是因为很多人都信这种事，才会轻易被善昌这样的比丘尼所骗吧！咦，只顾着说话了，好像雨停了。"

　　老人说着，起身拉开了廊滑门。

　　一定是我听得太专注，不知道什么时候，雨确实已经停了。

　　夜空如洗，院子里洒满了皎洁的月光。

第九话　笔墨铺凶案

　　阿万是七月二十五日下午出事的。那天上午她还好好的，也没出门，就是像往常一样一边卖笔一边和客人说笑。后来她说肚子疼，家人还以为是吃坏了什么东西，给她吃了点药。没想到，晚上八点的时候，阿万非但没好，反而还吐血了，一直躺在床上翻来覆去的，十分痛苦的样子。家人见她这样，终于着急起来，赶紧请医生来看。等医生到的时候，已经来不及了，她已经死了。

一

半七老人真是有着十分独特的魅力，让人总忍不住想去见他。当然，这也许也是因为他太会讲故事了，每次都能将故事讲得绘声绘色，引人入胜。

听完蝴蝶合战的故事，没过两天，我又想去见他了。不过，那天的天气不太好，一直没有阳光，风也有点凉，就连他家院子里的植物也没精打采的，只是有气无力地垂着叶子。

"看你这运气，每次都赶上天气不好的时候出门。今天这种天气，要不了多久就会下雨的。"半七老人见我来了，一边给金鱼换水，一边打趣似的对我说，"恐怕你又要被淋湿了。"

"那也没办法啊，梅雨季节不就是这样吗？"我做出一副无奈的样子，目光落到缸里的金鱼上，"不过，听说这时候的金鱼很难侍弄，不知道是不是真的？"

"还好吧。"老人含糊地答着，"哎呀，实在是过去太久了，都记不清到底是什么时候的事了。让我想想……"

半七老人停了停，还没等我提出要听故事，就主动讲了起来。

"如果我没记错的话，应该是庆应三年夏天的事。具体的时间，也许是八月，毕竟当时天气还很热，所以不可能是别的季节。我之所以确定是那年，是因为那时候太郎神还很流行——就在浅草田圃那里。本来它已经衰落一阵子了，不知道为什么又突然流行起来，连带着太郎稻荷神社也兴旺了，一些铺子、茶馆啊，像雨后春笋一样冒出来。每天，整条街都人来人往的，热闹非凡。说起来，那时候的神明竟然也和别的东西差不多，有时候流行，有时候衰落，真是很有意思的事啊。也正是在那个时候，下谷那边发生了一件离奇的案子。下谷那个地方，你应该也知道，向来就有很多寺庙。相应的，寺庙旁边自然也有很多卖僧袍、念珠之类东西的铺子。当然，卖笔墨的铺子也是有的，虽然不多，但是其中有一家叫东山堂的，特别有名。他家生意特别好，比其他铺子都好。不仅附近的和尚，就连住得很远的武士，也都会为了买他家的笔，不惜走上很远来这里买。"

"这是为什么呢？难道他家的笔质量特别好？还是这家铺子有什么特别之处？"我好奇地问。

"当然了。你听我慢慢说——这家铺子有两个女儿，姐姐叫阿万，当时刚刚十八岁。妹妹叫阿年，比姐姐小两岁。姐妹两人长得白白嫩嫩的，特别可爱。不用说别的，只要两个人往铺子里一坐，路过的人看到她们，就算本来不想买笔，也未免想进去逛逛。更何况，她们在卖笔的时候，还有这样一个特殊的习惯——把笔递给客人之前，她们会先用舌尖把笔毛理顺，再套上笔套。你知道，那毛笔本来是白色的，这么一弄，她们嘴上的胭脂就会沾到笔上，看起来真是赏心悦目！久而久之，大家都把这家的毛笔称作'舐笔'，甚至被公认为是附近的招牌特产。可是，有一天，姐姐阿万忽然死了，死得还很蹊跷，他家里人对外宣称，说阿万是食物中毒死的。但是大家都说，她其实——是被人下毒毒死的。"

二

半七的线人源次就住在附近，听说了这件事，打听了一下，来向半七报告。

"阿万是七月二十五日下午出事的。那天上午她还好好的，也没出门，就是像往常一样一边卖笔一边和客人说笑。后来她说肚子疼，家人还以为是吃坏了什么东西，给她吃了点药。没想到，晚上八点的时候，阿万非但没好，反而还吐血了，一直躺在床上翻来覆去的，十分痛苦的样子。家人见她这样，终于着急起来，赶紧请医生来看。不过等医生到的时候，已经来不及了，她已经死了。"

"她家都有什么人？"半七问。

"她父亲吉兵卫，母亲阿松，妹妹阿年，还有两个伙计，一个伙计十六岁，叫丰藏，一个伙计叫佐吉，十四岁。"

半七听过之后，也觉得有点不对。于是，他继续向上报告给八丁堀，希望能够延迟阿万的葬礼，派人前去验尸。八丁堀同意了。

验尸结果果然有问题。阿万确实不是死于食物中毒，而是死于毒药。不过，只凭这一点也不能说明什么，她既可能是被人下毒，也可能是服毒自杀。到底怎么回事，如今很难判断。如果是自杀还好，查明真相就算了；如果是他杀，就一定要抓出凶手，严惩不贷。

弄清死因后，阿万就入土为安了。因为是半七先去报的案，奉行所就把这个案子交给了半七。

半七接过了任务，又去找源次。两个人去了一家馆子，一边吃饭一边聊着。

"现在人已经死了，葬礼也办完了，简直就是死无对证，毫无头绪。你有没有什么好办法？说来听听。"半七问源次。

"这个……应该和感情有关吧！大家都这么说。"源次想了很久，才这样答道。

"既然如此，你觉得她是自杀还是他杀？"

"不太可能是自杀。哪有人死前一点征兆都没有的，还和客人说笑？"

"那照你看，毒死她的是什么人？是家里人还是外人？"

"我猜是家里人。不过我也说不准，就是瞎猜的。如果真是家里人，不太可能是她父母，她妹妹的可能性更大一点。也许是她们姐妹看上了同一个男人，嫉妒心起，也许是她妹妹不想让姐姐招上门女婿，吞掉家产……都能说得通。"

"确实。但她妹妹才十六岁，毒药是从哪儿弄来的？一个十六岁的姑娘想要弄到这么厉害的毒药可不是一件简单的事。"

"虽然不简单，但也不是不可能的。"源次坚持道，"难道您不觉得，在这件事情上，东山堂的态度很奇怪吗？明明女儿是被毒死的，为什么要对外宣称是食物中毒呢？他们在掩饰什么？如果不是担心公开此事会同时失去两个女儿，又为什么要这么做呢？"

"如此说来，倒也很合理。那你接下来就调查一下阿年吧。"

"好的。"源次吃完饭就去了。

第二天一早，吃过早饭，半七刚想再去下谷附近打听一下，源次就来报告了。

"弄错了，我猜错了。原来阿万是自杀！"

"真的吗？"

"应该不假。阿万死后第二天，附近有个叫善周的和尚也死了，死状和阿万一模一样。善周今年二十一岁，长得白白净净、斯斯文文，很招人喜欢。他从小在德法寺出家，还总去东山堂买笔。不知道什么时候，他偷偷喜欢上了阿万，破了戒，又没法娶她，只好一起自杀。之所以没在一个地方，是因为顾忌到善周的身份——一个出家人竟然为了一个女人自杀，死后不仅自己声名受累，也会连累到师父和所在的寺院。"

"如果真是这样，确实不用查了。"

不过，半七还是觉得哪里不对，于是继续问道："只是，这件事是你从别处听来的，还是有切实的证据？难道善周死前写过遗书，把事情原原本本地讲出来了？"

"是听来的，善周没写遗书。既然他们都没在一起自杀，足以说明他重视声名，又怎么会把自杀的原因写给别人看呢？"

"也是。阿年那边有没有进展？"

"我新查到一件事。阿万死之前，有家当铺的儿子喜欢上了阿年，拿了三百两礼金来提亲。这个当铺叫上州屋，在马道。最近一个月他们殷勤得很，总是往笔墨铺这边跑。但是笔墨铺担心把女儿嫁出去会影响自家生意，所以只同意招上门女婿。当铺不愿意让儿子做上门女婿，也正是因为这个，两家一直没有谈拢。没多久，阿万就出事了。"

"既然如此，那笔墨铺现在肯定更不愿意嫁出阿年了。只是，阿年也到了这样的年纪，自己没有意中人吗？"

"这个，我倒没注意。"

"再去查查吧。"

送走源次，半七打算去下谷。考虑到顺路，半七在出门之前特意带了一盒墨形落雁，先去了妹妹阿粲家。

"天气这么热，真没想到你竟然会来，快进来。"阿粲见来者是半七，赶紧招呼道。

"是啊，太热了。"半七走进去，随口问着，"就你一个人在家？母亲呢？"

"拜太郎神去啦！和邻居一起去的。听说最近那边很热闹，他们都想去看看。我因为之前去过了，也就没跟着去。"

"嗯，确实。我前几天也去了。"半七一边说着一边把落雁递给阿粲，"朋友送的，带给你们吃。"

"这可是加贺藩的特产呢！虽然硬了一点儿，但是母亲很爱吃。"阿粲高兴地接过去，给半七泡了壶茶，问道，"最近忙不忙？"

"也还好。就是下谷那边出了点事，正要去看看。"

"下谷？不会是笔墨铺的事吧？"

"你都知道了？"半七有点意外，"你认识那两姐妹吗？"

"也不算认识，就是听文字春说过。文字春和我一样，也是个教三弦的，住在三味线堀，那姐妹俩都在那里学三弦。现在姐姐出事了，不知道妹妹还学不学了。话说回来，那个姐姐真是自杀的吗？"

"现在还不确定，不过肯定是死于毒药。对了，你既然认识文字春，能不能帮我打听一下妹妹的情况？比如她是什么脾气、有没有意中人之类的，问出来多少都行，实在问不出来也没关系。"

"行，我下午就去。"

"不该说的话别说，细节一定要留心。好歹你也是我妹妹，多余的话，就不用我叮嘱了吧？"

"那可不一定，我又不是捕快。"阿粲调皮地说。

"好啦好啦，要真能问出什么来，下次来带你吃鳗鱼，行了吧？"

"这还差不多。"

两人又随便聊了一会儿，半七告别妹妹，去了下谷。

这时候已经快中午了，太阳特别毒，沿街的铺子大多支起了遮阳的篷子，只有荞麦面铺前面的蒸笼还暴晒在外面，亮得晃眼。

半七这次来这里，主要是想去德法寺打听一下善周的事。

住持见捕快来了，赶紧把半七请进去，把自己知道的事情全都一五一十地告诉了半七。其实，关于善周的死，住持身为师父，他也很疑惑。据他说，善周是船桥一家农户的二儿子，九岁那年的秋天来这里出家的。平时很是老实本分，也很有悟性，如果还活着，过不了多久，肯定前途无量。

说到善周和阿万的关系，住持觉得完全就是空穴来风。他十分信任善周的品性，认为善周绝对不可能干出这种事。

"附近就那么几个铺子卖笔，东山堂又是最有名的，他去那里买笔也很正常。既然他要买笔，当然要和铺子里的人说话。一来二去，认识阿万和阿年也不奇怪。但是我敢保证，他和阿万的关系仅限于此。破戒的事情，他是万万不可能做出来的。对于这一点，我敢发誓！别人怎么猜是别人的事，但是，我的徒弟，没人比我更了解。"

"好的，我知道了。您一会儿能不能带我看看善周的房间？"一听住持这么说，半七也犹豫起来，觉得两人殉情的可能性其实也没那么大了。

"可以。"住持说着，把半七带了过去。

善周和另外两个和尚一起住在一间六个榻榻米那么大的房间里。那两个和尚一个年纪大些，看起来有二十多岁，一个只有十五岁左右。半七和住持进去的时候他们本来在念经，见到半七，很有礼地打了招呼。

"不好意思，打扰了。"半七先是回礼，然后问他们，"善周有没有留下什么东西？"

"他所有的东西都在这里了。"那个小一点的和尚指着角落里的一张小桌子，回答道。

半七走近看去，只见上面放着几本佛经和一个砚台，砚台旁边有小半截墨块和两支水笔。一支是旧的，一支稍微新一点，看得出是新买的。

"你们知道这支笔是哪儿来的吗？"半七拿起那支新笔，放在鼻子下嗅了嗅，问道。

"也是从东山堂买的，他所有的笔都是在那里买的。这支是在他死前那天买回来的。"

"我能暂时带走它吗？"半七问住持。

"可以，没问题。"住持说。

"善周的葬礼怎么样了？"半七一边用纸把笔包好，一边问住持。

"举行过了。因为温度太高，昨天验完尸后就下葬了。"

半七点点头，离开寺院。他又想起阿万应该也是近期下葬，就顺便去了东山堂。

果然，阿万的葬礼就是今天。铺子里的人都去送葬了，只剩一个小伙计看店，如今店家有白事要操办，所以大门关了半边，也没什么客人。天气太热，小伙计没精打采的，只是坐在那里迷糊着打盹，一直到听见半七的喊声，才猛然抬起头，站了起来。

"能来外面说话吗？"半七问道。

小伙计本来应该是不想出来的，但是因为知道半七是捕快，虽然不情不愿的，也不知道半七想干什么，最后还是老老实实地出来了。

"因为验尸的关系，耽误了你家小姐的葬礼，真是不好意思。"半七先是表示歉意，然后拿出善周的笔，问道，"我今天来是想问一下，这支笔是不是一开始被谁买过，后来又送了回来，说要换另外的笔？大概就是最近三天发生的事。"

"没错。这支笔被一个年轻女人买过。两天前的下午，她来买笔，拿回去没多久又送了回来，说对笔尖不满意，于是我们就换了一支给她。"

"只有这么一个人？确定没有别人了，是吗？"

"对，就只有她。"

"她经常来吗？你认识她吗？"

"不认识。之前从没见过。"

"她长得怎么样，大概多大年纪，穿什么衣服？"

"不算特别好看，但是挺可爱的，也许是因为皮肤白吧，看着不太难看。她很年轻，最多不过二十岁，穿着白色浴袍，腰带是红的。"

"好的，谢谢你告诉我这些。"

半七说完后便离开铺子，向浅草走去，没想到路上遇见了正要去找半七的源次。

"我打听了一下，大家都说，阿万和阿年很规矩，虽然到了谈婚论嫁的年纪，但是行事中规中矩，也没有意中人，感情方面很干净。"源次说。

"好，我知道了。刚好我要去浅草找庄太，既然见到了你，你就去给他带个口信吧。你对他说——就说是我说的，你们两个接下来要一起去查上州屋的人，所有人都要查，男女都算，伙计和女仆都不能放过。"

"好的。"

"还有哪里不清楚的吗？"

"没有了。"

和源次分别后，半七又在附近打听了一下，然后回家，去澡堂洗了个澡。

三

"下午的时候我去找过文字春，文字春说，阿万出事后，阿年依然在那里学三弦。她们姐妹俩一直老实本分，名声很好。她们的父母也一样。不过，最近一个月，有好几次，她们在教学的时候，都有一个年轻女人趴在外面偷看，鬼鬼祟祟的。"

大概在晚饭的时候，阿粲来向半七汇报。

这和源次查到的情况差不多。到此为止，基本可以判定，阿万和善周殉情的事就像住持说的那样，不过是一些乱七八糟、以讹传讹的传闻。一听妹妹说到那个女人的事，关于这个案子，半七心里基本也有眉目了。

"那女人是不是最多不过二十岁，长得很白，很可爱？"半七问。

"一点都没错！"阿粲惊讶地问，"你是从哪里知道的？"

"文字春认不认识那女人？"半七不答反问。

"不认识。不过他留意过，只有笔墨铺两姐妹在的时候，那女人才会去偷看。"

"嗯。要是这样，我大概就明白了。关于这件事，你有什么想法吗？"

"我觉得这件事和那女人肯定有关系。上州屋向阿年提亲，不也是最近的事吗？也许那女人是上州屋家的女仆，和少爷有过一点关系，甚至是喜欢少爷的，所以，当她知道上州屋向阿年提亲之后，才会一直去文字春那里偷窥，想看看能抢走自己男人的到底是什么样的女人。说白了，也就是因为嫉妒吧。"

"猜得倒是合情合理。要不然，你也来当捕快怎么样？别教三弦了。"半七开起了玩笑。

"还是算了吧！捕快还是你们男人来做吧，我一个女孩家，教教三弦挺好的。"阿粲白了半七一眼，撒娇道，"不过，你要是再取笑我，我可再也不帮你了。"

"别呀，就是开个玩笑嘛！"

"行了，不跟你说了。我要去找嫂子聊天了。"阿粲说着，真的去找半七的老婆了，剩半七自己一个人坐在那里思考起来。

其实，半七和阿粲想的差不多。也正是因为这个，他才会让源次和庄太去查上州屋的人。那个换笔的女人和偷窥的女人如此相似，肯定不是巧合。

半七这样想着，不禁又想起正在打探消息的源次和庄太，真希望他们马上能回来，带来更多的消息，验证自己的猜想。因为一直想着这件事，半七一夜都没有睡好。所幸，第二天早上，源次果然带着消息回来了。

"上州屋里一共有十五个人，十一个男的，四个女的。真是多亏了庄太，有他在，这么快就把所有人都查得清清楚楚了。"

"都是什么情况？"半七问，"男的先不说，主要说女的。"

"那四个女的，有两个负责打扫房间，一个是三十八岁的阿清，一个是十七岁的阿丸；另外两个负责做饭，一个是二十二岁的阿轻，一个是二十岁的阿铁。"

"这四个人里面，有没有家里开药铺的，或者亲戚在药铺当伙计的？"半七想了想，又补充道，"情人和药铺有关的也算。"

"有。阿丸有个弟弟，叫宗吉，是一家药铺的学徒，就在两国。"

"她家里是做什么的？"

"开木屐铺的，在芝口。家里除了弟弟，她还有个哥哥。"

"知道了。我们可以去抓她了。"半七简单地把换笔的事和偷窥的事给源次讲了一下，然后说，"既然已经查清阿万和善周之间是清白的，就不可能是殉情。可是这两个人先后中毒而死，还死得那么相像，问题肯定出在那支笔上。根据最近调查所得，基本可以推断，那天，阿丸先去买了笔，然后拿回去涂毒药，再假装换笔，把带毒药的笔送了回去。没多久，善周也去买笔，不知情的阿万照例用舌尖理顺笔毛，卖给了善周。也正是在这个时候，阿万不知不觉中了毒，善周把有毒的笔买回去，机缘巧合之下也舔过那支笔，所以才会被毒死。"

"听起来很有道理，但是阿丸为什么要这么做？一个这么年轻的小姑娘就能想出这种杀人的毒计，真是让人毛骨悚然！"

"男女之间，因为嫉妒，什么事都可以干出来。阿丸虽然年轻，但也到了懂得男女之情的年纪。不过，真相到底是怎么样，还要问她自己才清楚。我猜，她很喜欢上州屋的少爷，但少爷却想迎娶东山堂的阿年。她出于嫉妒，又知道阿万和阿年都有舔笔的习惯，才会想出这种办法。她本来是想毒死阿年，没想到误杀了阿万。也许，她当时为了除掉自己的情敌，根本也没有多想。或者说，就算多想，也想不出更好的办法来，所以才会这样做。"

"既然是这样，是不是也得把她弟弟抓来问问？十有八九，毒药就是出自他手。"

"是的。我现在亲自去一趟。"

半七万万没想到，那家药铺还挺大，在广小路附近。半七到的时候，几个伙计正在忙着。账房里坐着个年轻人，看样子似乎是这家的少爷，也就二十多岁的样子。

"宗吉是在这里做学徒吗？"半七走进去，问道。

"是的。您要找他吗？"掌柜看半七是捕快，也没多问，"他应该在仓房里，您要是找他，我现在就去叫他过来。"

"太好了！那就麻烦了。"

没多久，宗吉就跟掌柜出来了。他看起来也就十五岁左右的年纪，还没有举行成人礼。不过，在被半七问话的时候，倒是显得特别镇静。他说姐姐从来都不喜欢自己，两人平时也不来往，就算阿丸替上州屋来这里买药，姐弟俩相见也不怎么说话。他不喜欢阿丸，觉得阿丸虚荣轻浮，作风不正，哥哥和父母也都这么认为。

关于阿丸，宗吉絮絮叨叨地说了很多，却没有几句有用的。在半七看来，大部分的话不过是在发牢骚而已。半七绞尽脑汁想让宗吉印证自己的猜想，承认阿丸从他这里拿过毒药，但是，不过半七怎么说，宗吉都说没有这回事。

"你可要想好了，如果你说的是假话，是要被处死的！"半七吓唬他道。

"我说的都是真的！"宗吉说。

半七又打量了一下他，感觉这孩子神志清楚，逻辑正常，也没什么破绽，确实不像说谎，于是也就只好沮丧地离开，转而去上州屋抓阿丸。

没想到，这次他竟然晚了一步——不久前，阿丸刚刚出门办事，不知道什么时候才能回来。

反正要抓人，也不急着一时。来都来了，随便打听一些消息也好。半七这样想着，就和女仆聊了聊。

"阿丸？她可没什么好名声！虽然这姑娘长得年轻漂亮，品性却真不怎么好。据说不仅和少爷不清不楚，还同时和好几个人交往呢！"

“既然是这样，老板为什么还不赶走她呢？多影响你们家的名声啊！”半七问。

“老板想赶走她有什么用？少爷可不舍得放她走！也不知道她用了什么招数，竟然能把少爷迷成那个样子！”女仆酸溜溜地说着，狠狠地指责了一番阿丸，“问题是，她不仅对我们自家的少爷这样，对药铺的少爷，也是一样。”

“药铺？是不是广小路那家？”半七想起宗吉说阿丸去买药的事，大胆地猜测。

“对，就是那儿。”

“她怎么会认识药铺的少爷呢？难道是因为她总去那里买药？”

“算是吧。”

“那药铺离这里可不近啊，她为什么要大老远地去那里买药呢？”

“因为我们老板和老板娘之所以会成亲，是那家药铺老板做的媒，所以我们铺子和那药铺关系好，需要什么药，都去他家买。他家少爷也经常来我们这里玩，还把阿丸带回去过，明着说是看杂技表演，谁知道到底是干什么去了！”

“药铺少爷叫什么，今年多大？”

“与之助。二十二岁左右吧。”

虽然女仆的话也不能全信，但基本情况肯定是没问题的。既然连宗吉都说自己的姐姐作风有问题，现在女仆也这么说，基本也就坐实了。而如果她真的和与之助关系不错，毒药从哪里来的，也就搞清楚了。

想到这里，半七赶紧回到药铺，想抓与之助问话。

“你们少爷在吗？”半七问宗吉。

"不在。刚刚出门了。"

"去哪儿了？"

"不知道。他最近总是这样突然出门，从来都不告诉我们去哪儿。今天他先出去了一次，后来又急匆匆地回来，换了身衣服之后又走了。"

也许是看到自己来找宗吉，心里忐忑，逃走藏到别处了吧。半七这样想着，去马道找了庄太，叮嘱他一定要时刻看好阿丸，有什么动静立刻向他汇报。

第二天一大早，庄太就来了。

"不妙！我看阿丸是跑了！从昨天到现在，她出了门就一直没回去。而且，与之助也消失了。"

既然两个人都是这样，一定是一起跑了。事到如今，一定要用强硬的手段了。半七随后把药铺的人都聚集起来，让他们说出与之助可能的去向。问到最后，他总算知道了一点有用的信息——与之助带走五十两银子，有可能去投靠信州的亲戚了。

于是，半七和庄太马上前去追赶。

上州妙义町那里有一家叫"关户屋"的妓院。那天晚上，在凉爽的秋风中，一个江户人悄悄来到这里，住进了一个四个榻榻米那么大的房间里。

这里的山蛭很厉害，外地来的人不了解情况，一不小心就会被它们叮到。一旦被叮，伤口的血很难止住，必须用嘴含住水，才能把伤口彻底冲干净才行。

这个江户人正是被山蛭叮了手腕。此时此刻，阿根——一个已经不再年轻的妓女，正在昏暗的灯光下帮他处理伤口。

"你的手腕真是太好看了，又白又嫩的，我活了这么久，还真没见过哪个男人有这样的手腕。"阿根一边擦着血迹，一边开着玩笑。

"哎呀，见笑啦！还不是因为我懒，不爱干活才会这样。"江户人自嘲道，不自觉地紧了紧衣服，感叹无比，"没想到这里的晚上还真是凉。"

"是啊，山里就是这样，不过，也许也是因为明天要下雨吧。"

"那可真是麻烦了，我明天还要继续赶路呢。要不你帮我求求这里的山神，让他把下雨的事情取消吧。"

"怎么可能？关户屋的女人是不会放过任何一个男人的！山蛭和我们比起来，简直是太低级了！我要是帮你求，也不会求山神不下雨，而是会求他一直下大雨，一连下好几天，让你一直都赶不了路，这样才能把你留在这里。"

"不行！真不行！要是没什么事的话，留多久都没关系，但我还有急事要办。"

"算了吧，还不是骗人的！你要真有急事，为什么不走坂本那条近路，反而要绕个圈子来这里？"

江户人什么都没说，只是一脸担忧地慢慢喝着杯里的酒。

"行吧，你既然不愿意待，我也不强留。不过，我还是很喜欢你的。所以，我要告诉你一个不太好的消息，刚才，也就是你来没多久，来了两个神秘的人，这两个人让人感觉不太舒服。你还是小心点为好。"

"真的吗？"江户人的脸色更不好了，"既然如此，我更不能留在这里了，也许我现在就得赶紧离开。"

"要走还是快点走吧，也别走大门了。我现在帮你收拾东西，收拾完东西我就出去，你直接从窗户跳出去吧。"

两人只顾着说话，完全没有注意到庄太正在门外偷听。听到江户人要跑，庄太赶紧回房间找半七。

"那妓女和他是一伙儿的，马上就要帮他跑了！"

"这可不行。看来我们还是尽快动手为好。我去外面看着，你找机会进去抓他。"半七交代道。

两人分头行动，庄太继续回到江户人房间门口偷听，半七走到屋外。

眼前就是妙义山。天上群星闪耀，山风很大，吹得杉树林沙沙作响。半七找了一棵大杉树，躲在后面，一动不动地监视着楼上的动向。很快，吱嘎一声响，有人掀开窗子，紧接着就是一个黑影跳了下来。

"与之助！你跑不了了！"半七一边喊着一边飞快地冲了上去。

然而，狡猾的与之助却不慌不忙地跑向了完全相反的方向，一溜烟冲进了杉树林，向一道斜坡跑去。

本来半七还没有想明白他为什么要往那边跑，只是本能地追着与之助，一直追到半路，他才猛然想起来——妙义山的斜坡上有座神社，神社前有道黑门。按照惯例，任何捕快都不能在黑门里抓人。

意识到这一点，半七赶紧加快了脚步——如果让与之助跑了进去，那他的一番苦心可就白费了。

那斜坡的坡度不小，两个人跑在上面，一个逃一个追，都累得气喘吁吁。虽然距离拉近了许多，只有不到两米左右，可是他们的体力都消耗得差不多了，谁都没法跑得再快一点。

不知不觉，他们已经跑过了一半的路程，眼看前面就是黑门了。昏暗的树林中，门里的灯光若隐若现。与之助看到灯光，又激动又兴奋，用尽最后一点力气，跑得快了些。本来他是可以逃脱的，但他跑着跑着忽然被石子绊到，摔了一跤，倒在地上，还来不及站起来，就直接顺着斜坡滚到了半七面前。

四

"当时我真是没力气了。要不是他运气不好，可就真让他跑了。就算是这样，抓住他之后，我也歇了好几天才缓过来。那种两腿发软，连路都走不了的感觉，真是太难忘了。"半七老人笑着说，"事情的真相也就和我猜的差不多。阿丸确实同时和好几个人交往，其中有自家少爷，也有药铺少爷与之助。她的嫉妒心也确实很强，得知自家少爷要迎娶阿年后，嫉妒得要死，怎么都咽不下这口气，这才想方设法从与之助那里要来毒药，希望能毒死阿年。不过，她具体是怎么对与之助说的，我们就不知道了。与之助从斜坡上滚下来的时候，也不知道是自己故意咬断了舌头，还是摔下来的时候不小心咬断的，反正满嘴都是血，已经奄奄一息了。虽然我和庄太马上把他带回关户屋，想尽办法救他，但是血流得太多了，最后还是没活过来。好好一个人竟然就这么死了，实在有点可惜。"

"阿丸呢？她不是和与之助一起跑了吗？怎么一直没听你说她？"我问。

"一开始确实是这样的。但是两个人走到熊谷的时候，她偷了别人的钱，扔下与之助，自己逃走了，也不知道跑到了哪里。后来，有人在上州发现了她的尸体。她是被勒死的，死的时候一丝不挂。不过，她似乎真的很喜欢自己家少爷，因为我们发现她胳膊上刻着他的名字。所以，当初她和与之助一起逃走，可能不过是权宜之计吧！

而上州屋的少爷也算是有情有义了，知道阿丸死了，不仅亲自去看，还花钱帮她收尸，并且最后也没有和阿年成亲。至于东山堂，在这件事之后没多久就衰落了。有人传言，只要买了他家的笔，就会走霉运，最后像阿万一样痛苦地死去。当然，这都是无稽之谈了。阿年最后和一个洋人走到了一起，不过听说不是正妻，只是被包养的。"

回家的路上，我回味起这个故事，唏嘘不已。

也许，冥冥之中，真的是有因果轮回的。就像东山堂，当初因为舔笔而兴旺，最终也因为舔笔而衰败。

而半七老人说的果然是没有错的——雨真的又下起来了。

第十话 鬼姑娘

　　本来阿舍和那女孩素不相识，没觉得有什么，万万没想到，那女孩竟然叫住了阿舍。阿舍回头一看，看到对方头上蒙着白巾，身上穿着白色浴袍。因为天要黑了，也看不清那女孩的相貌，只见那女孩一直朝着阿舍笑，笑容十分诡异，不是正常人该有的笑容。阿舍毕竟只有十六岁，在这样的天色下，看见这样一个人，早就吓得要死，也顾不得说什么，赶紧扭过头，一口气跑回家。

一

我从半七老人那里听过很多故事，有个故事是关于弁天神女的，还有个故事是关于鬼姑娘的，后者发生在文久元年的夏天，也正是我接下来要讲的故事。

有一天早上，半七起了个大早，闲来无事，正坐在后院观赏牵牛花，庄太突然神情慌张地冲了进来。

"早啊，捕快大人！"庄太冲着半七打招呼。

"你也早啊。"半七一边回应，一边略显诧异地问，"不过，我记得你住在马道，离这里可不近，而且你之前不喜欢早起，今天是怎么了，这么一大早就过来了？有什么事吗？"

"也没什么事，就是最近突然喜欢早起了。"庄太面露难色，吞吞吐吐地说。

"真的吗？要是有什么话，我觉得还是直说为好……"半七一边看着牵牛花，一边意味深长地说。

"好吧，那我还是直说了吧。"庄太看看四周，压低声音说，"最近，我家那边总发生一些奇怪的事，让人很不放心……"

"奇怪的事？"

"是啊。"庄太停了停，然后说，"总是死人。已经死了好几个了，都在我家旁边。昨天晚上，我们那里又死了一个叫阿作的女孩。"

"这女孩是什么情况，多大了？"

"她长得挺可爱的，很白，也秀气，就是看着比实际年龄小，看起来也就十五岁左右，实际已经快二十岁了。"

本来，这么接二连三地死人，半七还觉得可能是暴发了什么奇怪的传染病，可是，传染病一般只会挑年老体弱的老人或者小孩下手，既然连这么年轻的姑娘都死了，就不太可能是传染病了。

半七想了想，觉得确实有点奇怪。为了更详细地了解情况，他把庄太带回起居室，继续问："她是怎么死的？应该不是病死的。不会是自杀吧？"

"不是自杀，是他杀。或者，说得具体点，应该也不是他杀。毕竟，要是被人杀的，也不可能死得那么惨——她是被活活咬死的！可如果只是为了杀人，何必要这么做呢？"

"不是被人杀的？既然不是人，难道是猫妖作乱？"半七狐疑地看着庄太，"你没有跟我开玩笑吧？猫妖这种东西，我可不相信真的存在。"

"哎呀，这种事情，我怎么敢拿来和您开玩笑！千真万确，阿作就是被咬死的。至于是不是猫妖干的，我倒是不知道，但她已经不是第一个被咬死的了。不到一个月前，有个叫阿舍的女孩遇到了一件怪事，她家里是开木屐带铺的。傍晚时分，她出门去买东西，回来的时候，与一个年轻女孩擦肩而过。本来阿舍和那女孩素不相识，没觉得有什么，万万没想到，那女孩竟然叫住了阿舍。阿舍回头一看，看到对方头上蒙着白巾，身上穿着白色浴袍。因为天要黑了，也看不清那女孩的相貌，只见那女孩一直朝着阿舍笑，笑容十分诡异，不是正常人该有的笑容。阿舍毕竟只有十六岁，在这样的天色下，看见这样一个人，早就吓得要死，也顾不得说什么，赶紧扭过头，一口气跑回家。后来，她和别人说起这件事，大家都觉得没什么，也就认为是那女孩头脑不清，才笑得怪模怪样。渐渐的，这件事也就过去了。"

二

其实，这件事远远没有过去。不到一周，更可怕的事情发生了。

庄太家附近有个酒铺，阿传是里面的女仆。那天，阿传本来去仓房拿东西，可是，一直过了很久，她还是没回来。后来，有人听见她在后院惨叫，赶快跑过去。赶到的时候，阿传已经被咬断了喉咙，早就没了呼吸。当时天要黑了，光线不太好，大家查看了一下四周，没发现什么线索，也就不了了之。

发生了这么奇怪的事，人们说什么的都有。谣言四起，人心惶惶。其中有这样一个说法——阿传出事前，有人看见一位头上蒙着白巾、身上穿着白色浴袍的女孩津津有味地趴在酒铺的后门上，正鬼鬼祟祟地往里看。但是，因为当时天色已晚，目击者没有看清女孩的长相。不过，只看那身打扮，和阿舍在路上遇到的那个女孩似乎是同一个人。因此，很多人断定，这女孩一定和阿传的死脱不了关系。并且因为事情发生在浅茅之原附近，本来，那里的人就相信鬼婆的存在，出了这种事，也就更不能不多想了——很多人都觉得，那女孩不是头脑有问题，而是她根本就不是人，她是夺人性命的鬼姑娘。

话虽这么说，毕竟没人亲眼见过，所以还有一些人觉得这是无稽之谈。哪里会真有什么鬼姑娘呢？还不是大惊小怪的人凭空捏造出来的，自己吓自己？毕竟，在那些胆小的人眼中，就算是大扫帚，也可能被误认为鬼。

可是，接下来发生的事情，让所有人都认定了鬼姑娘的存在。

并且，出了这件事以后，就算天气再热，女人和孩子们里面那些胆子小的，也不敢随意出门纳凉了。

这次死的还是一个女人。她是梳妆铺的老板娘，铺子在山宿。她死在自己家的后院里，尸体倒在水井旁。她也是被咬死的，死状和阿传一模一样。

如果这不是鬼姑娘干的，又会是谁干的？大家更害怕了。庄太的邻居，那个叫阿作的女孩也正是在那时候出事的。

庄太有四个邻居。他们一起住在酒铺附近的巷子里，一个类似于大杂院的地方。巷子的尽头有片空地，空地上有个垃圾堆，还有一棵老樱树。那棵树长得枝繁叶茂，很是高大。住在这里的几户人家虽然不太富裕，但都把家里收拾得很干净。从巷子开始的地方算，庄太家是第四户，阿作家是第五户。

阿作和她母亲伊势住在一起。名义上，阿作在茶馆工作，茶馆在浅草奥山。实际上，她到底做什么工作，大家都不清楚。她们母女平时总是一副不愁吃不愁穿的样子，日子过得很是轻松自在，正因此，很多人都觉得，她一定是被哪个有钱人包养了。不过，因为和庄太家住得近，又知道庄太是捕快，她们对庄太倒是和气，有了好东西，也从来不忘分给庄太一份。

那天，阿作结束一天的工作，从茶馆回家，照例进了厨房，坐进浴盆洗澡。因为是夏天，蚊子很多，为了驱蚊，她母亲伊势拿着团扇去外面窄廊里烧木屑。

没过多久，她听见阿作惊叫了一声。

"是谁？谁在那里？"

不过，伊势也没太紧张。因为她觉得一定是邻居家的男孩。这也是合情合理的事儿。除了他们，谁还会偷看一个年轻女孩洗澡呢？

但是，当她回头看去的时候，却看到了一个女人。虽然当时光线不好，看不太清，然而，那白色头巾和白色浴袍，是无论如何都不会错的。

一个女人来偷看另外一个女孩洗澡？她为什么要这么做？

正在伊势疑惑的时候，阿作又说话了，这一次明显是在责问，不过听起来也有点害怕。

"你为什么要偷看我，你在……"

还没等阿作把话说完，伊势就听见一声惨叫。她心里一紧，赶紧跑了过去。当时，阿作已经不在浴盆里，而是无力地倒在了外面。

伊势叫了几声，见阿作没反应，不禁更害怕了。

天已经要完全黑了，厨房里太暗，什么都看不清，于是伊势回到卧室，拿来灯，仔细一照，这才发现所有的洗澡水都被阿作的鲜血染红了。那血是从阿作喉咙里流出来的，在她照的时候，血还一直在流，一点都没有止住的意思。伊势哪见过这样的场面，简直要吓死了。不过，为了救女儿，她还是立即跑了出去，大叫着喊邻居来帮忙。

邻居们马上来了，没过多久，医生也来了。然而，一切都来不及了，阿作的喉咙被咬得惨不忍睹，失血过多，已经活不了了。

看着奄奄一息的女儿，伊势整个人都傻掉了。这简直就是飞来横祸，她好好的女儿，好好地在洗澡，突然就这么死了，还死得这么惨不忍睹！真是不知道到底是因为什么。唯一有迹可循的，就是女儿生前出现过的那个戴白色头巾、穿白色浴袍的女人。不过，当她跑回厨房的时候，那女人早就不知道跑到了哪里。

事情是明摆着的，阿作的死肯定和那女人脱不了关系。可是，酒铺的阿传、梳妆铺的老板娘，死状都和阿作一模一样。而且，在她们死之前，那个穿白色浴袍的女人也都出现过。或者说，那个穿白色浴袍的鬼姑娘也都出现过。

消息再次传开，住在附近的人更害怕了，几乎人人自危，连向来以胆大著称的庄太老婆都吓得心惊胆战的，每天晚上都睡不好。

"阿作出事的时候，你赶去看了吗？"半七听完后，问庄太。

"去了。我没看出有什么不对。我本来在街上和人下棋，听到动静才赶去的。去的时候，人已经很多了，院子里吵得厉害，但我没见到那个穿白色浴袍的女人。"

"那条巷子是死胡同吗？"

"算是吧！不过以前不是，后来大家觉得不安全，才用竹子做了篱笆，把尽头围上的。只是那篱笆也不结实，所以一般人应该还可以穿过去。"

"验尸结果也出来了吧？没什么特别的？"半七又问。

"没有。这案子本来归田町的重兵卫管，我刚才也去打听了一下，他们觉得应该是情杀，毕竟阿作的名声确实不太好。不过，如果真是情杀，为什么凶手不干脆用刀，反而要把人咬死呢？多奇怪啊！更何况，死的也不只是阿作，还有另外两个人呢！这也是说不过去的事。所以他们现在也不清楚到底是怎么回事。"

"是啊，想把人活活咬死可不是一件容易的事。"半七想了想，追问道，"你确定她们真是被咬死的吗？不会是被枪打的或者被刀捅的？然后为了掩人耳目，才伪造出被咬死的假象？"

"这我就不太清楚了。尸体我看过，确实很像被咬死的。医生和验尸的都很确定这一点。"

"既然如此，就没什么好说的了。这件事真的很奇怪，从死者身上似乎找不出什么线索，看来，从那个鬼姑娘入手会简单一些。关于鬼姑娘，你有什么想法吗？"

"没有。"

"这可不行啊，还是好好想一想吧，我们一起想一想，也许能找出什么线索。"半七说到这里，似乎想起了什么一样，突然把扇子放下，站了起来，"不过，坐在这里空想也不是办法，还是亲自看看为好。虽然这案子本来归重兵卫管，我不好明着出面，但幸好和你还算有点关系，我在暗中帮你一下，也还说得过去。"

"如果真是这样就太好了。拜托您了。"庄太连连感谢，打算带半七出门。

"你们要去哪儿？"正在这时，半七的老婆叫住了他们。

"去浅草走一趟……"庄太笑着回答，"虽然不是太好的地方，但现在天色还早，不会惹上什么不干净的东西，您就放心吧。"

"那可不一定！别人我还放心，你嘛……"半七老婆开起了玩笑，"现在我还记得，盂兰盆节的时候，你太太来串门，可是说了很多事情呢！"

庄太不好说什么了，只是窘迫地笑着，挠了挠头。

半七见状，赶紧把他拉了出去。

两人一边聊着天气之类的闲话一边往浅草走，不知不觉就来到了仲见世一带。本来一切还挺正常的，但是，不知道发生了什么，忽然有很多人从旁边冲出来，连带着路人也三三两两地跑了起来。这样一来，几只正在路边啄食的鸽子算是遭了殃，为了避开人群，赶紧忙乱地拍着翅膀，纷纷往天上飞。

三

"肯定是又出什么事了吧？"半七猜测道。

"应该是。不过，看方向，应该是佛堂那边。"庄太见怪不怪，"估计也没什么大事，最多就是有人打架，或者谁东西被偷了之类的事。"

"大概吧。我就是没想到，都这种时候了，大家还这么喜欢看热闹！"半七随便应了一句。

两个人就这么聊着，继续往前走。越往前面去，人就越多。走到观音堂的时候，只见有个年轻男人被人用麻绳绑在银杏树下，看打扮，应该是武士家的仆人。他腰间虽然有一把木刀，却没有一点想反抗的样子，只是垂头丧气，一句话也不说。他脸上有伤，伤口还在渗血，头发很乱，衣服被粗暴地拉扯过，上面全是土。他周围站着好几个人，嘴里不干不净，骂骂咧咧的，为首的那个人手里抓着一只死了的白鸡，看样子特别愤怒。

"哎，这是怎么了？"庄太看到人群中有熟人，好奇地打听道。

"别提了！真是太不要脸了！那人不仅偷鸡，还把鸡掐死了。要是晚上干的，这也还说得过去，可是这大白天的也敢来偷鸡，真是胆大包天！"

一些善男信女经常会把鸡或者鸽子一类的小动物送到观音堂，其实就和放生差不多。这个习惯大家都知道。但是，最近，这里的鸡突然少了很多。今天早晨，有个在附近卖鸽子饵料的老太太发现这仆人形迹可疑，和其他几个小商小贩说了。大家商量了一下，围过来看。当时，这仆人躲在银杏树后面，拿着一个纸包，用纸包里的白米喂鸡。

如果只是喂鸡也没什么，反而能显示出他的善心。可是，大家仔细一看才发现，原来他怀里竟然藏着一只死去的白鸡！

大家一下就明白了。他这明明就是先拿米引诱鸡，趁鸡吃米的时候，再下手把鸡掐死偷走。如果是一般的鸡，也许事情不会闹得这么严重，但这是供献给观音堂的鸡，他竟然也敢下手，真是太大胆了！愤怒的人们当下抢下死鸡，一拥而上，对他拳打脚踢起来。

在平时，武士家的仆人也算是高人一等，不看僧面看佛面，一般人不敢这么对他们。可他既然做出了这种事，受到这种待遇，其实也不算过分。

"原来是这样，那还真是无耻啊。"听完事情原委的庄太附和道。

"确实！不过，这绑也绑了，打也打了，接下来，你们想怎么办呢？"半七问那人。

"他敢偷观音堂的鸡，当然不能这么算了！接下来的半天，他要一直被绑在这里，然后还要游街示众，大街小巷都走一遍才行！"

"这惩罚有点太重了吧？这已经算是滥用私刑了。既然他确实偷了鸡，并且人赃俱获，办事处就可以惩治他，为什么不把他送到那里呢？"半七说。

虽然这已经算是多管闲事，但是大家看到半七和庄太在一起，大概也能猜到他是做什么的，所以也没人敢多说什么。

"您说得对。办事处确实可以惩治他，但他是个惯犯！他不仅总偷观音堂的鸡，连别人家里养的鸡也不放过。所以大家抓到他偷鸡的时候才会这么愤怒，当时就打了起来。至于送办事处这种事，大家根本没来得及多想。"手里拿着死鸡的人对半七说。

如果这人确实是个惯犯，这种惩罚确实不过分。不过，要是这样，就更应该送到办事处了，私自处理是完全起不到任何效果的。半七这样想着，嘴上却没有再说什么。

没想到，那一直垂头丧气的仆人听到这些话，反而瞪着眼睛，大叫了起来。

"你们血口喷人！歪曲事实！我就偷了这么一只鸡，哪算得上是惯犯？再说了，今天要不是我势单力薄，怎么会被你们这样羞辱？等我回去找几个人杀回来，看我不把你们拧断脖子，剥皮抽筋才怪！"

"你这偷鸡贼，还敢这么嚣张！"有几个人一听仆人这么说，又想冲上去，却被半七拦住了。

"别冲动，如果真的伤了他，可能会惹上麻烦，不好收场。"半七说完，又转向仆人，问道，"你说的都是真的？"

"当然是真的！我就是想抓只鸡吃，又不是专门养鸡或者斗鸡的，偷那么多鸡干什么？本来我已经抓到一只，应该走了，就是因为贪心，才想再抓一只，没想到鸡还没抓到，我就倒了霉！"

"行了，就这样吧。怎么说都是你不对。"半七说完，找了几个管事的，把他们带到远处，说了一些话，大概意思是，虽然仆人偷鸡不对，但他们擅动私刑也不对，如果仆人一个想不开，咬舌自尽了，他们会惹上大麻烦。如果仆人回去之后真的带人回来寻仇，他们也肯定会吃亏。所以，这件事还是差不多就好。

因为知道半七是什么人，又听了这样一番话，这些人也就点点头，把仆人放了。

"你们都给我等着！"仆人身上的绳子刚被解开，就直着脖子叫着。

"行了行了，就这样吧！这件事你毕竟不在理，现在既然被放了，就别逞威风了，赶紧回去吧。"半七一边劝他，一边塞给他一点钱，示意他回去可以买鸡吃。

"真是麻烦您了！"

仆人接过钱走了。

"总算没事了。其实不算顺道，但是，既然来了，还是拜一拜再走吧。"半七对庄太说。

庄太在外面等着，半七进去拜，拜过后，半七出来。

庄太凑过来说："刚才那些人让我告诉您，这里的鸡真的不止丢了一只，所以他们才会擅动私刑。不过，他们还是很感谢您能出面解决这件事。"

"这个我知道。这些情况，那些人当时也已经反映过了，"半七说，"不过，那仆人说的也不像假话。"

"您真的相信他说的？"

"是啊，没理由不相信。不过都无所谓了，我好像找到一点线索了。"

"真的吗？"庄太高兴地问。

"应该是吧。不过还不确定。我们还是去打听一下吧。"

接下来，两个人先去了木屐带铺，听阿舍讲了自己遇到那个穿白色浴袍女人时候的样子。不过，他们也没问出太多有用的东西，只知道那女人长得凶，嘴上涂着红色，看着很吓人，脚上似乎没穿鞋。

之后，他们又去了出事的酒铺，打听了一下关于死去的阿传的事情，得到的信息也是少得可怜。不过有一点是很肯定的，酒铺老板说，阿传在自己这里做了快三年，其间一直老实本分，也没有什么相好，更没听说过有类似的传闻。

离开酒铺，他们又去了梳妆铺，也没问出来什么。阿作死的时候没人亲眼看见，更不知道怎么就突然发生了这种事。

"真是让人头疼。"走出梳妆铺，庄太沮丧地对半七说。

"我觉得还好，再去阿作那里看看吧。"半七似乎已经胸有成竹。

阿作家正在办葬礼，邻居们都去帮忙，庄太的老婆也在。在庄太的指引下，半七仔细查看了一下巷子尽头的篱笆。确实和庄太说得差不多，篱笆东倒西歪，破破烂烂，根本挡不住人，垃圾堆的味道很大，地面上到处淌着污水。

"用不用把阿作的母亲叫来问问情况？"从巷子尽头回到庄太家以后，庄太问半七。

"叫来吧。本来我是想去她家的，但她家确实太乱了，人多眼杂，还是叫她来这里妥当。"

庄太出门，把阿作的母亲伊势请了来。她身材高大，有五十岁左右。自从女儿死了以后，伊势就不停地哭，一双眼睛已经肿得不成样子了。

"真是不幸啊……"半七先是表示了一下对伊势的安慰，然后问道，"关于这件事，你真的没有发现什么异常吗？"

"没有。"伊势抽抽搭搭地对半七说着自己知道的事实，不过没什么新奇的，和庄太说的基本一样。而且，关于那个穿白色浴袍的女人，她的描述也和阿舍差不多。

"那女人是不是没穿鞋？"半七问。

"是的。脚上什么都没穿。"伊势答着，又絮絮叨叨地说了一些别的，不过都没什么用。根据目前掌握的信息，半七只能确定那女人很年轻，穿着白色浴袍，没穿鞋。

半七觉得问不出什么了，就让庄太送伊势回去。

"还请您尽早查明真相，还我女儿一个清白……"伊势反复地说着，总算走了。

等庄太把伊势送回家再回来，已经快到中午了。因为庄太的老婆帮着准备葬礼，半七和庄太没在家吃饭，而是去了外面。

"您觉得这件事应该怎么办？还查吗？"吃饭的时候，庄太问半七。

"暂时可以中止了。有两件事是可以确定的，第一，杀人的不是人，也不是所谓的鬼姑娘，而是动物……"

"真的吗？您是从哪里推断出来的？"

"最近这附近不止死了三个女人，还死了一些鸡。观音堂里丢失的鸡和这件事应该也有关系。当然，只凭这个，也不能说这些事情不是鬼姑娘干的，因为在传闻里，鬼姑娘下手的时候，也不分对方是人是鸡。然而，我在巷子尽头的篱笆上发现了这个。"半七一边说着，一边从袖子里拿出了一团手纸，递给庄太。

庄太接过去，打开一看，里面包着几根黑色的兽毛。

"除了这个，我还看到了一些动物脚印。当然，这也不是什么稀奇的事情。垃圾堆附近，本来就容易招引一些猫狗。可是，我又想到了一些别的……"

说到这里，半七压低了声音，凑到庄太耳边，说了几句什么。

"您说得确实有道理。不过，那个鬼姑娘……或者说，那个穿白色浴袍的女孩，到底是什么人呢？难道真是疯子或者傻子吗？如果说不是，那可真是太奇怪了！好好一个人，大白天蒙着头巾，穿着浴袍在街上走来走去，说出来谁都不信。"

"是啊，确实不太正常。不过，其实……"半七又悄悄地对庄太说了什么，庄太听完，渐渐笑了起来，还恍然大悟地拍着手，对半七赞不绝口。

"太对了！就是这样的！您真是太聪明了！"

"既然你也认为是这样，事情就差不多了，就剩下证据了。关于这个，你有没有什么办法？"半七问庄太。

"有！"庄太想了一会儿，肯定地对半七说。

"是吗？"

"是，非常合适。"庄太悄悄对半七说了什么。

"很好，那就这么办吧。"半七听完以后，非常满意地笑了。

两人商量好，饭也吃得差不多了。半七去找一个住在小梅的朋友，庄太继续打探消息，一直到下午四点左右，两个人才又在庄太家会合。

当时巷子里挤了很多人，人们正在给阿作举行葬礼。虽然这母女俩名声不太好，但好歹大家都是邻居，阿作又是横死，的确可怜，所以很多人都去了。庄太的老婆孩子也去了，家里只剩了庄太一个人。

"你这就回来了？"半七对庄太打招呼。

"是啊，刚回来的。"庄太很得意，"您可真厉害，这事十有八九和您猜的一模一样！"

"那就好。我们按计划来吧。"

"好的，只要拿到证据，一切都可以确定了。"

"没错。要是没证据，就算是真的，我们也不能随便说什么。你准备好了吗？我们即将要做的，可不是一件容易事呢！"

"看您说的，哪有那么可怕！"

"可不能轻敌，毕竟对方不是一个人。不过，也不用太着急，你可以先去给阿作送葬，回来再开始也不迟。"

"也好。反正还要一段时间才会天黑，我们先吃个饭再行动吧。"

"好的。虽然现在还不到吃晚饭的时候，但是真到那个时候，还真不一定能吃上饭了。"

"就是，您有什么想吃的？鳗鱼怎么样？"

"没什么特别想吃的，鳗鱼就行。"

两个人吃了点东西。等太阳下山之后，庄太出门去为阿作送葬。半七自己留在房间里。

天色越来越暗，蚊子也越来越多。

"真应该点一些木屑来驱蚊。庄太粗心大意，一定是忘了！我还是自己去找找吧。"半七一边自言自语，一边去厨房找了驱蚊壶和木屑。

刚要点，门外就有个男人喊着："这里是庄太家吗？"

"是的。"半七迎过去，问道，"我是庄太的朋友半七。是庄太请您来的吧？"

"没错。"

"真是麻烦您了。"半七请那人坐下，悄悄地说了什么。

"没问题，我肯定把事情办得漂漂亮亮的。"那人听完之后满口答应。

"既然如此，我们就出发吧。"

半七和那人一起离开庄太家，走上大街，找了个人迹罕至的地方。具体说来，也就是一个寺院的角落。这寺院叫善龙院，很有名，专门供奉弁天神。

这一带的寺院很多，一共有大概五六个，都是瓦顶土墙，院子里种着高大的树木，看起来特别幽静。附近有几条水沟，里面隐隐传来蛙声，显得更加寂寥。虽然这是一个僻静的所在，但偶尔也有行人路过，听声音，应该是去吉原找乐子的。

半七蒙住脸站在黑暗中，那人躲在墙角，尽量把身子往墙上贴，乍一看，就像个蜘蛛似的。

大概过了半个时辰，北边传来了一组奇怪的脚步声。听声音来者肯定没有穿鞋，而且在人的脚步声中，隐隐夹杂着动物的脚步声。虽然声音很小，但是半七听力很好，一下子就听出来了。

"这位姑娘……"半七不动声色地和对方打招呼。

对方什么都没说，一个动物却愤怒地咆哮起来。半七咳嗽了一声，那人马上从藏身之处跳出来，断了来人的退路。

那只动物叫得更凶了。女人见情势不好，拔腿想跑，半七眼疾手快，女人很快被地捉了回来，按在地上。

另一边，那人也制服了那只动物。

这时候，庄太刚好送葬回来。三个人一起把女人带到灯火通明的大街上。仔细一看，果然没有抓错人——正是那个穿着白色浴袍的女人！她本来长得并不难看，却故意把脸画得很白，嘴唇画得很红，还画了两个浓重的黑眼圈，远远看去，真的像个鬼姑娘。

在半七等三人把她押往办事处的路上，她几次装疯卖傻，想要逃走，不过，当她看到庄太手里的黑狗尸体的时候，她也就低头认罪了。

四

原来她是一个驯兽师，本领很是高超，能轻易驱使熊或者狼一类的猛兽。以前她一直在杂技棚或者庙会表演，虽然四处漂泊，但生活也算不错。只可惜她有这么两个毛病，一个是喝酒，一个是偷东西。前者其实也不是什么大事，杂技艺人喜欢喝酒大家都能理解，虽然身为女人，却比男人还爱喝酒，确实让人惊讶，但这也没什么说不过去的。最让人厌烦的是后者。

她爱偷东西是天生的。每逢表演的时候，她一有空闲就什么都偷，不止偷钱，连梳子一类的小玩意儿也偷。一开始，她被人发现以后还能赔礼道歉，再把东西还回去，别人也愿意原谅她。时间一长，她总这么偷东西，也就没有哪个地方再愿意请她表演。这样一来，她只能独自一人四处流浪，最后走到了吉原附近，和一个皮条客成了家。

　　婚后，两个人一起住在孔雀大杂院里。丈夫依然荒唐度日，她也不愿戒酒。两个人过得穷困窘迫，但邻居们谁也不愿意搭理他们。夏天来了，她除了一件白色浴袍，便再也没有别的衣服可穿。她本来就爱偷东西，现在过得这么穷，也就更爱偷东西。每天她什么都不做，就是在街上闲逛，只要有机会，她看到什么就偷什么。大多数时候她都很成功，但也有失手的时候。有一次，她刚把东西摸到手，就被人当场捉住，痛打了一顿。

　　正是因为这次经历，她才想到用动物来保护自己的主意。她从流浪狗里面挑了两只凶猛的大狗，用自己以前的本事训练它们专咬人的喉咙。驯好以后，每次出门偷东西，她都会挑一只大狼狗带上。她在前面走着，狗在后面跟着，但是一直会保持一段距离。

　　尽管如此，但一人一狗的组合也太过显眼，所以她一般都是等天黑再行动。为了避免再像以前那样被人抓到后痛打，她还故意把脸化成像鬼一样，这样，一旦她被人发现，就可以用这张脸吓走失主，趁机逃走。万一被抓到，也可以装成疯子，逃避惩罚。所以，每次她寻找目标的时候，就用头巾把脸蒙上，等到偷东西的时候，她再把脸露出来。至于不穿鞋，则是因为她想尽量隐藏自己的脚步声，能更好地方便作案。

　　第一个被咬死的阿传当时要去仓房拿东西，结果刚好发现这女人在偷东西。阿传想抓住她，结果她就指使狗扑了上去；梳妆铺老板娘之所以会被咬死，也是因为看到这女人在偷东西；不过，阿作的死却不太一样。阿作之所以被咬死，是因为这女人看见阿作在洗澡——阿作身形窈窕，皮肤白皙，她看到了，忽然就动了杀心。

阿作那件事过后，她又去了另外几个地方偷东西，但都没被发现，也就没人再被咬死。附近的鸡频频失踪，也是她指使狗干的。一开始她没想这么做，后来她偶然见到一只狗咬死了一只鸡，才萌生了这个想法。不过，狗咬死了那么多鸡，她自己也吃不完，多的那些，她都卖给了收鸡的铺子。如果没人发现的话，她还打算让狗去抓猫。

在证据面前，这女人只能乖乖认罪。她被判游街，然后砍头，在千住刑场行刑。死了之后，她的脑袋仍然被挂在那里示众。大家知道了她的犯罪经过，纷纷表示好奇，甚至引发了强烈的轰动，毕竟在她之前，全江户城还没有人用这种手法杀过人。

而真正的杀人凶手——她的那两只狗——当晚就被打死了一只，还有一只也被绑去和她一起游街。她死了以后，狗也被活埋在刑台下，只有一颗脑袋露出地面，几天之后也死了。不过，据说从那以后，深夜路过那里的人，十有八九都说曾经听见有狗在哀号。

因为这件事受到牵连的还有她丈夫，虽然他对妻子的所作所为毫不知情，但他妻子之所以会这么做，也和他平时行为放纵不检点有关系，于是，他被关了三个多月之后，永远被赶出了江户。

"这就是事情的全部经过。"半七老人说到这里后停了停，继续说，"一开始我也不清楚是怎么回事，我是看到那个偷鸡的仆人以后才猛然想到，丢失的鸡可能和鬼姑娘有关。后来我又发现了篱笆上的兽毛，才隐约觉得应该是狗干的。因为之前庄太和我说过，吉原那里住着一个女驯兽师，名声很不好，家里还养了两条很凶的狗。这些事情摆到一起，真相就基本可以浮出水面了。只是我们捕快抓人容易，抓狗却难，她身边带着那样一条恶犬，我一个人还真解决不了，所以才让庄太从邻居里找一个强壮的男人帮忙，也就是帮我打狗的那个。那女人死后，还有人风传她是犬神使者，当然有人信，也有人不信。不管怎么样，自从她被捕以后，再也没有人像她那样杀过人了。话说回来，当时的验尸技术也真是不行，如果放到现在，随便一个法医只要看一下伤口，就大概可以判断出那是动物咬的，不是人咬的。可是在过去，办案子哪有这么容易呢？也正是因为这个，这案子才显得这么奇怪，破案的时候也才更让人头疼。"

第十一话　小女郎狐

　　那五个人被熏死之前曾经在山上的陷阱里捉到一只小狐，为了取乐，就一起把它熏死了。当时权十和甚太郎也在场，但是他们没有动手，只是远远地看着。所以，大家觉得那五个人之所以会死得那么蹊跷，是因为小女郎狐在为自己的同类报仇。

一

　　有一次，我和半七老人聊天，忘了聊到哪里，总之说起了有关大冈政谈的事情。关于这个，老人很是讲了一些事。

　　"其实，戏里面演的不能全信。像大冈政谈里面那样，判案的时候，根据法官个人想法量刑，不管在什么时候，这都是根本不可能的。哪怕在江户时代，也有很多成文的刑法，奉行所判案的时候都要依照刑法来决定，而不是法官个人的想法。当然，在具体执行方面是可以变通的，但不管怎么变，大方向都是那样。如果一个人犯了死罪，法官不可能因为同情他就不判死罪。从这一点来看，当时和现在没有什么区别。不过，当时的刑法还比较简单，如果遇到复杂的案子，就没法用刑法做参考了。这时候，也就能看出来一个法官的头脑究竟是不是清楚。如果法官头脑清楚，即使没有刑法可依，也能处理得合情合理，否则就不一定怎么样了。江户这里的奉行所，情况大概就是这样的。地方上的代官所会稍微有一点不同。一般的案子倒也一样，会依照刑法处理，不过，遇到复杂一点的，在量刑方面，不管是像死刑这样的重刑还是流放这样的轻刑，都会上报到奉行所，根据奉行所的意见宣判。考虑到上报上去的这些案子都很复杂，奉行所通常会把它们记在一本小册子上，用作刑法的补充，也算是给日后的判案提供参考。当然，一般人是看不到这本册子的，不过，当时有位与力跟我关系好，让我看过一点。其中有一个案子，案件被命名为'小女郎狐'，真是十分奇特，让我记忆犹新。虽然已经是一百多年前的事了，但我觉得，你应该会很感兴趣的。"

"那我就洗耳恭听啦。"

我饶有兴趣地听半七老人讲了下去。

二

下总国有个地方，名字叫新石下村。这村子挨着山林，一到夜里，就会有野猪下山作乱。为了给村民预警，村长茂右卫门修了个茅屋，派自己家的仆人——十九岁的七助守在这里。当然，白天，七助还是要帮村长干农活的，只是晚上会住在这里。

七助有很多朋友，他们也是村里的年轻人，和七助差不多大。每天晚上，七助几乎都会把他们喊到自己这里来，一群人吃吃喝喝，聊天说笑，或者赌点小钱。对于这些，村长早就有所耳闻，不过他也知道年轻人大多都是这样，于是一直也没说什么。

事情就发生在宽延元年九月十三日晚上。

当时正是后赏月日。傍晚的时候，七助一个人闲着无聊，于是又叫来了六个人，分别叫权十、六右卫门、弥五郎、甚太郎、次郎兵卫、佐兵卫。他们来了之后，一起弄了点酒菜，开始在茅屋里吃吃喝喝，说说笑笑。

"七助，你都喝了这么多，还要喝啊？你要是喝醉了，万一待会儿野猪来了怎么办？"其间有人笑着问七助。

"哎呀，管那么多干什么？我们这么多人，就算野猪来了，恐怕也会被吓跑吧！"七助一边喝一边说。

没过多久，七个人都喝醉了，据住在附近的邻居说，一直到晚上十点左右，他们才渐渐没了声音。本来大家觉得没什么，但是第二天一早，村长没看见七助像往常一样干农活，觉得有点不对劲——七助向来都起得很早。于是，村长就派人去找他。

那人到了地方，见屋里没有动静，只有烟雾源源不断地从门缝里冒出来，也觉得有点不对，于是就去开门。门一开，大量的浓烟涌出来，把人呛得连连咳嗽。等浓烟终于散去，那人仔细一看，屋子里面那七个人在地上或坐或卧，只有权十和甚太郎还勉强剩了一口气，其他人都已经被熏死了。

那人赶紧回去找村长，村长带了几个人过来把权十和甚太郎救醒，问他们发生了什么。可是，这两个人昨晚喝得人事不省，什么都记不得了，只是说喝着喝着就觉得喘不上气，也站不起来了，就像吃坏了东西，食物中毒一样。

大家赶紧检查整个屋子，结果他们在火炉里发现了很多松针，屋子附近也散落着很多松针。考虑到现在天气还冷，大家猜测他们可能是烧松针生火取暖，结果喝醉了，睡觉之前忘了灭火，才酿成了如此惨剧。但是，权十和甚太郎一致坚决否认他们烧过松针，并且说，他们七个人从来都没把任何一根松针带到屋子里。

后来，人们又在炉子里发现了被烧过的青辣椒。到此，事情的真相才露出一点来——一定是有人趁他们喝多了，偷偷走进来，往炉子里加了松针和青辣椒。

然而，那个人为什么要这么做？肯定不是为了偷东西，这茅屋家徒四壁，根本没什么可偷的。是他们得罪了谁吗？也不太可能。结下仇怨的人通常是一对一的，怎么可能是一对七呢？

难道是有人想赶走附在他们身上的狐精？当时，人们确实相信烧松针熏人可以达到赶走狐精的效果，很多地方也确实发生过类似的事情。可是，那个人又是怎么知道他们身上附了狐精的？如果真是为了他们好，为什么要偷偷摸摸的，趁他们喝醉了再动手？

那段时间，村长特地派人调查了这件事，可是查来查去，完全查不出什么。

没多久，有这样一种说法传开了——这几个人之所以会死得这么惨，全是因为得罪了小女郎狐。

小女郎狐，在当地又被尊称为"小女郎先生"，据说是一只法力高强的狐精，自古以来就住在附近。它可以变成人形，也可以变成怪物，还能变出幻象，迷惑众人。虽然没人亲眼见过它，但是附近的人们从来都没有怀疑过它的存在。那五个人被熏死之前曾经在山上的陷阱里捉到一只小狐，为了取乐，就一起把它熏死了。当时权十和甚太郎也在场，但是他们没有动手，只是远远地看着。所以，大家觉得那五个人之所以会死得那么蹊跷，是因为小女郎狐在为自己的同类报仇。所以，传言一出，很多人都相信了这个说法。

验尸后，仵作也证实他们确实是被熏死的，于是这件事也就算了。

按照当地风俗，在一个晚上，他们的尸体被葬在了附近的高岩寺里。据说他们下葬的时候很是恐怖，附近一直飘荡着很多鬼火，就像这五个年轻人冤死的鬼魂一样。

代官所的宫坂市五郎知道了这件事，找来常陆屋长次郎，想让他查一查到底是怎么回事。长次郎是取缔巡回捕吏，已经快六十岁了，连一对长长的眉毛都完全变白了，就像画里面常见的老和尚一样。他有个外号，叫老狸子。市五郎找他的时候，他刚去参加完亲戚的葬礼。

"最近天气已经变凉了啊！"长次郎对市五郎打招呼。

"是啊，白天越来越短了。"市五郎回应着。

"你最近还是很忙吧？"长次郎坐下来，一边往烟管里装烟，一边对市五郎说，"那件事我也听说了，不过，我就只知道出了事，具体是怎么样，还是不太清楚。"

"死了五个人，还有两个没死。"市五郎简单把事情向长次郎讲了一下，"我也只知道这些。现在，八州的人正在调查，但是，查到什么地步，我也不清楚。"

"我也听说过小女郎狐的事。不过，我不太相信是它干的。毕竟它是不是真的存在都没法确定，或许只是传说呢……你觉得呢？"长次郎听完以后想了很久，才说。

"我也说不好，"市五郎面露难色，"现在只能确定这几个人是被浓烟熏死的。至于是被人熏死还是被狐熏死，谁知道呢？虽然没死的两个人坚持说他们没烧过松针，但当时他们都醉成那样了，谁又知道他们说的话到底可不可信呢？"

"所以，你想让我查清这件事？"长次郎笑了笑，"让我去查倒是挺合适的。对方是狐精，我是老狸子，也算是它天生的对头吧！既然你这么信任我，我就接下这个案子。你就等着吧，过不了多久，我就能把它彻底查清楚。"

长次郎想了一下，觉得应该先去高岩寺看看那五个年轻人的墓，说不定会发现一些什么。于是，告别市五郎后，他直接去了那里。

墓地的路上落了很多叶子，有的是旁边的树落下的，有的是被风从远处吹来的。半空中飞着很多蜻蜓，透明的翅膀在阳光下，隐约反射出七彩的光泽。寺里很冷清，院子里只有银藏一个人在。他弯着腰，前额上绑着手巾，正在整理冬天准备用的柴火。

银藏是这里的仆人，已经有些年纪了。

"忙着呢？"长次郎走进来，对他打招呼，"天气越来越冷了，柴火这种御寒的东西还是多准备点好。"

"是啊，真是冷！明明是秋天，竟然和冬天都差不多了，地上都结霜了——就是九月十三之后冷下来的。"

"也许是因为那件事吧……"长次郎含糊地说着，"真是不幸。马上就要收庄稼了，一下死了五个壮劳力，他们的家人除了伤心，应该也很烦恼吧。我前段时间出门了，最近刚回来。这件事情，是代官所的宫坂先生告诉我的。话说回来，那几个年轻人死后都被葬在了这里？"

"没错。他们都是本地人，按照惯例，死了人，世代都会埋在这里。不过，他们这五个人……确实让人心烦。"

"怎么了？"

"虽然他们已经付出了生命的代价，但小女郎还不肯放过他们。最近这十天，每天早上，小女郎都把他们的墓前搞得乱七八糟的，不仅把新立的卒塔婆拔了出来，还把供奉的花草扔得到处都是。这让我很难办。他们的头七就要到了，他们的家人会来扫墓，看到墓被搞成这样，肯定会埋怨我的。我可不想听他们的埋怨，所以每天早上我都会把东西重新收拾好。然而一点用都没有，过了一晚上，第二天早上还是那样，真是让人特别无奈。虽然今天我还没去看，但是肯定也不能好到哪儿去。如果是鬼怪作祟，我还可以请住持做做佛事，现在这种情况，谁都没办法。就我而言，就是觉得它这么做有点过分了。人死都死了，何必做得这么绝呢？但我真是做不了什么！昨天，佐兵卫的哥哥善吉来扫墓，我已经把这个情况和他说了。我真不想再和小女郎耗下去了。我一个普通人，怎么能耗得过它？这段时间，我也真是尽力了，以后，它想怎么闹就怎么闹吧，我是管不了了。"

"你也相信是小女郎干的？"

"不然还能是谁呢？毕竟是他们先熏死了小狐，小女郎来复仇也是情理之中的事。就连他们的家人，都对此深信不疑，不想追究什么了。更何况，村长也派人查过，什么也没查出来。如果说不信，现在也只有善吉不信了，但他也找不出什么证据。"

"能带我去墓前看看吗？"

"没问题。"银藏说着，带长次郎走了过去。

然而，事情并不像银藏刚才说的那样。几个人的卒塔婆都稳稳当当地立在那里，花草也一点没有被动过的痕迹。

"这是怎么回事？难道小女郎终于不生气了？"银藏很意外。

"也许吧。"长次郎蹲下来，借着明媚的阳光，仔细地查看了一下其中一支卒塔婆，然后转头问银藏，"你昨天没有把它擦干净？我记得你以前做事一向很细心的，现在是因为年纪大了，力不从心吗？"

"也没有。我之所以没擦，是因为昨天寺里有葬礼，这里只有我一个仆人，忙前忙后，又是泡茶又是生火的，也就没来得及擦。"

长次郎点了点头，又在周围查看了一会儿。他看得很仔细，不仅每一个卒塔婆都看了，还踢开了地面上的落叶，看了一下下面是不是有脚印。

做完这一切以后，他本来想离开，目光却忽然落在了角落里的一座墓上。

那墓看起来也很新，前面摆着一大捧新鲜的野菊花，一看就是最近新供奉的。

"那是谁的墓？"长次郎问银藏。

"小夜。"银藏叹了口气，"真是可怜。"

"原来是她。我听说过这个女孩。她什么时候死的？"

"上个月十五那天晚上。"

"怎么死的？"

"据说是跳河自杀的。"

"真的吗？我记得她脾气一直很温和，怎么会突然自杀呢？"

"不知道。其实她到底是怎么死的，我也不知道。有人说她是自杀的，有人说她是摘芒草的时候不小心掉进河里的。还有一些别的说法，谁知道到底是怎么回事呢？"

"别的说法？是什么？"长次郎一边问着，一边仔细打量着四周。

"人都死了，那些是非，我看还是不要说了吧！真是太可怜了，这么年轻的姑娘……"银藏絮絮叨叨地说着。关于小夜死因的传闻，他却始终不肯再多说一句。如果是别人，长次郎可能还有耐心套上几句话，但是，他很清楚，如果银藏不想说出什么事，不管怎么问，都是没用的。

小夜的死，确实让人很疑惑。为了弄清楚这件事，长次郎离开寺院以后去了村里的一家茶馆。茶馆前面有棵大树，长得枝繁叶茂，很能遮阳。不过，这里也不算正规的茶馆，就是一个平时卖杂货、糕点，连带着让人歇歇脚、喝喝茶的地方。铺子很小，里面只有一张凳子。

老板娘见长次郎来了，先是泡了壶茶，又把糕点端了上来。

喝了会儿茶，和老板娘寒暄了几句，长次郎开始切入正题。

"我也不是本地人，就是有时候办事偶尔经过这里。听说最近有个姑娘淹死了？是叫小夜吗？"

"是啊！真是很可怜呢！那孩子长得好看，为人也本分，特别孝顺母亲，人们都很喜欢她。谁想到那天晚上去摘芒草，不小心就……"

"她多大了？"

"十九岁。"

"既然已经十九岁了，肯定也知道正月十五要用芒草。为什么不早点采回去，而要等到天黑才去？"

"谁知道呢！"

"你刚才说她长得好看，又是这样的年纪，难道她没有什么意中人吗？我可是听说过一些说法呢。你呢？"

"您真的听说了？"

"是啊，消息总是传得很快，到底是自杀还是不小心，明眼人都看得出来吧？而且，我在高岩寺也打听到了一些事。"

"真的吗？是从住持那里，还是银藏那里？"

"都无所谓了。"长次郎笑着看向老板娘，"传了这么久了，从谁的嘴里说出来，还不是一样的事。你天天住在这里，还能真的不知道？"

既然长次郎做出一副什么都知道了的样子，老板娘也就把一切都说了。

三

原来，小夜的父亲是当地的农民，因为家里穷，很早就病死了，剩下小夜母女三人相依为命，日子也过得很困难。小夜的母亲是个瞎子，今年四十多岁。小夜的妹妹叫阿竹，比她小五岁。平时，小夜在村长家的厨房里做女仆，阿竹在另一个地方工作，离这里也不远。

小夜从小长得就漂亮，大了以后更是美貌。也正因此，村里总有一些年纪相仿的小伙子开她的玩笑，或者想调戏她、占占便宜，但小夜很看重名节，从来都不理他们。

旁边的村子里有户人家，父亲叫平左卫门。儿子叫平太郎，今年二十岁。他们听说了小夜的品性和美貌，托高岩寺的住持当媒人，希望能把小夜娶过去，还说连带她母亲也可以一起过去，对方一定会好好对待她们母女。

本来小夜也很乐意答应这门亲事，但是，没过多久，村里突然起了这样的谣言——

一天晚上，小夜离开村长家，打算回自己家。天已经很黑了，半路上，一位陌生的年轻人突然出现。那人看起来像寺院里的仆人，长得很英俊，好像和小夜很熟悉的样子，两个人相视一笑，拉着手就跑进了树林里。还有人说，曾经在麦田里也看到过他们。大家都相信，那年轻人就算不是小女郎狐，也肯定是其他的狐精，还说小夜肯定已经怀了狐精的孩子。

谣言越传越广，平左卫门听说了，当下取消了亲事。高岩寺的住持倒不相信这件事是真的，还要查出到底是谁在传播谣言。只是，还没等他把人抓出来，三天后，小夜的尸体就出现在了河里。

本来，长次郎想打听这件事，也只是觉得小夜的死一定另有隐情，却没想到竟然也和小女郎狐有关。

"真是太不应该了，怎么能这样轻信谣言呢？要不是平左卫门这么草率，随便取消婚事，小夜也许也不会死吧？"长次郎感叹道。

"是啊。可是又能怪谁呢？只能怪小夜自己运气不好吧……"老板娘深有同感，又吐露了另外一件事，"其实平太郎也挺可怜的，他倒不像他父亲那样相信谣言，还表示，不管谣言是真是假，他都要把小夜娶回去。但他家里包括他父亲在内的长辈们都坚决阻拦他这么做。他们觉得，让平太郎娶这样一个名声被败坏的女人，实在有辱门风。更何况，要真是娶了小夜，还得供养她那瞎眼的母亲，真的很不划算。平太郎势单力薄，拗不过他们，最后只得作罢。也正是因为这件事，平太郎得知小夜的死讯后，坚持认为小夜是因为亲事被取消才自杀的，甚至还觉得一切都是小女郎狐造成的，所以最近要背着镰刀要去找小女郎狐报仇呢，幸亏被他家人及时拦住了。其实，平太郎的精神已经不太正常了，虽然还不是很疯，但在一般人看来，也和疯子差不多了。"

"这么说来，的确挺可怜的。"

"也许，事情还真和小女郎狐有关呢！"老板娘压低了声音，悄悄地说道，"前几天的那个命案，您应该也听说了吧？据说也是小女郎狐干的。"

还没等老板娘说完，本来在门前啄食的麻雀忽然飞了起来。长次郎扭头去看，发现树后慌慌张张地走出一个人，看样子有二十五岁左右，低着头，无精打采的，一点精神都没有。

"他是这里的人吧？"长次郎问老板娘。

"是。他就是佐兵卫的哥哥，善吉。"

"啊，原来是他。"长次郎点点头，想起银藏说的话，站起身来，和老板娘开起了玩笑，"既然你也这么相信小女郎狐，可一定要当心呢！虽然你已经上了年纪，但是看起来还是很有风韵的，说不定也会被它看上呢！"

"看您说的，还是别取笑我了吧！"

考虑到这里也没有别的熟人，长次郎付了茶钱以后就回了代官所。午饭后，他又去了平左卫门所在的村子，向人们打听了一下关于平太郎的事。

平左卫门家确实很殷实，虽然只是农民，但是他家的大门很气派，院子也很大，里面有棵柿子树，上面挂满了柿子，有些已经成熟了，有些还没有。

据村子里的人说，平太郎确实已经精神失常了。虽然他平时挺温和的，但自从小夜出事后，他前后有好几次离家出走，变得疯疯癫癫。尽管家里人拼命想隐瞒这件事，可是一切完全没用，大家已经都知道了。并且，关于这件事，最普遍的说法依然是和小女郎狐有关——小夜本来是小女郎狐看上的女人，可平太郎却要娶小夜，小女郎狐不想让这样的事情发生，才会干脆杀死小夜，然后附上平太郎的身，让他发疯。

既然平太郎已经疯了，那他离家出走的时候都去了哪里，做了什么？关于这些问题，平左卫门家的长工表示，九月十三那天晚上，平太郎趁深夜跑出去，去了河边。

长次郎正和长工聊天的时候，里面忽然跑出来一个脸色苍白的年轻人。

"走吧，快跟我走，我们一起去杀了小女郎！"他跑到长次郎面前，招呼道。

一听这话，长次郎一下就明白了，这一定就是平太郎本人。

"不仅要杀小女郎，还要杀六右卫门和佐兵卫！正是因为他们散播谣言，小夜才会死！"平太郎恨恨地叫着，像极了一个疯子。

长次郎打听完消息之后没有回家，而是一直在新石下村游荡着，似乎在等待着什么。

也正是那天晚上，新石下村又出事了。

善吉和佐兵卫还有个妹妹，名字叫阿德，今年十五岁。阿德和佐兵卫关系很好，佐兵卫死了以后，她很伤心，一直闷闷不乐的。

这天晚上，她出门给善吉买酒，回家的路上，本来就因为害怕，一路小跑，没想到半路窜出来个东西，特别凶狠，伸手就抓她的脸。阿德被抓伤，吓得一声惊叫，连酒瓶也扔了，飞也似的逃回家。

善吉一看，发现妹妹的脸和脖子上都在渗血，伤得很严重，特别生气。

"一定是小女郎狐干的！它杀了佐兵卫还不算，现在又要杀阿德了！"

也不知道消息是从哪里传出去的，没几个小时，大家就都知道了。本来银藏也想出门买点酒，听到这件事，不禁站在门口犹豫起来。

"我能不能在你那里住一晚？"

就在这时，长次郎从身后拍了他一下，问道。

"可以，没问题，跟我来吧！"

银藏一开始还挺害怕，一看是长次郎，马上松了口气，毫不犹豫地答应了。

"你不是要出门吗？"长次郎问。

"嗯。想买点酒喝，不过，现在还是算了吧。"

"别啊，我请你，去吧。"

"不用了，还是算了吧。"

"怎么？难道你也怕小女郎狐？"

"怕倒不怕，就是心里不舒服嘛！再说了，今晚也太黑了，光线不好，还是不要出门了。"银藏一边说一边转身带长次郎回了寺院，走进自己的小房间。两人先是坐在那里聊了一会儿，将近十点的时候，长次郎站起来，用手巾把脸蒙住，悄悄走进寺院的墓地，找了个大石塔，静静地躲在后面。

虽然今晚没有月亮，但星星还是很多的。没有风，天气很凉，草丛里全是露水，偶尔传来几声蟋蟀的叫声，有气无力的。

一个多小时后，身后的小坡上响起了脚步声。

长次郎屏息静气，回头看去，只见一个小黑影钻进了篱笆，往这边走来。

小黑影越走越近，但是，当它路过一个石塔的时候，一个大黑影突然跳出来，扑向了小黑影，和它纠缠到了一起。

长次郎见状，赶紧也跳出去。他想先抓住大黑影再抓小黑影，但大黑影身强力壮，太难抓了。小黑影趁大黑影和长次郎打斗的时候也想逃跑，还好长次郎眼疾手快，功夫了得，没几下就制服了他们，吹响了警笛。

听到警笛声，早就等在那里的银藏点着火把过来了。

"哎呀，原来真的是你们！"

见到小黑影是阿竹，大黑影是善吉，银藏不由得大吃一惊。

"说吧！这么晚了，你来这里干什么？"长次郎先问阿竹。

"扫、扫墓……我想姐姐了。"阿竹回答。

"真的吗？"

"真的。"

"既然是真的，你过来！"长次郎把阿竹带到弥五郎墓前，拔出卒塔婆，看向阿竹，"把手伸出来。"

阿竹虽然不知道长次郎要干什么，还是顺从地伸了手。长次郎一把抓住她的手，按在卒塔婆上，似笑非笑地问："既然你只是来为你姐姐扫墓，为什么你的手和弥五郎墓前的卒塔婆上面的泥手印分毫不差呢？我看，最近这段时间，来这里捣乱的恐怕不是小女郎狐，而是你吧？"

阿竹慢慢低下头，却不说一个字。

"白天的时候我就发现了这里的泥手印，但是，我觉得有点奇怪。因为手印太小了，就是个孩子的手印。一个孩子怎么会干出这种事呢？我实在不太相信。但是，我还发现他们的墓前的落叶下面都有很小的脚印，于是，我也就不得不怀疑自己的判断了。现在，你老实告诉我，到底是不是你做的？还有，茅屋里那件事，和你有没有关系？你要是不说实话，我就把你母亲抓到牢里！"

一听长次郎这么说，阿竹忽然哭了起来。

"如果真是你干的，现在又被抓住了，那你还是老老实实说了吧。"旁边的银藏开口劝阿竹道。

一开始，阿竹还是什么都不说，于是，长次郎转头问起善吉："这么晚了，你又来这里干什么？"

"我本来就不相信是小女郎狐熏死我弟弟的，但是，直到今天中午之前，我也没想出凶手到底是谁。我无意间听见你和茶馆老板娘聊天，才觉得可能是平太郎干的。我又想到昨天银藏和我说起小女郎狐在墓前捣乱的事，觉得这些也有可能是平太郎干的。没想到，还没等我去找他算账，今天晚上，我妹妹阿德也被所谓的狐精抓伤了！家里人接二连三地出事，又知道小女郎狐在这里出没，所以我想来这里看个究竟，这也没什么问题吧？其实，我昨天晚上就来过，只可惜一直等到天亮，小女郎狐也没有出现。"

四

实际上，这件事情本来就和善吉没什么关系，真正的凶手也不是所谓的小女郎狐，更不是善吉口中的平太郎，而是十多岁的阿竹。

当初，小夜出事后，阿竹火速回家奔丧。虽然她一直不在家，但她对姐姐的亲事也有所耳闻。她隐约觉得，姐姐的死肯定和这门亲事有关。但是，当她问起母亲姐姐是怎么死的时候，母亲也说不清楚，只是每天坐在那里伤心流泪。

后来，阿竹从佛龛里发现了一封遗书。那遗书是小夜亲手所写，里面原原本本地交代了她打算自杀的原因。

就是这封遗书，彻底验证了阿竹的猜想。

原来，七助、权十、甚太郎、弥五郎、六右卫门、佐兵卫、次郎兵卫这七个人一直对她颇有好感，屡次调戏她，因为她一直不理他们，所以这几个人怀恨在心，又知道邻村有人想娶她，就四处散播她和小女郎狐有染的谣言，搅黄了这门亲事，毁坏了她的名声。她觉得自己没脸活下去了，又拿不出证据证明那几个人说的是假的，只好一死了之。

阿竹性情刚烈，看完遗书后顿时怒火中烧，愤恨无比，发誓要为姐姐报仇。但她一个手无寸铁的小姑娘，如果明着来，怎么能打得过七个成年的男人呢？于是，她一直装作若无其事的样子，偷偷在暗中观察他们。直到那天，她看见他们聚集在茅屋里，一个个都醉得不省人事，才猛然想起用烧松针熏人的办法。所以，她也就真的那样做了。

事发以后，本来她是想去自首的。虽然附近没有人知道是她干的，可她并不想隐瞒自己的罪行。但是，一想到如果自己真的去自首，家里便剩母亲一个人孤苦伶仃地生活，老了也无人奉养，实在可怜。所以，她想了又想，还是决定暂时躲在家里。

第二天早上，这件事被人们发现，大家都觉得是小女郎狐前来复仇，阿竹见状，不禁松了一口气。为了让大家更加确定是小女郎狐所为，她想出了趁夜潜进庙里、在墓前捣乱的方法。这么一来，大家果然更相信是小女郎狐干的了。

可是，凡事总有例外。比如善吉，他便死活不信这些事情就是小女郎狐所为。为了能让善吉也相信是小女郎狐闹事，她才躲在路上，抓伤了阿德。

"我之所以隐瞒到现在，除了想继续奉养母亲，也是因为其中五个人虽然已经死了，但权十和甚太郎还活着。因此，我还不算完全为姐姐报了仇。"

最后，阿竹这样说。

因为之前从来没有遇到过这样的案子，代官所不好轻易判决，于是派人到奉行所来问。一个月后，奉行所给出回复：那七个人故意散播谣言，中伤小夜，导致小夜跳河自杀，着实该死。不过，考虑到其中五个人已经被熏死了，所以不再追究，剩下的那两个，也被判处死罪。

阿竹身为柔弱少女，却智勇双全，一心为姐姐报仇。本来也算是情有可原，但她祸乱墓地、抓伤阿德，也是无可争议的事实。最后，她被勒令离开家乡，永远不许再回去。考虑到她一旦离开，她的母亲无人奉养，奉行所也规定，她走以后，村长必须代替她奉养母亲，直至老人死去。

没过多久，甚太郎和权十就被执行了死刑。这两人虽然侥幸没被熏死，没想到最后还是死了，真是善恶有报。

后来，阿竹离开了村子，去了水户城下工作。她走以后，村长也确实按照判决，把她母亲照顾得很好。

只是，从那以后，那里的人们就不再相信小女郎狐的传说了。

第十二话　水沟里的狐尸

　　离时光寺不远的地方还有一座寺庙，叫无总寺，寺内的男仆每天都有早起的习惯。也正是英善失踪的第二天，他在寺前的大水沟里发现了装扮和英善很像的人。但是，淹死在水沟里的并不是人，而是一只穿着袈裟的老狐狸！

一

"说起狐狸，我曾经办过这样一件案子，也和狐狸有关。"半七老人笑着对我说。

那是嘉永二年的事了。当时正是秋天，一天，寺社奉行所接到了一个十分离奇的案子。据说，不知道什么时候，时光寺的住持英善竟然变成了一条老狐狸。

其实，如果用现在的眼光来看，这件事实在很荒唐。但是在当时那种环境下，这种事可不是什么新鲜事。那时候，这些传闻遍地都是。更何况，既然都有人来报案，寺社奉行所好歹也要查上一查，看看到底是怎么回事才好。

时光寺就在江户谷中。它虽不是什么大寺，但是因为建寺时间久，等级也不低。英善是在三十四岁那年成为这里的住持的，如今，距离他成为住持已经过了七个年头。七年中，他的名声向来很好，也把寺里的事情管得井井有条。

寺里除了他还有其他三个人，一个是他徒弟，叫英俊，今年十三岁；一个是做杂役的和尚，叫善了，二十一岁；还有一个是用人，叫伴助，五十五岁。

因为上了年纪，伴助的听力不是很好，不过，因为他为人向来老实本分，英善一直很喜欢他。平时，几个人在寺中安静地生活，一直也没有发生过什么意外。没有料到，这一次，英善竟然变成了老狐狸，还死在了外面！

这实在不是一件普通的事。

消息很快传开了。每个听到这件事的人都感到很震惊。毕竟，事发的前一天，英善还像平常一样带着徒弟英俊去根岸的家具铺伊贺屋做法事。只不过，快到晚上十点的时候，英俊独自回来了，还说师父要去别处办点事，让他自己先回来。本来也没人怀疑他的话，但是，大家一直等到深夜，英善都没有回来，这就让人很担心了。

最担心英善的就是伴助了。他提灯出门找了好几次，希望能够在半路遇到英善，但是，一夜过去了，他却连英善的影子都没见到。

离时光寺不远的地方还有一座寺庙，叫无总寺，寺内的男仆每天都有早起的习惯。也正是英善失踪的第二天，他在寺前的大水沟里发现了装扮和英善很像的人。但是，淹死在水沟里的并不是人，而是一只穿着袈裟的老狐狸！

男仆看到这一幕后很是吃惊，赶快对其他人说了。很快，消息就传到了时光寺。

万万没想到，几个人度过了不安的一晚后，等到的却是噩耗！几个人震惊伤心之余，赶紧去看，发现被淹死的的确是只老狐狸，但是，不管是身穿的袈裟，还是身边掉落的念珠以及《观音经》，都和英善平时所用的相符。不仅如此，狐尸边上的《观音经》上还清晰地写着"时光寺"三个字。

英善自始至终都没有回来，他的东西又全部出现在这里。一切似乎表明，眼前死去的老狐狸正是英善本人。

可是，英善怎么会变成狐狸呢？难道他昨晚碰到了狐狸精，被抢走了东西？还是他其实很早就失踪了，人们看到的英善一直都是老狐狸冒充的？

没有人知道真相究竟是什么，所以时光寺这边也只能据实上报。

寺社奉行所接到报案后马上展开了调查。时光寺内所有人都被传唤了，还有最先发现怪异尸体的无总寺男仆以及请英善去做法事的伊贺屋里的人，都被叫了过去，受到了严厉的审问。

"我没觉得有哪里不对的。只有一件事比较奇怪，发现尸体前的深夜，寺前总是传来狗叫声。我想，也许是因为那些狗发现了假冒住持的老狐狸精，拼命驱赶它，所以老狐狸精慌不择路，才会不慎掉进水沟，最后淹死了。"无总寺的男仆回忆道。

"确实，住持最近突然很讨厌狗，他以前不是这样的，讨厌狗也就最近一两个月的事儿。这点真的很奇怪。"时光寺的杂务僧说。

请住持做法事的伊贺屋则表示，当晚住持的举动没有可疑的地方。那么，根据男仆和杂务僧的证言，基本可以推断，老狐狸精极有可能是在今年夏末的时候开始冒充住持的。除此之外，再也无法从这些人口中找到其他线索。

不过，寺社奉行所的人依然觉得这件事很怪异，所以打算找一找英善住持的尸骸。然而，他们翻遍了时光寺的地板和仓房，连院子里的大树下也没有放过，但是一无所获。他们不仅没有找到尸骸，连和尸骸相似的骨头也没有发现。

如此一来，调查陷入僵局，只好暂停。

二

九月末，半七的邻居不幸死了，葬在谷中的某个寺庙里，半七也参加了葬礼。不过，不到下午四点的时候，他就先走了。

当时接连好几天都是阴天，路上十分冷清，天还没有黑，森林中就传来了狐狸的叫声。

此时，半七突然想起了轰动一时的"时光寺事件"。他虽然和寺社奉行所没有直接联系，但毕竟身为捕快，听说了这样的怪事，总会格外留意一些。

半七边走边想，最后来到某寺的土墙边，看到了一个十几岁的小和尚。那小和尚正趴在土墙的水沟边，好像在找东西。本来半七不打算多管闲事，但是，他无意间看到了寺门的牌匾上写着"无总寺"三个字，就想起来老狐狸精的尸骸正是在这里发现的，于是打算走过去问问情况。

"小和尚，你在找什么？"半七问。

小和尚一门心思捡东西，丝毫没有注意到半七说的话。可是他还太小，摸不着沟底，情急之下，竟然想脱掉木屐跳下去。

"哎，小和尚，你到底在找什么，我可以帮你呀！"半七又说。

小和尚这才扭过头，看了看半七，却还是没有说什么。既然如此，半七只好蹲下来自己看。

其实，沟底的水很浅，沟边已经露出了湿泥，布满苔藓的碎石缝隙中，依稀垂落着几株野草。

半七环视了一圈，却只看到了一样东西，于是指着那样东西问小和尚："那就是你想捡的东西？"

小和尚仍旧没有说话，只是默默地点了点头。其实把那件东西捡上来对于小和尚来说很困难，但是对于半七来说还是轻而易举的。他俯身下去，一只脚踩在碎石上面，一只手抓紧草根，另一只手伸进沟边的湿泥中，没一会儿，一尊由发黑金属做成的小佛像出现在眼前。佛像不大，不足两寸，但却很重。

"这是你掉的？"半七把沾满湿泥的佛像递给小和尚。

小和尚像接过一件宝物一样，把佛像小心地捧在法衣的袖子上。

"你是无总寺的吗？"半七接着问。

"不，我是时光寺的。"小和尚终于说话了。

"哦，原来是时光寺的……"

半七重新打量了眼前的小和尚。他有一双大眼睛，皮肤白皙，看起来很伶俐的样子。

"就是前段时间住持失踪的时光寺吧？"

"是的。"

"那，这佛像又是怎么回事？"

"这佛像很可能是我们寺的。"小和尚看起来很犹豫，过了一会儿，才开口说。

"时光寺的佛像怎么会掉在无总寺前的水沟里呢？"

半七一边询问，一边留心观察小和尚的表情。小和尚仍旧是一副不能确定的疑惑模样，并不打算作答。半七猜测，这尊佛像一定和失踪的时光寺住持有关，就又接着问："听说你师父的尸骸就是在这里被发现的？"

"没错。"

"这样说来，你师父跌落水沟时，这佛像也一起掉进去了？"

"可能吧。"

"你还是别遮遮掩掩了，我希望你能老实回答我的问题。"半七的语气变得有些严厉，"我是一名捕快，虽然和寺社奉行所主管的范围不同，但既然碰到了这样的事情，就不会坐视不理。事发的前天晚上，你师父身上带着佛像吗？"

小和尚一听半七亮明身份，态度立刻变了，不管半七问什么，他都据实回答，毫无迟疑。

原来，他就是时光寺的英俊。和师父一起外出做法事的那晚，他们诵经结束后，本来是一起回来的，但是中途师父说要去别的地方办点事，就让他独自回去了。他向来听师父的话，也就没有多想。但是，万万没有想到，第二天早上，有人在水沟里发现了老狐狸精的尸骸和师父的衣物用品。师父死得蹊跷，他也怎么都想不明白这是怎么一回事。刚好最近有很多天没有下雨，水沟变得干涸，今天他又无意间路过这里，看到泥巴中浮现的佛像，就想捡上来看看。

"这佛像是否就是时光寺内的秘佛，这一点我不能确定。毕竟我来寺里五年了，也只拜过它三次。听说，这尊秘佛是从别的国家传来的，体内还藏着一尊更小的金佛。这尊佛像很贵重，所以师父一向都慎重保管。现在想来，当时，佛像应该是被师父藏在袖子里，他跌落下去的时候，也跟着滚落到水沟里了。"

"既然这佛像很贵重，那你师父为什么要在做法事的时候把它带出去呢？"半七感到很疑惑。

"我也不知道。但是，既然我们现在已经找到了佛像，那么师父是狐狸精的说法就完全不可信了。"英俊很肯定地说，"不管是狐还是狸，都对佛陀十分畏惧，它们是不可能随身带着佛像的。"

半七也认为住持的确不是被狐狸精冒充的，只是，他和小和尚的想法不同。

"住持……师父……他……"小和尚突然痛哭起来，双肩因为抽泣而颤抖不已，眼泪不住地滚落到佛像上。

"别哭，"半七把手搭在英俊的肩头，"这里也不是能随便说话的地方，如果你想把这件事查清楚，还你师父一个清白，明天去神田三河町找我。只要说出半七的名字，就能找到我家。相信我，只要你把知道的一切都详细地告诉我，这件事很快就能水落石出。"

第二天，英俊果然去找了半七，并且把和师父相关的所有事情都如实告诉了半七。临走的时候，半七指示他密切关注安藏寺那几个人的动向。

之后，半七很快换好衣服，一刻不停地赶到寺社奉行所，征得了他们的许可，似乎要着手做一件很重要的事情。

第三天，他回到家后，立刻把松吉和龟八叫来，吩咐两个人为远行做准备。中午的时候，小和尚英俊又来了，说安藏寺的几个人雇了一顶轿子，昨天早上已经离开。

"既然如此，我们也要赶快出发，已经晚了一天了！"半七考虑到小和尚是很重要的见证人，所以必须带上他。但他年纪小，体力有限，如今又着急赶路，不一定能吃得消，于是雇了四顶轿子，几个人下午两点就出发了。

一路上，半七再三催促轿夫快一些，此行目的在于追人，一刻也不能耽误。

当晚，一行人赶到府中，第二天凌晨四点，他们就起来继续赶路。一路上，四人都搭轿赶路，半七和两名手下尚能支撑，但小和尚是第一次出远门，半七担心他体力不支，所以每到一处休息点就对他格外照顾。但英俊一心只想尽快把师父救出来，从不示弱，连半七的手下都觉得他十分坚强。

晚上八点多，四个人来到了鸟泽。因为下雨的缘故，轿夫也疲累不堪，只能提前结束行程，打算在宿驿内找个旅馆休息。

雨越下越大，又这么晚了，很多旅馆已经关门了。走到宿驿大道时，半七突然看到左边一家旅馆门前停了一顶轿子，看样子也是刚到。轿子旁边站着两个人，其中一个人好像在和旅馆掌柜商议什么。看出来，这几个人都是和尚，半七立刻让轿夫停下，又招呼松吉和龟八下轿，小和尚听到动静也下了轿，四个人一起朝着小旅馆跑去。

就在这时，其中一个和尚认出了英俊，顿觉大事不好，慌张地看向其他伙伴。然而，松吉和龟八早已将他们围住。

"抱歉，请问轿中坐的是什么人？"半七问得很恭敬。

但是，两个和尚你看看我，我看看你，显得特别紧张，根本没有作答的样子。

既然如此，半七只好一边表示抱歉，一边强行掀开了轿帘。

只见里面坐着一个和尚，身穿白衣。正是失踪已久的时光寺住持英善。

"师父！"英俊看见英善，连忙拉着他的袖子，跪倒在地。英善看起来也很激动，却什么都说不出来，因为他已经被人下了哑药，一个字也说不了了。

三

"事情发展到这一步，你总该明白了吧？"讲到这里，半七老人终于吐露了真相，"其实，之所以会发生这种事，完全是因为内部起了冲突。安藏寺是总寺，在下谷坂本，它在江户还设有一些分寺。总寺的人大多属于拥护派，分寺的人大多属于反对派。两方明争暗斗、互不相让已经很久了。总寺的和尚这次来江户，就是为了让江户的反对派归顺自己。英善刚好属于反对派的一个小头目，一直非常顽固地反对总寺。并且，他已经决定，如果拥护派的态度继续强硬下去，他就要上报寺社奉行所，把一切都公之于众。总寺的拥护派当然不希望发生这种事，所以，为了能让英善老实一点，就派人来劫持英善，想把他软禁到总寺里。其实，如果想办得更干净，最好的办法当然是直接杀掉英善。但大家毕竟都是出家人，做不出这样的事。"

"既然如此，那具狐尸，不过是总寺的那几个和尚弄的障眼法？"

"是。说到这个，也真是够难为他们了。他们自己也清楚，如果一个寺庙的住持无缘无故地就失踪了，肯定会引起寺社奉行所的注意，不可能轻而易举地瞒过去，所以才想了这么个法子。虽然这个办法看起来蹩脚，不过他们也真的差点糊弄过去了。"

"那个佛像又是怎么回事？真的是住持掉在那里的吗？他只是去做法事，为什么要带那么贵重的东西？"

"为了筹集经费。不管在什么时候，想要做出一点事情来，都是需要一些钱的。英善作为出家人，又只是一个小庙的住持，能有多少钱呢？但他又不愿意向总寺屈服。必要的时候，他还打算上报寺社奉行所，但那也需要一大笔钱。所以，为了弄些钱，他打算把那个佛像抵押给伊贺屋。只是这事说出去毕竟不大好，所以需要暗中进行。做法事那天正是个好机会。只是当时有很多人在场，他想了又想，顾及面子的问题，还是不好开口，只好在回去的路上支开英俊，打算自己原路折返，和伊贺屋再谈这件事。没想到，他还没走到地方，就遇上了总寺来抓他的和尚。"

"后来呢，这件事是怎么处理的？"

"总寺一共有十一个和尚来了江户，其中七个人只是来交流佛法，和这件事没关系，所以也就没怎么样。真正来办事的只有四个人，事后都被寺社奉行所抓了起来，其中两个人被收押之后没多久就死了，另外两个被流放了。受到牵连的还有善了，那个在时光寺做杂役的，因为给总寺通风报信，被时光寺除名了。不过，为了不把事情闹大，寺社奉行所没有再追查下去，只是到此为止。英善虽然被下了哑药，因为发现得及时，经过治疗，还能勉强说话，后来便继续留在时光寺做住持。一直到上野战争的时候，他包庇彰义队的事情被人曝光，觉得脸上无光，才带着英俊一起去了京都，后来又做了某个大庙的住持。其实，不管是过去还是现在，这种事都经常在寺庙里发生，寺社奉行所对此都见怪不怪了。"

"说到这里，我总算明白了。不过，我还有个疑问。我记得你说过，在这件事以前，英善突然一反常态，对狗反感起来。这又是怎么回事？"

"其实仔细说来，英善反感狗，和这件事完全风马牛不相及。确实，英善之前很喜欢小动物，尤其是狗。但是那段时间，因为总要想办法和总寺对抗，加之手里又没什么钱，英善难免心情不好，所以才不那么喜欢狗。就算狗主动讨好他，他也不会觉得开心，反而由于被狗烦到，所以表现出很生气的样子。本来这只是一件微不足道的小事，放在平常，人们也不会觉得有什么，可是后来出了狐尸的事，大家也就不得不多想一些了。实际上，这不过是一些小题大做的臆想而已。我们办案的时候都要很注意这些细节，不仅要心细如发，尽量敏锐地发现线索，也要从大局着眼。不然，我们就会被一些细枝末节的东西所误导，反而很难发现真相了。"

第十三话　女行者

今年春天，阿丰病了很久都没好，久次郎听说女行者很灵，就带母亲去看。一开始，他也只是半信半疑，但是女行者只看了阿丰一眼，就断定她是被妖兽缠住了。而且，经过她的祈祷，只过了一天晚上，阿丰的病真的好得差不多了，又过了一周，就完全恢复了健康。因为这件事，整个伊势屋都很感谢女行者，也送去了很多财物。然而，行者看到财物后，却说久次郎也被那妖兽缠上了，如果不一连做十七天的祈祷仪式，很快就会大祸临头。

一

明治三十二年的秋天，在久松町的明治座，《天一坊》这出戏上演了。这一次，大冈越前守由初代左团次扮演，山内伊贺之助由权十郎扮演，天一坊由小团次扮演。我早就听说过这出戏的名气，这次专门去看，没想到竟然遇到了也去看戏的半七老人。不过，因为忙着看戏，我们只是随便打了个招呼，没有多说什么。

之前我就知道，半七老人对戏剧很有研究。我很想听听他对这出戏的看法。于是，过了大概两三天，带着这样的目的，我特意去拜访他。当时，他还住在赤坂。

"是的。我不仅很熟悉这出戏，还看过它的首演！那是明治八年春天的事了。我记得很清楚，那时候演越前守的是彦三郎，演山内伊贺之助的是左团次，演天一坊的是菊五郎——都是很有名的演员。不过，因为受到当局的限制，当时，里面不能出现任何关于'天一坊'这三个字的字眼，如果不能规避，只能用'大日坊'或者其他随便什么名字代替，一直到明治时代，这种情况才有所改善。我还记得，最先讲这个故事的是一个叫伯山的评书人。这个故事一经面世，就很受大家喜欢，每天都有很多人专门去听。剧作家河竹听说了这件事，把它改成了戏剧，也深受欢迎，几乎每年都会演。到现在，已经记不清到底演了多少场了。不过，在我看来，肯定还是首演最经典。我知道，作为一个老人，说这种话很是让人反感，然而，这确实是我最真实的想法。"

接下来，我们又聊了一会儿关于戏剧的事。聊着聊着，半七老人又讲起了类似的故事。

"其实这种事情很多，不仅男的有，女的也有。只是因为女的比男的低调得多，就算真是将军的私生女，也不会到处乱说。所以，大家听说的这种事，主角大多是男的。但是，女的虽少，也有很有名的。像冒充日野家小姐的那个案子，就属于这种情况。那女人叫阿琴，本来是个妓女，卖身契还没到期，她就偷偷地溜了出来，还大言不惭，四处行骗。为了显得更逼真，她还雇了个叫善兵卫的人假冒自己的随从。町奉行所知道了这件事，把他们抓来审问，当然，抓人之前，奉行所特意查了一下。没想到，京都确实有一家姓日野的公卿，但他们说，这女人和他们家没有一点关系，完全就是假冒的，所以奉行所就放手去处理了。虽然不知道阿琴为什么要这么干，但是大概的原因，其实一般人也能想得出来。无非就是不想履行和妓院的契约，又想骗点钱维持生活而已。当时这件事在江户家喻户晓，有个叫鹤兴南北的剧作家还专门根据这件事写了一部剧，起名为《清玄樱姬》，内容大概是，一个叫樱姬的女孩，本来是吉田家的小姐，后来因为家道中落，沦为妓女的故事。和《天一坊》一样，人们也很喜欢这个故事。首演的时候，很多人都特意去看。不过，我今天想讲的并不是这个故事，而是在这案子发生后五十多年的事情。哈哈，真是岁数大了，说话这么啰唆，希望你不要见怪才好。"

二

文久元年秋天的一个早上，秋雨淅沥沥地下着，冈崎长四郎派人来找半七。冈崎是八丁堀的同心，他来找半七，肯定不是小事。

"天气真是差啊。"半七穿过被雨淋湿了的院子,见到冈崎,感叹着。

"是啊。辛苦你了,这种天气把你找来,真是很麻烦,只可惜案子不会挑天气发生,我们又能有什么办法呢?话说回来,最近,你去过茅场町那边吗?"

"没有。怎么了?"

"发生了一点事。前不久那里突然来了一个女行者,据说长得不错,气质也好。不过,没人知道她具体的年龄,只知道看上去似乎只有不到二十岁。她总穿白色衣服,红色裤裙,头上绑着紫色头巾,看起来挺像回事儿。因为确实很灵,很多人都去请她做祈祷仪式。其中有些富裕的很容易被她选中,请进里间。只要进了里间,再出来以后,总会心甘情愿地捐出很多钱。如果只是男信徒,也不难推断她用了什么手法,无非就是色诱或者说谎一类的。但奇怪的是,那些被请进去的人,不只有年轻男人,还有女人和上了年纪的老人。这就说不通了。更让人疑惑的是,她还自称是冷泉为清的女儿,说父亲在京都是有头有脸的公卿。这件事,你怎么觉得?"

"这还真不好说,向京都那边查证过了吗?"

"问了,暂时还没收到回应。不过,公卿里应该没有叫冷泉为清的。所以,十有八九可以确定是冒充的。可是也不一定,现在世道这么乱,保皇派和讨幕派关系这么紧张,万一真是公卿家的小姐,因为苦衷,不得不随便编个假名字,也是有可能的事情。这倒没什么,不过,如果她的身份是真的,就我们就更要弄清她到底是保皇派还是讨幕派。如果是后者,她弄那么多钱,很可能是在给讨幕派筹集军费,就算不是军费,也有可能是为了资助讨幕派底层的浪人。这不是一件小事。真相到底是什么,我希望你能查清楚。"

"没问题。"

半七接下任务，回家找来了一个叫多吉的年轻手下，想让他出去打听一下。没想到，多吉听半七说完，却说这件事自己已经听说过了，就是没太注意。而且，他考虑到那边归濑户物町管，也就没把这件事情对半七说。

"话是这么说，不过濑户物町的总捕头源太郎毕竟年纪大了，身体不好，又没有得力的手下。若非如此，这件事应该也不会落到我们头上。这也是八丁堀对我们的信任吧。不管怎么样，你尽力去查就行了，看看那个女行者到底做了些什么，查清楚回来告诉我。"

多吉答应了一声，信心满满地走了。

考虑到这件事和普通的案子不同，需要更广泛地搜查，多吉走后，半七又找来一个叫源次的人。源次算是半七的线人。之所以找他，是因为半七认为大家都知道多吉是捕快，很多事情也许不会对多吉说。但源次就不一样，没人知道他在为半七办事，所以派他出去，也就更有可能打听到一些有用的消息。

不过，这源次有些胆小，一听对方的身份，又看和保皇派以及讨幕派有关，有点不想接这个任务，让半七还是找找别人为好。在半七反复劝说之下，才勉强答应了。

雨一直在下，快天黑的时候，天气变得有点冷。多吉和源次还是没有一点消息，本来半七是觉得有点奇怪的，后来又一想，别说是他们，就连自己也没遇到过这种事，也就继续耐心等待。

一直到晚上十点多，多吉才回来向半七报告。

"虽然不是很全面，但我确实查到了一点东西。和您说得差不多，那女行者又年轻又漂亮，气质也好，说话的时候带着京都口音，挺像公卿家的小姐。而且她也真的在做祈祷仪式，偶尔也替人占卜。

不过这也没什么特别的，和一般行者做得差不多，都是帮人祈祷家庭兴旺，祛病消灾之类的。据说她很灵验，所以她的信徒很多，每天都会有好几十个，人们出手也都阔绰，有人甚至会干脆捐好几份银子。"

"关于她喜欢把有钱人带进里间这一点呢？查到什么了吗？"

"查到了，是真的。不过她行事很小心，进去过的人，没人敢说出来到底发生了什么，因为她对他们说，要是说给别人知道，不仅祈祷不会灵验，当事人过不了多久也会一命呜呼。所以进去过的人一个字也不肯跟别人说，而没进去过的人根本不可能知道情况。不过，有一点是可以确定的，那就是这些特殊的祈祷通常都在深夜进行。为了避人耳目，她还会让信徒化装或者至少把脸蒙住，找她的时候，不走前门，专走后门。"

"信徒里有浪人吗？"

"好像没有。"

"她有徒弟吗？不会是一个人吧？"

"没有徒弟。不过确实不是一个人。她家除了她自己，还有四个人，一个也是年轻女孩，大概十五岁左右，一个是中年男人，是她的随从，这两个人专管祈祷方面的事情。还有两个算是仆人，都是乡下来的，最近才雇的，平时也就是做做饭，打扫一下屋子。"

第二天早上，源次也来向半七汇报。

"有家叫伊势屋的纸铺，从前是卖木炭的，所以大家都叫它炭团伊势屋。后来才改为卖纸。他家生意做得不错，还有很多房产，算是有钱人。五年前，男主人死了，现在当家的是他儿子久次郎，久次郎的母亲阿丰也帮着管一些事情。最近，久次郎有点不对劲，据说和女行者有关。"

"这是怎么回事？他也被叫去里间做祈祷仪式了？"半七很有兴趣地问。

"是的。久次郎长得很俊美，简直像个演员。很多姑娘去他家买纸，其实就是为了能亲眼看看他。本来他去找女行者，是为了解决他母亲阿丰的毛病。今年春天，阿丰病了很久都没好，久次郎听说女行者很灵，就带母亲去看。一开始，他也只是半信半疑，但是女行者只看了阿丰一眼，就断定她是被妖兽缠住了。而且，经过她的祈祷，只过了一天晚上，阿丰的病真的好得差不多了，又过了一周，就完全恢复了健康。因为这件事，整个伊势屋都很感谢女行者，也送去了很多财物。然而，行者看到财物后，却说久次郎也被那妖兽缠上了，如果不一连做十七天的祈祷仪式，很快就会大祸临头。久次郎对她的说法没有一点怀疑，当下就让她做了祈祷仪式。前三天，祈祷仪式还只在白天进行。第四天以后，改在深夜里进行。可是，十七天过去了，女行者又改了口，说仪式没有生效，还要再做到二十七天才行。对此，久次郎还是深信不疑，可是二十七天后，又是三十七天、四十七天……简直没完没了。一开始伊势屋的人都没多想，甚至觉得女行者是一门心思地为久次郎着想。可是，随着时间越来越长，送去的钱物越来越多，掌柜们也就起了疑心：当初阿丰病得那么重，祈祷一次就好了，现在久次郎健健康康的，为什么祈祷了这么多次还没有效果？虽说每次都送什么钱物，完全是阿丰和久次郎母子决定的，外人根本不清楚。但是，粗略估计，也至少有三百两银子了。于是，他们商量了一下，让大掌柜重兵卫代表大家向阿丰提出疑问。但是，阿丰对女行者全不怀疑，她觉得既然儿子没出什么问题，祈祷仪式就应该继续下去。所以，自那以后，久次郎还是每晚都去见女行者。只是，钱也花了，祈祷仪式也做了，久次郎的状态却一天不如一天，甚至还不如做祈祷仪式之前的气色好。他看起来很焦虑，还总是疑神疑鬼、心神不宁的。看到他这个样子，有人甚至觉得他是不是精神失常了。"

"每天看着那样漂亮的女行者，精神失常也不奇怪吧！"半七笑了笑，开起了玩笑，"更何况，他自己不也是个英俊的小伙子嘛！"

虽然拿这些事情开开玩笑也没什么，但开玩笑归开玩笑，案子还是要继续往下查的，并且，考虑到对方可能存在的强大背景和有可能牵连到的人，如果手里没有切实的证据，绝对不能轻举妄动，否则打草惊蛇，也就前功尽弃。所以，当务之急，就是加紧监视那些去见女行者的信徒，尽快查明他们的身份。

三

没过多久，多吉也来向半七汇报了。

"我又打听了一下，但是似乎没什么有用的消息。这次，我知道了她那个随从叫式部，也是京都人；年轻女孩叫藤江，长得也很漂亮，应该和女行者有点关系，就是不知道到底是近亲还是远亲；那两个仆人一个叫阿由，一个叫阿庄，平时主要负责干点杂活，一点都不知道祈祷仪式的事。至于女行者本人，没人知道她的真名叫什么。"

"除了信徒，她家没有去过别人吗？"

"应该是没有的。我仔细问了附近的邻居，也找机会试探过那个叫阿由的女仆，他们都说没有。"

"最近有多少人深夜去祈祷？"

"只有一个人。不过，不是没人想去，而是行者身体欠佳，拒绝了大家的请求。已经快一个月了，一直是这样。"

"你说的那个人，是不是纸铺的久次郎？"

"啊，就是他！不过，照我看，这也没什么大不了的，一定是女行者看他有钱所以不放他走，久次郎则是被女行者的美貌迷惑了。"

"很多人都会这么想。不过，真相是不是这样，和我们关系都不大。我们要做的，是查清那些和女行者来往的人的底细，看他们是不是和浪人有关。本来我想从那些做深夜祈祷的信徒入手，可是最近都没什么人，也就说明不了什么了。而那个久次郎肯定和浪人没什么联系。接下来你还是继续查一下其他人吧，要是实在查不着，再把他们抓起来审问也不迟，反正他们短时间内也跑不了。"

多吉点点头，离开了。

半个多月过去，事情没有任何进展。夜晚去找女行者祈祷的人还是只有久次郎一个，女行者家的人也大多深居简出，除了两个女仆会出来买点生活必需品，其他三个人基本连门都不出。

本来这么慢慢查下去也还好，但是冈崎那边催促得厉害，总想尽快结案。半七很是焦急，一直到了日莲上人忌日左右的那几天，多吉和源次还是没有打探到什么。半七已经打算干脆把女行者他们抓来审问了。

"久次郎失踪了，久次郎失踪了！"就在半七安排人打算行动的时候，多吉忽然跑来，告诉他这么一个消息。

"女行者还在吗？不会一起私奔了吧？"半七问。

"没有，女行者还在。不过，式部好像去纸铺闹事了！"

还没等多吉说完，源次也来了，他也是来报告久次郎失踪这件事的。关于这个，他倒是提供了不少有用的细节。

式部是昨天午后去闹事的。他对阿丰说，久次郎的祈祷仪式之所以持续这么长时间，不是因为女行者的能力有问题，而是因为久次郎一直对女行者心怀不轨，不够虔诚。昨天晚上，在祈祷仪式上，他亲眼看到久次郎调戏女行者。女行者非常恼怒，直接把久次郎赶了出去，还告诉久次郎以后再也不用去了。他这次来，是想让纸铺给女行者一个说法。

虽然久次郎是纸铺的少爷，但这么调戏一个可以代表神明的女行者，未免显得过分。开罪了女行者是小事，要是让神明知道，一定会对他们母子降下灾祸。

阿丰怎么能想到真相竟是这样？她又羞愧又害怕，赶紧点头哈腰地向式部道歉，甚至都跪下来磕头了。弄完之后，阿丰又拿来二百两银子谢罪，还说为了这件事，想让女行者帮他们再举行一次祈祷仪式。一开始，式部坚决不收钱，后来见阿丰实在坚持，就说回去问问女行者的意见，要是同意了，就把钱转交给女行者；要是不同意，就再把钱还回来。

阿丰战战兢兢地把式部送走，马上把久次郎叫过去对质。但是，不管阿丰说什么，久次郎都像往常一样没精打采的，也不怎么爱说话。母亲责问他、教训他、劝导他，他都只是安静地听着，不去争辩也不去反驳，不过，他倒是没有否认自己对女行者的爱慕之情。

听完母亲一席话，天也快黑透了。久次郎照例出门散步，只是这一次，一直到深夜，他也没再露面。阿丰担心儿子，于是派人去女行者那里问，却得知久次郎并不在那里。

一整晚，久次郎都没回到伊势屋，第二天早晨也是一样。本来没人知道式部来找过阿丰，阿丰也不打算对大家说，毕竟有点丢脸，但是现在出了这种事，阿丰也顾不得考虑丢脸不丢脸的，赶紧一五一十地对掌柜们说了实情。大家知道了这件事，都觉得久次郎可能是觉得自己没法见人，所以离家出走了。阿丰一听大家这么说，更加担心儿子的安危，疯了一样跑到女行者那里，想让她算一下儿子到底去哪儿了。大掌柜重兵卫这边也马不停蹄地跑到负责管濑户物町的源太郎那里报案。铺子里的其他人也是一样，生意也不做了，全都一窝蜂地出去找人。

"看来我们必须马上动手了。这件事本身就是在暗中进行的，如果被源太郎插手，十有八九会节外生枝。女行者、式部、藤江，这主要的三个人，现在就要去抓，一个也不能放过。对了，其他那两个也是，做饭和收拾屋子的女仆也要抓来问话。不过，也许还不止这些人，她家还藏着别人也说不定。源次，你是线人，不能露面。多吉，你选择只有一个人，恐怕忙不过来，必须叫上善八。"

"只叫善八就行了吗？"多吉问。

"差不多了。毕竟是抓几个女人，而且对方只有式部一个男人，我们如果喊上一群人冲进去抓几个女人，就算赢了，也会让人笑话的。"

当时已经是上午十点左右，交代完事情，半七换了身衣服，准备了一下，打算去女行者那里亲自打探。

按照计划，多吉去找善八，源次依然继续去纸铺打探消息。

天气不错，晴暖无比，也许过不了两天，樱花都会开的。

女行者住的地方有些年月，之前一直是祈祷所，就是不知道住过多少人。不过，可以看出，门柱是最近才立起来的。挂在上面的写着"神教祈祷所"的大牌子也是新弄的。里面的信众确实很多，虽然玄关有六个榻榻米那么大，等候的却有十好几个人，大家排着长队，都快坐不下了。

半七到了没多久，善八也带着几个人来了，当然，他们彼此都假装互不认识。不知道的人看了，十有八九还会觉得他们真是信徒呢。

玄关处人来人往的，不时有人做完祈祷仪式离开，不时有人进来。一来一去，等在这里的，总保持着十几个人的数量。不过，每个人进祈祷室以后都会逗留很长时间，因此外面的人总要等很久。

快两个小时过去了，半七的前面才终于没人。他站起来，撩起门帘，走进祈祷室。里面很大，几乎是玄关的三倍大，装饰得也很有模有样，神幡、镜子、树枝一应俱全。信徒奉献的供品也很多，菜、肉、点心都堆在角落里。女行者坐在房间中央的蒲团上，手里举着神幡。

和传闻中的一样，她确实又年轻又漂亮，虽然没有那么夸张，但气质确实不错。不过，她今天穿的不是红色裤裙，而是白色的。她的衣服也是白色的，外面套了一件浅蓝色的外套。旁边的藤江和她穿的差不多，只不过没有穿外套。式部坐在离她们远一点的地方，很像女行者的随从。这男人留着京都武士惯有的发型，目光锐利，一直在敏锐地观察四周。事实上，所有事情也确实都由式部负责，整个过程中，女行者除了一言不发地坐在那里，基本没做什么事。

"请坐过来。"式部看着半七，慢慢说。

"冒犯了，请宽恕。"半七有礼地照办了，同时递过去一个长方形木箱，"我想为我母亲做祈祷仪式，她已经病了一年多了，总是手舞足蹈、满口胡话，不知道是怎么了。"

根据箱子的形状，式部觉得是丝绸一类的东西，于是接过去让女行者看了一下，之后按照惯例和其他的供品放在一起，供在神前。

"您现在可以做祈祷仪式吗？"做完这一切，式部问女行者。

女行者什么都没说，只是轻轻点了点头。

"既然如此，请您再坐近一点。"式部对半七说。

半七依然照做了。这时候他已经离女行者很近，隐约可以闻到她身上的香气。那香气类似于花香，又有点像麝香，这味道一定来自被熏过了的衣服。

就在半七这么想的时候，他忽然感受到了女行者的目光。她看着半七，似乎想说什么，可是张了张嘴，又什么都没说出来，只是转头去看式部。

"您是想了解一下我母亲的具体情况吗？如果是这样，随便问就好，没关系的。"半七敏锐地捕捉到了这一点。

"这是不合规矩的。"女行者没说什么，式部反而开口了，"按照惯例，你们的话必须由我转达。她刚才是想问一下你母亲的年龄。"

"啊，原来是这样。我母亲今年刚好六十岁。"

"之前身体健康吗？有什么老毛病吗？"

"基本算是健康，也就是最近几年偶尔会痉挛。"

"好了。祈祷现在就可以进行了。"式部看了一眼女行者，有点命令的感觉。

女行者温顺地服从了。

"不好意思，我想问一下，你们能先看一下我带来的东西再开始祈祷吗？"半七忽然问。

"你这是什么意思？"式部又惊讶又疑惑。

"没什么，就是想让你们看一下。"半七的语气很坚定。

女行者什么都没说，也没动。式部站起来，拿起箱子，打开箱盖，向里面看去。不看还好，这一看，他的脸色突然变得很难看，但他还是尽量保持了镇静。

"我不是很明白您的意思。"他这样对半七说。

"您应该很明白。并且，这世上只有您明白。"

"你到底想干什么？"式部终于沉不住气，声音也不自觉地提高了，"我看，并不是你母亲生病了，是你生病了！像你这种故意找事的人，做祈祷仪式是没用的！我们帮不了你，你还是快走为好！"

看到式部这么失态，女行者和藤江也好奇地往那边看了一眼。

这么一看，她们也立刻忧心忡忡起来。

箱子里装的是一双旧草鞋。

"是不是故意找事。您清楚，这位女行者应该也清楚。"半七一边说，一边注意观察式部的表情，"如果你们连这些都不清楚，也就不用在这里为人做祈祷仪式了吧？"

"好吧，我大概明白你的意思了。"式部瞟了一眼外面，忽然笑了起来，"没关系，这里不方便说话，有什么话我们去里面的房间聊，你看怎么样？"

"确实是个好提议。不过，与其去里面，还不如去外面。"半七的态度却忽然强硬起来，"你们三个，有一个算一个，现在就都给我去外面。"

"真的没法商量吗？"式部的脸色冷了下来。

"没错！"半七说着就要掏捕棍。

这时候，玄关处正在等待的那些人已经隐约听到了里面的争执，有好奇的人已经偷偷地往里看了。善八见时机差不多了，马上穿过人群，大步走了进去。

"您说现在怎么办？要不要上捕绳？"善八问半七。

"本来是想好说好商量的，既然不行，也就只能硬来了！"

式部一听半七这么说，连忙飞身跃起，假装胆怯似的扔下长刀，逃向里面。

半七紧随其后，谨慎追赶，最后看见式部冲向一个柜子，好像要拿什么东西。半七抓紧时机，跟了过去，一把抓住他的手腕，式部手腕一滑，抽出匕首，狠狠刺向半七。还好半七早有防备，一下就用捕棍把匕首打到了地上。式部没了武器，没多久就被半七制服了。

与此同时，女行者和藤江也都落入了善八的手中。两个女仆那边则有多吉招呼，一切进行得异常顺利，

经过搜查，房子里没有发现其他人。

四

其实，这个女行者根本不是公卿家的小姐，而是一个武士的女儿。她母亲是公卿家的女仆，一共生了她和藤江两个孩子，她的真名叫阿万，藤江的真名叫阿千。六年前，她们的父母得传染病死了。她们父亲的朋友——也就是式部——看她们姐妹可怜，也就收养了

她们。式部本来也为公卿服务，但是因为品行不好被赶了出来。不过，式部朋友很多，其中有个会做祈祷仪式的，式部每天和那个人待在一起，耳濡目染，也就学会了一点，虽然不是很厉害，但蒙骗一下无知民众，混口饭吃，也是足够了。本来，他是想自己做行者的，但他清楚，与其他自己做，还不如让年轻漂亮的阿万做，这样既然容易获得大家的信任，也能赚更多的钱。至于阿千，可以扮作阿万的侍女，自己则装作阿万的随从。不过，只是这样的话，倒没什么特色，所以他才想出冒充公卿小姐的主意。这样一来，人们就能更快地知道他们，也更容易相信他们了。

本来，一切都好好的，谁知道久次郎突然出现，把事情搞得乱七八糟。

从为久次郎的母亲做祈祷仪式的过程中，式部发现久次郎家很有钱。于是，为了骗点钱财，他指使年轻貌美的阿万利用各种机会引诱久次郎。阿万长得那么年轻漂亮，久次郎很快也就喜欢上了她。对于自己喜欢的女孩，久次郎这样的年轻人自然不会吝惜钱财，所以式部的阴谋也算是得逞了。

只是，他万万没想到，阿万竟然对久次郎日久生情，假戏真做起来。

式部是不可能让这两个人在一起的，暂且不论女行者爱上一个男人会让大家觉得她不再神圣，进而对她失去信任，影响到做祈祷仪式的收入，仅从个人感情来说，式部也绝对不会容忍这种事情发生。他之前虽然有过妻子，可是妻子早就病死了，这么长时间以来，他已经占有了阿万，又怎会容忍久次郎染指自己的女人？于是，他随时随地监视这两个年轻人，不给他们一刻独处的机会。

只是，他越这么做，两个人越相爱，式部的危机感也就越强。这时候，他已经顾不上骗久次郎的钱了，只想让久次郎永远消失才好。不过，在此之前，他还打算再从久次郎身上捞一笔。也正因此，他才会去见阿丰，说久次郎之所以要做那么久的祈祷仪式，是因为对女行者图谋不轨。他很清楚，阿丰胆小怕事，为了避免所谓的神的惩罚，一定会给他一笔钱。果然，阿丰也确实那么做了。

式部走后，阿丰找久次郎对质，久次郎之所以什么都没说，是因为他真的喜欢上了女行者，没什么好辩解的。虽然他没有调戏女行者，但是既然式部那么说，他也没法证明自己无辜。其实，无辜或者不无辜，对他来说，也没那么重要。他只是不相信，女行者真的会像式部说的那样再也不想见自己。于是，他离开家的那天晚上又去找女行者了。

式部当然不会让他见到女行者，只是把他拦在外面，不管说什么都不放他进去，还说女行者再也不想见久次郎了，希望久次郎以后不要纠缠她。听到这些话，久次郎伤心不已，不过，没有人知道他到底想了什么、去了哪里。总之，没过两天，有人在品川海面发现了他的尸体。

说来说去，这件事和八丁堀那边的担心一点都没有关系，女行者到底是保皇派还是讨幕派，不过是大家的推测而已，最多只能算个诈骗案。不过，只是这么一件小事，就能让当局捕风捉影、风声鹤唳，也足以见得当时的局面是有多么动乱了。

其实，式部自己也清楚，这种骗局早晚都会被拆穿，不可能维持太久，所以他也没打算一直做下去。本来他打算攒够一万两银子就离开江户，回家乡过本分的生活。到他被抓到的时候，已经攒够了差不多三千两，都被他放在那个柜子里。这也是他为什么在半七抓他的时候，他要往里面逃的原因。也许，他还想带着钱杀出去吧……

如果没有牵扯到人命，这件事也不算什么。可是，既然久次郎因此而死，式部也就被判了死刑，阿万和阿千因为是从犯，和这件事牵扯不大，最后被从轻发落，赶出了江户。后来她们又去了哪里、做了什么，就没有人再知道了。

第十四话 妖银杏

关于这棵银杏树，还有各种稀奇古怪的传说。有人说，这银杏树会变成调皮的小孩，专在深夜里吹灭路人的灯笼；也有人说，这银杏树会变成女巨人，打扮得像仕女一样，坐在树上悠闲地扇扇子；还有人说，深夜路过这里的人，十有八九都会被莫名其妙地绊倒，或者被人拎着脖子甩出去。

一

有段时间，因为工作忙，一连将近半年，我都没有正式去拜访半七老人。有时候，因为顺路办事，偶尔见个面，也都是匆匆地来，匆匆地走。

不过，老人倒是不怎么介意。

"最近总是看不见你，不会是遇到什么麻烦事了吧？"

"没有，就是一些工作上的事。"

"原来是这样，那就没什么了。年轻人就应该好好工作，总陪着老头子可不太像话，不过，也真是很奇怪，年纪越大，就越愿意多见见年轻人。说实话，我认识的年轻人真的不多啦。我儿子都四十多岁了，我当然也有孙子，但孙子又太小，正是闹腾的时候。那些跟我年纪差不多的老朋友，病的病，死的死，能出门互相走动的，其实也不剩几个了……"

老人说着说着，语气里流露出深深的寂寞。

一个傍晚，我记得，那是十二月十九日，工作那边总算缓和一点，考虑到已经是年终了，这么久没有去拜访半七老人，我心里挺过意不去，于是就买了一点糕点，去半七老人家里拜访。

刚走到门口，就看见两个客人正在和老人道别。一个是老人，穿得很考究；一个是年轻人，穿得也不差。

"快进来吧。"送走他们，半七老人转头把我迎进房间里。他今天的精神状态很好。当然，往常他的精神状态也不差，只是今天格外好。

"刚才你见到的是水原忠三郎父子。他们住在横滨,是我的老朋友。这么多年以来,虽然发生了很多事,但他们始终没有忘了我。只是因为离得有点远,很难经常见面,一年最多见三四次。他们今天中午过来找我,大家聊得很开心。"

"原来是横滨人,难怪穿得漂亮。"

"是啊,都是生意人,的确有些钱。忠三郎比我小一点,不过身体还是很好,没生过什么病。其实,他也不是横滨本地人,是从江户搬过去的。对啦,关于他,还有个挺有意思的故事呢。你一定会愿意听的。"

二

那是文久元年发生的事。十一月二十四日,稻川府邸派石田源右卫门去河内屋找老板重兵卫商量一点事。稻川老爷身份显贵,是个大旗本,每年俸禄有一千五百石。石田源右卫门又是稻川的总管,这样的人亲自到访,重兵卫当然不会怠慢。一见源右卫门,重兵卫赶紧把对方请到里间说话。

"其实,我这次来,是想和您谈点生意。"源右卫门坐下,神秘地压低声音,对重兵卫说,"您也许听过,我们府里珍藏着一幅《妖鬼图》,是狩野先生的真迹。现在,因为遇到了一点事情,我们想把它卖掉,换点钱应急。不知道您有没有意向把它买下来?"

"您想卖多少钱?"重兵卫虽然是专门卖茶叶茶具的,却一直对字画之类的东西很感兴趣。听源右卫门这么说，一下子就动心了。

"五百两金子。"

"确实很公道。不过这也不是一笔小钱，我还需要和掌柜们商量一下。"

"好的，但是我希望能尽快得到回复，因为府里真是急着用钱。就今晚吧，不管要还是不要，都请您派人给我一个回复，您看怎么样？"

"可以。天黑之前，我一定派人过去回话。"

"那就这么说定了。"源右卫门起身离开了。

源右卫门一走，重兵卫马上把掌柜们叫过来商量。一开始，掌柜们觉得五百两金子太多了，只是一幅画而已，就算再名贵，也和做生意没什么关系，所以都挺反对。奈何重兵卫特别想买，掌柜们见主人这个态度，最后也就只好让步。

大家决定，买是可以买，但是最多只能给二百五十两金子。

掌柜里有个年轻人，名字叫忠三郎，他被大家推举为代表，去找源右卫门给回复。

"他们本来出价五百两，现在被我们压到了二百五十两，也不知道能不能成交。如果无论如何都不同意，你再给他加到三百五十两。多出的一百两，我自己出。不过，这件事还是要小心一点为好，别让别的掌柜知道了。"忠三郎临走前，重兵卫偷偷塞给他一百两金子，叮嘱道。

忠三郎点点头，带着钱走了。

不出重兵卫所料，忠三郎见到源右卫门后，对方一听说只能给一半的钱，源右卫门果然很不高兴。

"我知道你们是商人，可是一下压得这么低，还是有点让人接受不了。不过，毕竟这画也不是我的，我没法替谁做主。这样吧，我进去问问老爷，看他是什么意见，您先在这里等着。"

忠三郎一直在外面等了一个多小时，源右卫门才又出来。

"老爷说，因为急着用钱，也就计较不了这么多。但半价出售实在太低，我们能不能换一种方式——你们出二百五十两金子，画抵押给你们五年，如果到时候我们有钱赎回，再给你们添上丰厚的利息；如果赎不回来，画就归你们，随你们处置。"

忠三郎一听，觉得有些为难。自己家是卖茶叶的，又不是做典当的，用五年时间抵押一幅画，应该有点吃亏；但是老板重兵卫这么喜欢这幅画，自己又不好空手而返。

"确实，只用这点钱就想买这幅画有点过分，我也很过意不去。您提出这个办法两全其美，我觉得是可以的。"想了又想，忠三郎决定同意。

本来，忠三郎打算办完事就走，没想到源右卫门特别高兴，非要留他吃饭。忠三郎推辞不过，只好答应。饭桌上，源右卫门频频劝酒，忠三郎本就有点酒量，盛情难却之下，也就多喝了几杯。就这样，一顿饭一直吃到快天黑才结束。

"这画很贵重的，回去的路上，你还是要多加小心才是。"源右卫门递给忠三郎一盏折叠灯笼，叮嘱道。

忠三郎也确实没有大意。出门前，他先是仔细查看了一下画，又把画卷起来，在外面包了一块进口的木棉布，木棉布的外面又包了一块进口的彩色绸布，一直包得严严实实的，才小心翼翼地把画放进盒子里，又在盒子外面包了一层粗布，才放进包袱，背着走了。

虽然当时最多只是晚上六点，但是冬天黑得早，这个时候，天色已经很暗了。风也很大，呼呼地刮着，没过多久，竟然下起了雪。在苍茫的夜色里，雪花慢慢地飘下来，看上去就像白色的幽灵。

忠三郎害怕画被打湿，只好把包袱从背上解下来，夹到左边胳膊下面，脚步也愈加快了。他心里想的是，如果快点走，走到人多一点的街道上，就能雇个轿子坐回去。

没想到，雪没下一会儿就变成了蒙蒙细雨。到了最后，雪和雨混合到一起，路变得很不好走。

光线差，忠三郎又着急赶路，不小心脚下一滑，摔到了地上。虽然没受伤，可是灯笼灭了，附近没有人家，也没处借火重新点灯笼。无奈之下，忠三郎只好摸黑往前走。

雨越下越大，忠三郎的手都要被冻僵了，但他还是紧紧地抓着包袱，生怕出什么差池。

没走多远，一道微弱的灯光照了出来，有小鸟从梦中惊醒，慌乱地拍打着翅膀。忠三郎抬头一看，才发现自己不知不觉已经来到了松圆寺附近。

松圆寺里有棵大银杏树，也不知道长了多少年，枝叶特别茂盛，毫不费力就能伸出寺院的土墙，几乎要把整个路面都罩住了。

关于这棵银杏树，还有各种稀奇古怪的传说。没办法，当时人们很相信这些。有人说，这银杏树会变成调皮的小孩，专在深夜里吹灭路人的灯笼；也有人说，这银杏树会变成女巨人，打扮得像仕女一样，坐在树上悠闲地扇扇子；还有人说，深夜路过这里的人，十有八九都会被莫名其妙地绊倒，或者被人拎着脖子甩出去。

别说是这样雨雪交加的晚上，就算在晴朗的白天，走在这阴凉的树荫下,再想起这样的传说,都会觉得阴森森的。现在,一想到这些,忠三郎心里更发毛了。其实,这条路他之前也走过,不过,因为当时是白天,也没觉得有什么不对。在今天这种情况下,他可就没有那么大的胆子了。他想原路返回,只是要是真的这么做了,他又怎么和源右卫门解释呢,难道跟人家说他害怕?跟多么丢脸的事!更何况,这里显然也离河内屋更近一点,与其原路返回,还不如往前走。

想到这里,忠三郎深吸一口气,弯着腰,低着头,打算快点跑过去。然而,还没等他迈开腿,就感觉一阵寒风从背后袭来,一个看不见的手从后面一把抓住他的衣领,把他像一个破娃娃那样甩了出去。

忠三郎摔到墙边,一下子昏迷过去。风依然呼呼地吹着,掠过巨大的银杏树,带动光秃秃的树干,吱吱嘎嘎地响着,就像是妖怪的怪笑一样。

"醒醒,快醒醒……"迷迷糊糊中,忠三郎隐约感觉有人在推自己,一睁眼睛,才发现是一个提着灯笼的男人。

"谢谢你……"忠三郎一边说一边坐起来,慌乱地看向四周,寻找那个装了画的包袱。但是雪地上空空如也,什么都没有。他有点慌了,赶紧摸向怀里,这才发现,临走前重兵卫给他的那一百两黄金也不翼而飞了。不仅如此,他的外衣也不知道去了哪里,里面的衣服上沾得全是泥水,简直狼狈极了。

衣服还是小事,一想到画和钱都丢了,回去没法和重兵卫交代,忠三郎简直都要急哭了。

好在叫醒他的这个峰藏还算是个好心人。峰藏是个木匠,住在下谷,本来是要出门办事的,一见忠三郎这样,自己的事也不办了,先把忠三郎扶回大街上,又找了自己认识的轿夫,把他送回了河内屋。

忠三郎迟迟没有回来，河内屋很着急，正打算派人去找，却见忠三郎坐着轿子，失魂落魄地回来。大家听了他的遭遇，一致决定，先去通知稻川府邸，再去町奉行所报案。

　　虽然这件事是在妖银杏下面发生的，却肯定和妖银杏没有一点关系。就算是妖银杏把忠三郎甩出去的，也没必要拿走他的画、金子和衣服——一棵树要这些东西干什么？可是，忠三郎被摔到地上的时候已经昏迷过去，一点都不知道发生了什么，也真是让人很头疼。

　　本来，这件案子应该归山城屋的金平去查，但金平恰好生了病，于是就转到了附近的半七手里。

　　一开始，半七怀疑是稻川府邸搞的鬼。确实，当时有些品性卑劣的旗本就是喜欢搞这些让人不齿的恶作剧。本来他们就对这幅画的价钱不满，后来故意把忠三郎灌醉，再暗中跟在后面，趁忠三郎不注意，把他弄晕，再把画抢回去，也是很有可能的事情。所以，最初半七是往这个方向查的，却一直没什么收获。稻川府邸的口碑很好，不像是能做出这种事的人。他们之所以要卖画救急，也是因为领地上的农民今年秋天庄稼欠收，为了救济农民，才不得出此下策。

　　如果作案的人不是出自稻川府邸，又会是谁呢？

　　半七想了又想，叫来一个叫仙吉的手下，对他说："这两天晚上，你跟我去妖银杏附近看看。虽然天气挺冷的，但是为了破案，也就辛苦你了。"

　　当天晚上，天黑以后，两个人去了树下。半七躲在稍微远一点的地方，仙吉按照半七交代的，一边在树下来回地走着，一边嘟嘟囔囔地唱着什么。不过，两人一直等到晚上十点多，什么都没发生。

"看来是刚抢了一百两金子，暂时不想出来作案了。"仙吉愤愤地猜测着。

话虽是这样说，接下来的几天，两人还是照常过来。

十一月三十日那天晚上，月明星稀，光线很好。大概八点左右，半七忽然看见土墙上有个黑影，似乎正在窥伺仙吉。仙吉好像根本没发现，还是一边走来走去，一边唱着什么。那黑影看了一会儿，突然敏捷地从后面抓住了仙吉的衣服，不过，还没等他把仙吉甩出去，仙吉就猛然转身，把他从土墙上拽了下来，两人一起倒到地上。

半七看见这一幕，赶紧跑过去抓人，仙吉也伸手去抓那黑影。但那黑影反应很快，一骨碌爬起来，像鸟一样越过土墙，连影子都不见了。

"真丢人！"仙吉站起来，生气地拍着身上的土，"不过我知道是谁干的了，那家伙身上有很浓的香火气，肯定是庙里面的和尚！"

"我也觉得是这样。既然如此，就不着急了，我们先回去吧。"

既然涉及到和尚，半七就不能随便抓人，只好先让町奉行所通知寺社奉行所。

据寺社奉行所调查，松圆寺里一共只有三个人。一个是负责日常事务的和尚，四十多岁，叫圆养；一个是打杂的男仆，五十多岁，叫权七；还有一个十五岁的小和尚，叫周道。

因为周道平时总吹嘘自己腕力好，大家都觉得是他假冒的妖银杏。周道也还算老实，捕快们随便一问，他就什么都说了。

他说，为了锻炼自己的腕力，平时确实喜欢趁夜色躲在土墙上，找机会把路人甩出去，但这不过是恶作剧。忠三郎确实是被他甩出去的，但他什么都没拿，也不知道画和金子都去了哪里。考虑到周道只是个小和尚，要画和金子也没什么用，寺社奉行所也就暂时信了他。不过，因为此案还没告破，他还是被暂时关押了起来。

破案的压力又重新回到了半七身上。画和金子到底是被谁拿走的？就目前掌握的线索来看，肯定是忠三郎被甩出后，有人路过此地，顺手行了歹事。但是，都有什么人路过了那里？可真是一件很难查的事。

就在事情没什么进展的时候，又发生了一件怪事。

三

一天晚上，五金铺少爷清太郎和一个朋友路过松圆寺外面的土墙，忽然看见角落里站着一个年轻女孩，飘飘忽忽的，就像幽灵一样。两个人想起关于妖银杏的传闻，心里害怕，赶紧头也不回地跑了。一到家，清太郎就病了，就像撞了邪一样。

半七听了，决定去探望一下这个可怜的十九岁少年，也许也能问出点什么。

"那女孩长得怎么样？"半七问清太郎。

"当时我都要吓死了，哪里还敢仔细看？我就远远地看了一眼，感觉她应该很年轻。"

"她看到你们了吗？有没有对你们做什么？"

"应该是看到了，不过她什么都没做。可是谁又说得好呢？当时都晚上十点多了，普通家的女孩子，谁会在那么晚跑到妖银杏下面站着？说不定真是女鬼或者树精什么的，想想都让人害怕。她当时没做，不代表她不想做。"

"女鬼？她披散着头发？"

"没有。她的头发梳得很整齐。但是谁说女鬼只能披着头发？"

"也许是精神不正常的女孩吧？"半七猜测道。

"不可能！不可能！一定是女鬼！不是女鬼就是树精！"清太郎非常肯定地说。不管半七怎么问，他都坚持这么认为。

眼看也问不出什么，半七只好一边暗自发着牢骚，一边告辞离开。不过，他可一点都不信那是女鬼或者树精。他觉得那肯定是个人，如果不是精神有问题，就肯定是去找寺里的人的。

但是，经过调查，半七发现圆养平时最多只是偷偷喝点酒，对女人没什么兴趣；权七不是出家人，想找女人，大可以去外面找，没必要搞这种事情；如今周道又被关进去了，要找他的话，那女人也不应该去寺里找。

如此一来，线索也就又断了。

十二月二十六日早上，半七起床后先去泡了个澡，回到家后，看见忠三郎正在等他。

"早，掌柜的。"半七跟忠三郎打招呼，"真是不好意思，查了这么久还没有结果，不过你放心，年前我一定给你个说法。"

"没关系。其实，我这次来，正是为了那件事……昨天晚上，我们老板在三岛屋看到了那幅画。"

"哪里的三岛屋？是做什么的？"

"芝源助町，它是一家当铺。他们老板和我们老板是朋友，他们老板特别喜欢茶道，昨晚办了场茶会，期间把那幅画拿出来给客人们品评。虽然我们老板从来没有亲眼见过那幅画，却对那幅画特别熟悉，一看就知道，那正是我们丢的那幅，于是旁敲侧击，问了画的出处。三岛屋说，这画是一个旗本老爷家里世代相传的宝物，最近出了点事情，不得已才卖掉的。不过，因为害怕损害府邸的名声，他们还是让三岛屋千万不要这件事告诉别人。所以，我们老板也只打听到这里。事后，他越想越觉得很奇怪，就让我过来跟您说一声。"

"真是越来越有意思了。关于三岛屋，你知道更多的消息吗？"

"知道一点。他家是老字号，很有钱。他们老板叫又左卫门，名声很好。我觉得，那幅画就算真的是我们老板丢的那幅，他们应该也被蒙在鼓里吧。"

"也许吧。不过我觉得现在最重要的就是搞清楚到底这两幅画是不是同一幅。这件事一开始就是你办的，你应该能认得出来吧？或者，为了以防万一，我把稻川的总管也带过去？两个人要是都觉得有问题，应该就不会错了。不过，你们两家老板既然是朋友，如果直接对他们表明来意，是不是不太好？"

"是啊，我们老板也觉得难办。"

"这样吧，我给你出个主意。你把稻川的总管带去，对又左卫门说，总管也很喜欢字画之类的东西，听说他买了一幅名画，想瞻仰一下。这样一来，就没什么问题了。"

"如果他不肯拿出来呢？"

"那就从侧面证明了那幅画来历不明，如果真是这样，我就可以名正言顺地出面了。"

"好的，那我马上去办。"忠三郎说着，急急忙忙地回去了。

本来半七以为最迟当天晚上，忠三郎就会来告诉自己结果。然而，一直等了两天，他也没见忠三郎的影子。半七觉得，也许总管有别的事要忙，暂时去不了。

"您还在发愁那件案子吗？"正在半七等得心焦难耐的时候，仙吉来了。

"是啊，有了点线索，就是还在等消息。"

"我最近听说一件事，您可以听一听，也许能找到什么蛛丝马迹。"

"什么事？"

"我认识一个绸缎商，叫万助。他平时也喜欢字画，自己收藏了很多，有时还卖给别人一些。最近，我听说他买了一幅狩野先生的真迹，就去问了问，没想到正是那幅《妖鬼图》。"

"真巧。"半七坐直身子，有点感兴趣了，"他是从哪里弄来的？"

"哈哈哈……从旧货商手里淘到的。两天前，他路过一条巷子，看见两个人正在看一幅画，一个就是那旧货商，一个是捡破烂的。他凑过去一看，发现是狩野先生的妖鬼图，马上就来了兴趣，又见那旧货商什么都不懂，就花言巧语，用低价买了下来，以为自己这次总算要大赚一笔了。"

"然后呢？"

"然后，他去找靠谱的人鉴定了一下，发现是根本就不是真迹，就是个赝品……"

"确实有点意思。"半七若有所思地说，"这样吧，你去调查一下那个旧货商。"

"需要吗？那是赝品啊，又不是真的。"仙吉不太明白是怎么回事。

"没关系，你就问他是从哪里弄来的，然后把他的住处告诉我。马上去，越快越好！"

"好的，那我现在就去。"仙吉答应了一下，赶紧去调查了。

第二天早上，忠三郎还是没来找半七。刚好半七要去河内屋附近办事，于是顺道去拜访了忠三郎。

"真是不好意思，本来应该早就去找您的。但是稻川府邸那边还在犹豫……"忠三郎对半七说。

"怎么了？他们是有什么难言之隐吗？"

"他们说最近有别的事要忙，非要去的话，也得等正月十五以后再看了。我不好勉强，所以才……"

"现在虽然已经是年底了，但是离过年还有很长一段时间。他们有什么事，竟然会这么忙？"

"这我就不知道了。反正他们是那么说的，我也不好说什么。"忠三郎很无奈。

"行，你也别太担心了。我最近又想起了一点别的办法。其实，事情到了这种地步，真相差不多也出来了。"半七安慰忠三郎。

告别忠三郎，半七回到家，发现仙吉已经回来了。

"都查清楚了。那旧货商左边的鬓角有点秃，住在下谷御成道的一条小巷里。他的铺子也开在那里。"

傍晚时分，寒风阵阵，半七独自一人去了旧货商的铺子里。店铺的老板四十多岁，坐在柜台后面。说是铺子，其实和外面的地摊也没什么区别。各种各样的旧货凌乱地堆在地上，把本来就狭小的铺面搞得更为拥挤。正对着门的地方挂着一幅旧画，画的内容是帝释天。

"多么庄严的帝释天啊，多少钱能卖？"半七走进去，随便问着。

老板说了价钱，半七又随便问了几句，最终把话题扯到万助身上。

"你还记得那个人吗？从你这里买了《妖鬼图》的那个人。本来，他还以为买到的是真迹，没想到就是个赝品……"

"记得。但这件事跟我关系可不大。我就是个收旧货的，又不是卖字画的，哪懂什么真的假的？知道怎么装裱就不错了。再说了，我也没有逼着他买，是他自己非买不可的。本来这种乱七八糟的东西我也不想收，但是邻居急着用钱，我又看那装裱不错，才勉强收回来的。这不是要过年了吗，把那东西放在铺子里，看着心里就不舒服，所以我想随便把它卖了。本来我想卖给那个捡破烂的人，谁知道那个人突然凑过来，张嘴就给了一个特别好的价钱，还没等我说什么，就赶紧把钱塞过来，拿着画跑了。"

"如此说来，好像还真不是你的错。不过，那幅画本来是你哪个邻居的？"

"阿丰。她是木匠峰藏的女儿，就住在后面巷子里，从巷口进去第二家就是。她丈夫叫长作，是峰藏的徒弟，两个人是自由恋爱，你情我愿结婚的。婚后，他们也住在附近，不过长作最近好赌，不怎么出去干活，所以小两口的日子过得不怎么好。峰藏几次三番想让女儿回娘家，但阿丰不忍心扔下长作，也就一直凑合着过。真是没有办法，峰藏本来是个挺老实的人，没想到竟然招来这样

261

的女婿。"

"确实挺值得同情的。不过，既然峰藏是长作的师傅，怎么能不了解长作的品性，还把自己的女儿嫁给这种人呢？"

"长作本来也不是这样的，就是最近不知道怎么了，突然变成了这样。"

半七觉得这中间应该是发生了什么事，于是去了长作家。

长作不在家，阿丰出来应门。她也就十八岁左右，皮肤很白，脸色几乎已经有点苍白。虽然如已婚妇女那像剃掉了眉毛，但她看上去还是很年轻。

"您是……"

"我从松圆寺来的……"

"又想和他一起出去吗？"阿丰皱起眉，"您还是不要来了吧！"

"怎么了？"

"怎么了？您是打算和他去藤代府邸吧？"

藤代府邸就在松圆寺附近，它的主人叫藤代大二郎，是个旗本——半七清楚这件事。

"是的，确实如此。我也想去那里玩玩，可我没有熟人，所以我希望长作能帮忙介绍我去。"听阿丰的语气，半七觉得藤代府邸里可能开了赌场，所以才顺水推舟地说。

"你们总是这么说。不过我这次已经下定决心了，从今以后，我再也不会让他再去那种地方了！"

"他真的不在家吗？"

"骗你干什么？"阿丰有点恼怒，"他真的出门办事了。"

"哦，那好吧。"半七慢吞吞地应了一声，矮下身子，坐到了地板的边沿上，"那你能借我个火吗？我想抽两口烟草。"

"您这是要干什么？长作不在，这样不太好吧？"阿丰警惕地问着。

"其实，我这次来，也不一定非要找长作。我认识这样一个人，有一天晚上，他和一个朋友路过妖银杏的时候，看到树下站着一个年轻的女人……因为那棵树的传说一向很多，他们胆子小，也没来得及细看，只是吓得拔腿就逃，回家没多久就病了。多可怜的人啊，其实，在江户的中心这么繁华的地方，怎么可能真的有什么神鬼妖怪呢，你说是不是？就算有，有的也应该是可怜人吧？"

阿丰什么都没说。

"我也不知道自己说得对不对，要是哪里说错了，你不要和我一般见识。"半七见阿丰这样，只好和盘托出了"或者……我们就直说了吧——那所谓的女鬼，就是你吧？"

"别说笑了吧！"阿丰勉强地笑着，"虽然我知道自己长得不太好看，总不至于难看到女鬼的程度吧？"

"没有说笑。而且，女鬼也不一定都是难看的。照我看，那女鬼之所以站在树下，也不是故意吓人。只不过她是因为自己的丈夫沉迷于赌博，无奈之下，才不得不深夜去那里找丈夫。说起这女人，也真是可怜。平白无故地夹在丈夫和父亲中间，左右为难！这样艰难的心情，任谁都可以体会吧？"

阿丰慢慢地低下了头，情绪有点激动。

"是啊，多么可怜！眼看着马上就要过年了，可是她的丈夫还是整天不想着赚钱，日子过得多么困难！作为妻子，她只好卖一点能卖的东西，管它是进当铺还是进旧货铺，总之能换点钱就好。虽然这不是明智的做法，却也真是没办法的事。更何况……"

半七没有再说下去，因为阿丰听着听着突然就大哭起来，连鞋都顾不上穿，光着脚跑向厨房旁边的井，弯腰就想往里面跳。

"哎呀，女鬼嘛，都已经死过一次啦，再死一次也解决不了问题，还是活着把话说清楚吧！"半七赶紧追过去，拦住了她，好说歹说，总算把她拽进了房间里。

"捕快大人。是我干的，都是我干的！您把我抓走，您杀了我吧！"阿丰继续哭着坐在地上，终于看出了半七的身份。

"真的都是你干的？算了吧，我觉得，画和钱都是长作那家伙带回来的吧，是不是还有一件衣服？"

"是的，是他带回来的……"

"你好好想想，是十一月二十四日那天晚上发生的事吧？"

"没错。"

"关于那些东西，长作对你怎么说的？"

"他说那是赢来的东西，但我觉得奇怪，哪有赢来的东西上面沾得全都是泥的？所以我一直也没动。"

"现在还在吗？"

"不在了。衣服已经送到当铺了，画也卖到旧货铺了。"

"当天晚上，你父亲也去了那边吧？"

"是的，他是去那里找长作的。不过他没找到，应该是在路上错过了。长作回来两个多小时以后，我父亲才回来。回来以后，他也没进门，就在门口问了一句'长作有没有回来'，我告诉他，长作已经回来了，所以他就回家了。"

"从那以后，长作还是一直去那里赌？"

"差不多。不仅如此，他现在竟然连家都不回了。以前，不管赌到多晚，他还总会回来，现在却经常不回来。我也不知道他去了哪里，实在很担心。本来我是想告诉父亲的，但他本来就看不上长作，现在又出了这种事，实在让我不知道怎么办才好，所以我只好亲自去那里找他。可是藤代宅邸夜里不让女人出入，我无处可去，只好在附近的妖银杏树下等着，希望等他出来以后，可以第一眼就看到他。没想到，那天晚上，我这一举动竟然吓到了路过的两个人。"

"长作有多久没回来了？"

"从拿东西回来到现在，一共就回来过两三次。"

"那天晚上，他只给了你画和衣服，没给你钱？"

"给了一点，说是赢来的。不过后来他又说手里没钱，就又都拿去赌了。但是，日子不能不过，我又不好总是问娘家要钱，只好把画和衣服都卖了。今天早上，长作回来，听说这件事，脸色突然就变了。本来他是想回来弄点钱的，但是家里真的没钱了，一听我说起卖东西的事，他也顾不上纠缠钱的事，抬脚就走了。临走前，他还特意对我说，不管对谁，千万不要说出画和衣服的事。"

"那我就完全明白了。虽然有些细节还不清楚，但大体上已经知道是怎么回事了。别的我也就不细问了，不过，在见到长作之前，我得派两个人看着你。"

半七安慰完阿丰，又把峰藏带到办事处问了一下。

"那天晚上，我去找长作，在经过妖银杏那里时，我发现有个人倒在那里。我把他喊醒，知道他是河内屋的掌柜，被人抢走了钱、画和衣服。本来我觉得这没什么，后来却听说长作把画和衣服带回了家。我便知道，长作八成是惹上了麻烦。但我又不好对女儿解释，只是让她尽快回娘家，和长作撇清关系。没想到她死活都不同意，我又不能把她怎么样。谁知道他们两个人经济上这么窘迫，还出去把衣服和画都卖了，还惊动了你们，真是太不好意思了。"

峰藏把自己知道的事情都说了出来。

既然如此，也就能解释当初阿丰为什么要跳井了。本来她还以为父亲劝自己回娘家是要拆散自己和长作，没想到父亲竟是要保全自己。羞愤之下，做出这样极端的举动，也就很能理解了。

四

第二天傍晚，长作照例去藤代宅邸赌博，被早就等在那里的仙吉抓了个正着。

原来，出事那天晚上，他把手里的钱输得精光，正顶着雨夹雪垂头丧气地往回走。突然，他看到忠三郎躺在路边，已经昏迷不醒。本来他想把忠三郎叫醒，走近一看，却发现忠三郎带着很多钱，怀里还有一个大包袱，顿时就起了歹意。

他拿了东西刚要离开，忽然又想，干脆一不做二不休，于是又回去扒了忠三郎的衣服，一起带走了。

"那一百两金子呢？"半七问长作。

"早就输光了。"长作说，"这些事，我岳父和妻子完全不知情，还请您明察秋毫，放过他们。拜托您了！"

虽然峰藏和阿丰并非真的像长作说的那样毫不知情，但他们毕竟没做什么坏事，所以奉行所只教训了他们一顿，就把他们放走了。

但是，长作就没这么好的运气。他非但没有救助路边的人，还趁火打劫，抢走他人财物，这可是大罪。最后，他先是被游街示众，又被带到小冢原那里，执行了死刑。

那棵屡次传出怪谈的妖银杏，在这件事以后，所有伸展出墙外的枝叶也被全部砍掉了。

"既然阿丰卖给旧货铺的那幅画是赝品，那也就是说，忠三郎带回去的画本来就是赝品？"

"是的。原本稻川府邸也没想这么做，但是河内屋出的价钱实在不公道，简直就像是趁火打劫，于是他们就想了这么个办法。后来，他们又把真品以四百两的价格卖到了三岛屋。也正因此，他们才三番五次拒绝与忠三郎一起去三岛屋辨认真伪。"

"原来是这样。不过我还是觉得有点奇怪，如果他们一开始就诚心诚意地卖画，为什么在收藏真品的同时，还要收藏有相似度那么高的赝品？"

"因为害怕赝品流传出去后导致自己的真品贬值。在过去，这样的事情是很普遍的。三岛屋说得没错，这幅画确实是稻川府邸世代相传的宝物，他们特别害怕有赝品以假乱真。一个偶然的机会，他们的祖先发现了一个相似度极高的赝品，就买了回去，也藏在了家里。不过，这件事被查清楚后，他们的名声多少也受到了一点影响。总管不仅马上去河内屋道歉，也还了买画的钱，又把赝品带了回去，还把一切的事情都揽到自己身上，说和自己家老爷没关系。既然事情已经这样，河内屋也就只好答应了。不过，谁都知道，稻川老爷并不是一无所知，要不然他怎么会在节分那天特意把赝品烧掉了呢？这件事过后，忠三郎特别感谢我，还经常前来拜访，一来二去的，我们也就成了朋友。明治维新后，河内屋不再做茶叶生意，忠三郎也就不再在那里做掌柜，而是去了横滨，做起了外国人的生意。没想到，他的生意做得还很顺利，后来越做越大，也一直没有忘了我。这么多年过去了，我们的关系还是很好。今天，他带着儿子来拜访我，还谈起了当年的这件事呢！"

第十五话　雪人藏尸案

　　元月十七那天，气温格外高，最后残存的雪人也开始融化了。其中，一个比真人还要高大的雪人好像有什么异样——雪人里面似乎露出了什么。有好奇的人扒开残雪一看，才发现里面竟然藏了一具呈打坐姿态的男尸！

一

我写的这些故事都是半七老人的亲身经历。通常，在他那里听完故事后，我会先把事情梳理一遍，再写出来。这也是它们和其他故事不一样的地方——它们的确是真实发生过的。通过这些故事，人们不仅能知道更多离奇的案子，也能更好地了解江户时代的风土人情。

不过，有的地方可能我说得不是很清楚，所以一些读者对故事的真实性产生了怀疑。比如，不止一个人觉得奇怪：明明半七是神田的捕头，为什么不好好管理自己的地盘，反而总是跑到别人的地盘上办案？

没错，当时的捕快确实都有自己的管辖区域，理论上，他们是不能相互干涉的。然而实际办案的时候，会发生很多变故，更何况当时也没有"不能去其他辖区办案"的硬性规定。即使放在现代，一个人犯案后还可能流窜到别处才被抓住。在江户时代，这种情况更是经常发生。而且，捕快希望多破案子多立功，所以，去别人地盘上"办案"也就很正常了。只要能更快、更好地破案，也没人会在乎这个。因此，半七在办案的时候经常越界，这也就很容易理解了。这是当时的实际情况，不是为了故事需要而故意捏造的。

不过，相对于越界办案来说，发生在自己辖区里的案件，他总是记得最清楚。下面这个案子，就发生在他自己的辖区里。

二

事情发生在文久二年的冬天——那是一个特别的冬天，入冬好几个月了，却连一片雪花都没有。放在以前，这是从来都没有发生过这样的事情。人们都觉得很奇怪。不过，大家除了无可奈何，也没有别的办法。

原本人们以为一年就这样过去了，可是，元旦那天，天上突然飘起了鹅毛大雪，一口气下了三天三夜，好像要把缺了一个冬天的雪都补回来一样。

江户已经很久都没有下过这么大的雪了。雪停后，积雪有一米那么深，半个月后还没有融化，人们都不方便出门拜年了。

不过，这么大的雪，倒也成全了另外一桩美事——几乎每家每户都在堆雪人。这些雪人大小不同，形态各异，看起来却都很可爱。更有甚者，索性堆起了比真人还要大的雪人。

然而，只要是雪人，就终究逃不了消融的命运。尤其七草粥节之后，气温渐渐升高，很多向阳处的雪人就大面积地消融了。有的铺子考虑到美观和方便，干脆清理了这样的雪人。慢慢地，街上的雪人越来越少。只有堆在背阴处的雪人仍旧完好，一直到元月十五，依然保留得有模有样。

元月十七那天，气温格外高，最后残存的雪人也开始融化了。其中，一个比真人还要高大的雪人好像有什么异样——雪人里面似乎露出了什么。有好奇的人扒开残雪一看，才发现里面竟然藏了一具呈打坐姿态的男尸！

越来越多的人知道了这件事，纷纷赶来围观。

"这人也就是四十出头，看穿着不像是本地人。"

"是啊，的确不像。"

大家议论纷纷地将尸体抬到附近的武家岗哨，移交给了町办事处。没多久，办事处派人来验尸，与力、同心们也来了。然而，尸体上没有任何致命伤。有人猜测，这个人可能是生病了，倒在雪地里被冻死的，也有人觉得不是这样。毕竟，如果是冻死的，尸体为什么会被藏在雪人里？大家说来说去，最后只能断定，有人故意堆了雪人，把尸体藏了起来。

所以，眼下最重要的，就是把堆雪人的人找出来。

可是，町内的每个人都被传唤过了，却没人承认是自己堆的雪人。与力们只摸清了一点线索——雪人是初三晚上才有的。至于是谁堆的，没人知道。毕竟，从元旦开始，每天都有人堆雪人。还有人猜测，可能是附近武士家里的下人给堆的。

确实，在这样的天气里，到处都是雪人，谁也不会特别留意哪里多堆了一个，更不会只是因为那雪人比旁边的都大而感到疑心。

既然找不到堆雪人的人，大家只好把目光转移到雪人本身，决定将它彻底摧毁，看看能不能找到其他线索。

可是，结果仍旧令人失望，雪人里除了藏尸，什么也没有。

"让你们费心了。"迟到的半七抱歉地说。

"你可算来了！现在出了人命案，还是在你的地盘上。"八丁堀的同心三浦焦急地说。

"是啊，真是让人头疼。现在怎么样了，都查清楚了？"

"没，一点儿头绪也没有。你先看看尸体再说吧。"

半七走到尸体旁边，发现男人穿戴整齐，唯独一双脚是光着的。他仔细检查了尸体，没找到什么致命的伤口。

"单纯从尸体上找不出死因。这样吧，我再去现场看看。"半七眉头紧皱。

半七到地方时，雪人早就融成了一摊泥水，周边布满了各种各样的鞋印，围观的人没有散去，还是你一言、我一语地议论着。

半七穿过看热闹的人群，弓着身子，仔细看过地上每一寸泥泞，最后蹲下来，扒开雪块和泥水，从地上抠出一些东西。随后，他又搜寻了一会儿，确定再也找不到其他东西时，才从怀中掏出手巾，将手擦干净，离开了现场。

半七回到办事处的时候，只有三浦一个人值班，与力们早就离开了。

"查得怎么样？有没有新发现？"三浦小声说，"会不会和那些武士有关？谁都知道，他们中的很多人都品行败坏。"

"不一定。不过，我已经找到了一些线索。请您再等等，明天应该就可以结案了。"

"你确定是明天？"三浦笑了起来，"你说得挺轻松，真的有这么好办吗？"

"差不多吧，顺利的话，是没什么问题的。"

"好，那就等你好消息了。"三浦说着，离开了办事处。

半七又检查了一下尸体，发现男尸身上的条纹棉衣和外褂是马餐町那边流行的样式。他还翻看了尸体的袖袋，在里面发现了一个玻璃珠。于是，他打算去马餐町的旅馆查一查。

路过菊一梳妆铺时，半七把掌柜叫了出来，问他初三那天有没有人来买东西。

菊一在庶民区很有名，历史悠久，生意特别好。所以，找掌柜来打听这种事，原本就不是一件易事。不过，初三那天不一样，因为接连下了好几天大雪，店里的生意格外惨淡，很少人来买东西。

"那天先后来了三名客人。两位年轻姑娘是常客，都在附近住，还有一个男人，四十岁左右，住在信浓屋旅馆。"掌柜说，"我不知道他叫什么名字，但他很喜欢买带孔的玻璃珠。去年过年的时候，他就来买过一次。今年初三，他又来了。那天雪下得很大，他急忙赶来，说是初四晚上要回去，所以才急着来给孩子买些土特产。"

半七又问那位客人长什么样子，穿的是什么衣服，掌柜如实答了。

之后，半七去了信浓屋旅馆，找到那里的掌柜，把那位客人的样子描述了一下。掌柜听完后把登记簿拿出来找了一下，发现那个人叫甚右卫门，去年二十四日入住的，是太田市的农民，今年四十二岁。

"他来的时候说只住几天，过年之前就回去。不过，不知道什么原因，他拖了好几天，就连过年的时候也没回去。年后，他又说初四回去，所以初三下午要去买些土特产。之后我就一直没看到他了。账房每天都会念叨他，虽然他年前的房费已经付清，年后也没住几天，但是，他一句话没说就消失了，挺让人担心的。"旅馆掌柜疑惑地说着。

"这么说，你有必要跟我走一趟了。不过，你不用紧张，我就是请你帮个忙。"半七说。

虽然掌柜没做什么犯法的事情，但是，突然间被捕快带走，要是被人知道，也不是什么高兴的事情。所以，他有点不情不愿。不过，他的记性很好，跟半七回去后，他只看了一眼，就确认死者就是在自己旅馆住过的甚右卫门。

目前为止，半七总算知道了男尸的身份。但他是怎么死的，又是被谁藏进雪人的，仍旧没有一点头绪。不过，这么快就能够查到死者的身份，已经是很幸运的事情了。

之前，半七在地上找到带孔玻璃珠的时候，并不能确定这东西就是死者的。毕竟那附近也有很多小孩，玻璃珠也有可能是他们掉在那里的。直到回到办事处后，他又仔细查看尸体的袖袋，结果他在这里面也发现一颗玻璃珠，之后，他才判定玻璃珠是死者本人的。

那么，玻璃珠是从哪里来的？

从尸体的穿着打扮看，死者应该是个乡下人。按理说，乡下人一般喜欢去有名的铺子里买东西，就算买再普通不过的东西，也会更信赖老字号。所以，他一下子就想到了菊一梳妆铺。也正因此，他才会去那里打听消息。

"事情进展到这一步，还算是有突破。不过，接下来的事情就不好办了……"半七自言自语，一筹莫展。

"我能走了吗？"信浓屋旅馆的掌柜小心翼翼地问。

"当然可以，麻烦你了。"半七说完，好像又想起了什么，"啊，等等！先别走！我还有个事情要问你，你知道甚右卫门为什么来江户吗？"

"不知道。他这个人平时不爱说话，除了例行打招呼，一次也没有主动聊过天。"

"他以前在你那儿住过吗？"

"去年九月住过一次，待了十天左右，年底又来了一次。"

"他酗酒吗？"半七接着问。

"他喝酒，但从来不会喝到人事不省的程度。"

"在他住旅馆的时候，有没有接触过什么人？"

"从来都没人找过他。他一般早上八点起来，吃完午饭后就出去。我们一直都不知道他都去哪儿，又接触了什么人。"

"早上八点才起来？"半七想了想，觉得有些问题，"这可不像是乡下人的生活习惯。那他都什么时候回来？"

"晚上六点回来，吃过饭就又会出去。有人觉得，他应该是去外面听人家说书了，因为他回来得很晚，从没见过他十点前回来的。"

"他带了很多钱吗？"

"不清楚。不过我看他出手还算大方，到旅馆的时候，直接给了我五两，除夕那天晚上，结清了房钱以后，也不着急把剩下的钱要回去。"

"他每次回来的时候，带过什么东西吗？"

"带过。他每次回来都不是空手回来。听仆人说，他买了很多土特产，应该是带给乡下人的礼物。具体买了什么，我没好意思问。"

"既然如此，我觉得有必要去他房间里看看。"

随后，两人回到信浓屋，去了甚右卫门住的房间。

和其他房间一样，这间房里面只有基本的摆设，没有特殊物品。半七将橱柜打开，发现了五六个花色不同的包袱，每个都用细绳捆得很结实。半七从中抽出一个，包袱很沉，还哗啦哗啦地响，好像装了许多小石子一样。

半七把包袱打开，发现里面竟然放着很多小包裹。半七随便打开一个，没想到里面装的竟然是带孔玻璃珠。

"买了这么多？"掌柜感到很诧异。

半七又打开别的包袱——毫无例外，每一个里面都是玻璃珠。

"这完全不像是买土特产吧？是要转手卖掉？可是，这些包裹玻璃珠的碎布与麻袋都不是从同一个地方买来的。如果他真是要转手卖掉，为什么不干脆从一家铺子买，而要辗转这么多铺子呢？况且，这些玻璃珠也都不便宜，就算转手，也赚不了多少钱呀！他买这么多玻璃珠，到底要干什么？"半七自言自语，十分疑惑。

他又盯着眼前不计其数的玻璃珠看了一会儿，才恍然大悟道："我明白了！我说掌柜的，你再好好回忆一下，最近真的没有人来找过甚右卫门吗？"

半七又问了一次。

"我真的没见过……不过，也有可能是我不在的时候，有人找过他，我再去问问别人吧。"

掌柜走了没一会儿就回来了。他告诉半七，有个女侍看见丰吉来过。那是去年的二十八日，不过，因为甚右卫门不在，丰吉就走了，后来就没再来过。

"丰吉的情况，你知道多少？"

"丰吉是个做首饰的手艺人，以前喜欢赌博。"掌柜接着说，"但是，从去年春天开始，他就像是换了一个人一样，变得特别本分，干起活来也很认真。听说他在品川看上了一个叫阿政的妓女，十一月的时候还为她赎了身。看样子，他应该是赚了不少钱吧。现在两个人在一起生活得很好。"

"即便在品川那样的地方，为妓女赎身也要花不少钱吧？丰吉只是做首饰的，就算再勤恳，短时间里也凑不够那么多钱。所以，一定是有人帮他出钱！"半七一下子看出了破绽，"这个出钱的人，很可能就是甚右卫门！真相马上就要水落石出了，还请你暂时保守秘密，别把这件事到处乱说。我现在就去找丰吉。"

半七说着，顺手带走了一把玻璃珠。

半七找到丰吉的时候，他正和阿政一起吃饭。

"你就是丰吉吗？"

"没错，是我。"

"这里说话不方便，你跟我出来，我们换个地方说。"

"去哪儿？"丰吉敏锐地觉察到了什么。

"别担心，要是没什么大事，很快就能从办事处出来。"

"别呀，"丰吉已经知道了半七的身份，"您是不是误会了，我一直都很安分的，绝对没做什么出格的事情。"

"是吗？"

"我的确什么也没干。我以前是做了一些不该做的事情，可我已经改正了。现在我只是一名老实正经的手艺人，您为什么突然要我去办事处呢？"

"去了就知道了。要是没有事，我也不会白跑这一趟。看清楚了，不是我要找你，是它们要找你！"半七亮出了玻璃珠。

丰吉看到玻璃珠，立刻拉开火盆的抽屉，抓出藏在里面的小刀，一刀刺向半七。半七早有准备，将手中的玻璃珠尽数砸向丰吉，迅速打落小刀，很快压制住了他，把他押到了办事处。

"快说！你和甚右卫门是怎么认识的？"半七问丰吉。

"也不算是认识吧。年底的时候，他来找我修过东西。后来，因为这件事，我也去旅馆找过他，结果他不在，我还有别的事情要忙，就没有再去找他。"

"是吗？听起来倒真的没什么呢！但如果真是这样，看到玻璃珠后，你为什么会拿刀刺我？你用刀这么娴熟，甚右卫门是不是你杀的？赶紧老实交代！是你一个人干的，还是和别人一起干的，统统招出来！"

"您这么说就太不讲理啦！我就见过他一面，又没有深仇大恨，为什么要杀他？"

"真的要我说吗？"半七死死地盯着丰吉，"那我就替你说说。甚右卫门根本就不是乡下人，他就是个造假币的！"

<h1 style="text-align:center">三</h1>

丰吉顿时大惊失色。

"果然被我说中了！你以为我不知道吗？以前的人为了造假币，会收集酒壶碎片，再磨碎了当胚料。如今技术进步了，就可以用玻璃珠代替。但是，如果总在同一家铺子买玻璃珠，时间久了，肯定会让人起疑。所以，为了掩人耳目，他才把自己打扮成乡下人的样子，谎称给小孩带土特产，分别去各个店铺买玻璃珠。你是手艺人，应该是和他一起造假币的，我说得没错吧！"

丰吉没有说话。

"还有一件事，"半七的语气里满是嘲讽，"你老婆很不错呀，你能把她娶回家，肯定没少花钱吧？听说她是你从品川带来的。要是你没有钱，品川会放人？但你就是个手艺人，就算不吃不喝，也未必能攒够为她赎身的钱。肯定是甚右卫门给你出的钱吧？"

话说到这个份上，丰吉仍旧不招。

半七也不愿跟他耗下去，干脆把他绑在办事处，把他的老婆阿政叫了过来。

阿政倒很识趣。她表示，平日里和丰吉密切接触的也就有六个人。

半七听完，很快把那六个人抓了回来，挨个进行了严厉的审讯。最后，这几个人都招供了——他们确实用玻璃珠当胚料，做成一分或者是二分的金子。其中，甚右卫门不止提供原料，还负责把假币花掉。所以，他从来不敢在同一个地方过多停留。即使要留宿，他也会把自己伪装成乡下人的样子，在这里住两天，在那里住两天。

造假币的事情算是查清楚了。按照江户的刑法，制造、使用假币都是重罪。不管这几个人里的谁杀死了甚右卫门，最后都难逃一死。但是，这件事还是要先查清楚才好。

一番更加严厉的审讯过后，丰吉、源次、石板屋的由兵卫以及近江屋的九郎右卫门都招供了。

原来，丰吉看上了品川的妓女阿政，要为她赎身，需要三十两的赎身费。丰吉没那么多钱，便向妓院承诺，先付一半的钱，把人带走，剩下的钱在除夕之前结清。但是，临近除夕了，他根本凑不到那么多钱，只好央求甚右卫门帮自己付一下。没想到，甚右卫门一口回绝，并建议他向石板屋的由兵卫以及近江屋的九郎右卫门求助。

丰吉已经多次向近江屋要钱，不好再开口。于是，他只好请求妓院宽限几天，等过了七草粥节后再把钱补上。

事实上，元旦都过去了，丰吉还是没有凑够钱。

后来，接连下了几天的大雪，初三下午，雪势变小，丰吉再次找到甚右卫门，恳求帮忙，但仍遭到了拒绝。丰吉执意纠缠甚右卫门，最后，甚右卫门只好告诉丰吉，自己愿意陪他一起去近江屋碰碰运气。

之后，两个人冒雪去了神田。碰巧，石板屋的由兵卫，以及同样是首饰艺人的源次也去近江屋拜年。五个人聚在一起喝酒。天黑的时候，甚右卫门说，丰吉急需十五两，希望大家帮忙。九郎右卫门和由兵卫听了以后很不高兴，两人都觉得，这么点钱，理应由甚右卫门付，毕竟，在所有人里，就他赚得最多。刚开始，几个人争吵了几句，后来发展到要动手的地步。不过，大家还没有打起来，甚右卫门就突然哼了一声，倒地不醒。其他人看到这种情形，酒一下子醒了大半，马上开始想办法救他，但是，一切都无济于事。

甚右卫门就这样死了。其余四个人你看看我，我看看你，不知道该怎么办才好。本来甚右卫门的死和他们一点都没有关系，他们只要向办事处如实说明情况就好，只不过，这四个人干的都是见不得人的勾当，他们生怕被办事处发现，才决定私下处理这件意外。

于是，他们继续镇定如常地喝酒，一直喝到夜深人静，才装模作样地把甚右卫门扶出来，让所有看到的伙计都误以为他只是喝醉了酒。

出门之后，雪下得很大。町内没有什么人，他们一路走到护城河畔的防火空地上，想到离近江屋已经很远，就打算把尸体丢弃在这儿。后来，他们又一想，觉得就这样草草丢弃，的话，明天可能就会有人发现尸体。为了多拖延几天，几个人又合力堆了一个大雪人，把尸体藏在了里面。藏尸之前，他们还不忘把甚右卫门身上的东西掏了出来，以免留下物证。如果直接弃尸，这件事最后或许会以甚右卫门的冻死或者病死结案，只可惜，他们自作聪明，堆了个雪人用来藏尸，还因为做贼心虚，手忙脚乱，不小心遗落了几颗玻璃珠，才让半七抓住了把柄，最终把案子查得明明白白。